Hugo Hamilton

# Palmen in Dublin

Hugo Hamilton

# Palmen in Dublin

Roman

Aus dem Englischen von
Henning Ahrens

Luchterhand

# I

Die Stadt ist voller Liebespaare. Im Park sitzen zwei Verliebte im Gras, ein Transistorradio spielt. Sie singen die Songs im Radio mit. Laut und überschwänglich. Wie Synchronschwimmer illustrieren sie die Bilder von *Bridge Over Troubled Water*. Sie bilden mit den Händen eine bogenförmige Brücke. Ihre Finger flattern über die kummervollen Wasser. Sie betten ihre Köpfe auf die verschränkten Unterarme. Das Mädchen lacht dreckig und küsst ihn auf die Wange. Er knurrt heiser und reckt eine Faust.

Es ist Sommer. Ich esse mein Pausenbrot im Beisein der Liebenden im Park – zwei Scheiben brauner Toast, ein Stück Cheddar, ein Klecks Butter aus dem Laden am Eck. Ich lege mich ins Gras und lausche den sanften Stimmen. Der Verkehrslärm klingt, als würde er in einem großen Raum mit Bäumen und Rasenflächen ertönen, umschlossen von Reihenhäusern.

Ich arbeite in einem dieser Häuser, im Keller. Mein Tag findet im Untergrund statt. Wenn ich am Schreibtisch sitze, sehe ich die Füße der Passanten durch ein kleines Fenster über meinem Kopf. Die Neonlichter sind den ganzen Tag an, selbst wenn draußen die Sonne scheint. Ich bin ein junger Mann mit Vollbart und lockigen Haaren, offenen Augen, stets mit einem Lächeln auf den Lippen. Ich bin es zufrieden, meine Tage in diesem Keller zu verbringen, nur habe ich mir eine sonderbare, unbekannte Krankheit eingefangen. Ein Virus, ein Pilz, irgendein Parasit ist in meine Adern eingedrungen. Mein Gesicht ist verhärmt. Die Müdigkeit übermannt mich oft, und ich schlafe am Schreibtisch ein. Ich erwache mit geröteten Augen.

Die Organisation, für die ich tätig bin, wurde ins Leben gerufen, um eine Minderheitensprache zu bewahren. Sie war einmal eine Muttersprache, offiziell ist sie eine Amtssprache. Manche Leute nennen sie die tote Sprache. Auf der Straße spricht sie niemand. Aber sie findet sich in der ursprünglichen Schattenschrift auf den Straßenschildern über dem englischen Namen. Unsere Arbeit vollzieht sich ausschließlich in dieser Geistersprache – Gälisch, Irisch.

Ich leite die LP-Abteilung.

Wir haben eine einzigartige Sammlung gälischer Sänger. Mein Job besteht darin, sie vom Bahnhof abzuholen. Ich bringe sie zu einem Hotel, in dem überwiegend Leute vom Lande absteigen, die einander vertraut sind, dort können die Sänger etwas essen und einen Drink nehmen, bevor es ins Aufnahmestudio geht. Vor den Mikros sind sie verlegen, der hinter der Scheibe sitzende Toningenieur starrt sie an, als kämen sie von einem anderen Kontinent. Sie lachen über das aufblinkende rote Licht und die dumpfe Akustik, die sich bemerkbar macht, wenn ihr Gesang zwischen den schalldichten Wänden wieder abgespielt wird. Einer probierte die Kopfhörer aus und meinte, das habe ihn zu einem anderen Menschen gemacht, seine Stimme sei danach nie mehr die alte gewesen.

Manche verschwinden einfach. Ich musste mal die ganze Stadt nach einem Sänger abgrasen und stöberte ihn in einem Haus auf, zusammen mit einer Krankenschwester, halb so alt wie er selbst, sie schlüpfte gerade in ihre blaue Ausbildungsuniform, und er, nackt bis auf die Tweedmütze, stand da und reckte die Fäuste. Manch einer möchte, dass man seine Hand hält, während er singt. Einige sind auch in der amerikanischen Country-Musik versiert, sie beginnen mit einem nasalen Summen, tief in der Kehle, und plötzlich landen sie bei dem Song *Wichita Lineman.*

Manche weigern sich, die Reise anzutreten, und wir fahren hin, um sie in der heimischen Küche aufzunehmen. Einmal musste ich einem Sänger, der keinen Scheck akzeptieren wollte und darauf bestand, von Angesicht zu Angesicht bezahlt zu werden, das Honorar persönlich vorbeibringen. Ich traf ihn in einer Bar in einem Dorf in Connemara, wo die Geistersprache bis heute landläufig ist, und brachte Bargeld mit. Er wollte das Geld nicht anrühren, er hatte gewaltige Pranken, ein Guinness wirkte in seiner Hand so klein wie ein Fingerhut, und es dauerte drei Tage, bis er voll bezahlt war.

Unser beliebtestes Album wurde in einem Theater in Dublin live aufgezeichnet, im Hintergrund kann man das erregte Publikum hören. Wir haben den Eindruck, dass unsere Zeit gekommen ist, denn unsere Musik ist ungeschliffen und erdverbunden. So, als würde man in die Vergangenheit reisen. Wir leben in einem Land mit weniger Straßen, weniger Rasenmähern, einem Land mit grünen Hügeln, über denen noch viele Bienen summen.

Eines Tages, ich kam gerade bei der Arbeit an, standen alle im Flur und weinten. Der Commander der Organisation lag mit ausgelöschter Miene am Fuß der Treppe. Sein kahler Kopf ruhte auf der untersten Stufe. Ein Arm war ausgestreckt, als wäre er mitten in einer Rede gestürzt. Er trug keine Schuhe, seine Socken waren gelb, mit einem Rautenmuster auf der Seite, als würde er Golf spielen. Was er nie getan hatte, nichts konnte ihm ferner liegen. Die Socken führten uns vor Augen, wie normal und integriert wir waren, obwohl wir uns hingebungsvoll der Restaurierung eines großen Schatzes der Vergangenheit widmeten.

Wir unterhielten uns leise, rühmten seine Weisheit, seine visionäre Kraft, seine Worte, die starke Gefühle in uns weckten. Als der Krankenwagen eintraf, öffnete er die Augen. Er winkte die Sanitäter weg, versuchte, auf die Beine zu kommen und seine Rede dort fortzusetzen, wo er sie unterbrochen hatte. Ganz im Sinne der Sprache, die wir wiederzubeleben trachteten, wurde der Commander durch das Klirren einer Teetasse ins Leben zurückgeholt und anschließend in sein Büro hinaufgetragen. Der Fußboden lag voller Zeitungsausschnitte, ein paar leere Flaschen standen herum, die Schreibtischlampe brannte noch, zugedeckt mit einem Kleidungsstück, das zu kokeln begann. Seine Sekretärin erschien und half dabei, ihn hinzulegen, sie rollte ihre Strickjacke zu einem Kopfkissen auf. Wir legten ihm die Krawatte über die Augen, um sie vor dem Tageslicht zu schützen.

Hier zu arbeiten stimmt mich froh. Die Zugehörigkeit zu einer Randgruppe im Herzen der Stadt gibt mir das Gefühl, verortet zu sein. Eine bedrohte Kultur, die nicht erlöschen will, das hat etwas Ruhmreiches. Wenn ich ringsumher die gefährdete Sprache höre, erinnere ich mich immer an eine Fahrt zu den Inseln. Das Bollern des Motors, das ich in den Schultern spüre, wenn ich an der rostigen weißen Reling der Fähre lehne. Stille Orte, wo Sonnenlicht durch Ritzen in den Steinmauern fällt, grüne und blaue Flecken, weiße Tölpel im Sturzflug, die Wucht, mit der die Wellen gegen die Klippen donnern. Meine Arbeit ist einer stillen Landschaft gewidmet, dem, was verschwindet, dem, was bewahrt wird.

Bei Feierabend räume ich meinen Schreibtisch auf und knipse das Licht aus. Letztes Tageslicht sickert durch die oben in die Wand gesetzten Fenster über die Schattengesichter der Sänger auf den Postern. Im Keller hält der Friede Einzug, der unter der Erde herrscht. Als ich gehe, lächelt mich die Empfangsdame an. Sie ist die Nichte eines Schriftstellers aus Connemara, der einen gälischen Roman über Tote geschrieben hat, die auf einem Friedhof streiten. Ich kann die Tatsache, dass auch ich irgendwie tot bin, nicht mehr verbergen. Vielleicht bin ich ein Untoter. So wie eine tote Sprache, die sich zu sterben weigert.

Ich gehe quer über den Platz zur deutschen Bibliothek. Sie befindet sich in einem Gebäude, das jenem, in dessen Keller ich arbeite, aufs Haar gleicht: die gleiche Fassade, die gleiche Anordnung der Fenster, die auf den Park der Liebenden blicken, die gleiche Eingangstür, nur ist sie rot gestrichen.

Sobald ich eintrete, bilde ich mir ein, zu Hause zu sein, denn ich sehe deutsche Zeitungen und Zeitschriften auf den Tischen im vorderen Raum liegen. Auf dem Weg zur Bücherei im ersten Stock fühle ich mich wie früher, wenn ich als Kind in mein Zimmer hinaufging und die neuesten Erwerbungen auf dem marmornen Kaminsims aufgereiht sah, als hätte ich Geburtstag. Hier läuft die Heizung auf Hochtouren. Ich sitze eine Stunde ohne Jacke da, einen Bücherstapel neben mir, bis mir der Bibliothekar höflich sagt, ich müsse jetzt gehen.

Die Bücher verwandeln mich in einen Romanhelden. Mit jedem Buch, das ich lese, werde ich neu erfunden. Ich bin ein Junge, der nicht groß werden kann. Ich verbringe Wochen in einem Sanatorium. Mich erfasst die Angst eines Torwarts. Ich lese über einen Journalisten, der in Verkleidung schmutzige und gefährliche Jobs macht, etwa Säuretanks putzt, um zu zeigen, wie es Gastarbeitern in Deutschland ergeht. Ich lese die Geschichte über einen Schriftsteller, der sich für eine Preisverleihung einen neuen Anzug kauft und ihn im Anschluss zum Schneider zurückbringt, weil er nicht mehr passt.

Und die Geschichte über den Kindmann, der aus einem Keller flieht, in dem er sein Leben lang eingesperrt war, und stumm durch die Straßen Nürnbergs irrt, bis er das Sprechen wieder erlernt.

Ich bin in einem sprachlichen Albtraum aufgewachsen, mit Deutsch, Irisch und Englisch, und wusste nie genau, zu welchem Land ich gehöre. Meine Mutter ist Deutsche, mein Vater war Ire. Sie kam nach Irland, um Englisch zu lernen, und am Ende lehrte sie meinen Vater Deutsch. Er weigerte sich, Englisch zu sprechen, sie wiederum lernte nie Irisch. Zu Hause bedienten wir uns ihrer Sprache, in der Schule benutzten wir die Geistersprache, und mein Vater war ein Revolutionär, der uns das Englische verbot. Die Folge war, dass jede Sprache zu einem Kampf, einer Festung, einem Versteck wurde. Wenn ich als Kind aus dem Haus ging, hatte ich stets das Gefühl, zu emigrieren. Auf der Straße sah ich ständig über die Schulter, hielt nach Wörtern Ausschau, in denen ich mich heimisch fühlte.

Das Irische wird auch als Muttersprache bezeichnet, die Landessprache, der Dialekt der großen Hungersnot, des Orts, von dem wir kommen, und der Menschen, die fortgegangen sind, und der Geschichte, die in keiner anderen Sprache erzählt werden kann.

Deutsch ist die Sprache, in der man zurückblickt und tief gräbt und wieder von vorn anfängt, die Sprache der Menschen, die Irland mehr lieben als ihr eigenes Land und stundenlang dasitzen und den Vollmond über dem Atlantik anstarren.

Englisch ist die Sprache der Straße, die Sprache von Herrschaft, Sieg, Heldentum, die Sprache von Rock 'n' Roll und Shakespeare und Joyce, die Sprache der Freiheit und des Auf-und-davon ohne einen Blick zurück.

Der Krieg der Sprachen hinterließ ein tiefes Schweigen in mir. Ich habe Zweifel am Boden, über den ich gehe. Ich laufe durch die Stadt, als wäre ich gerade erst angekommen. Als würde ich immer noch ankommen. Nie ankommen. Mein Standpunkt ist schwankend, denn ich nehme mehrere Blickwinkel zugleich ein. Alles steht im Widerspruch zueinander, die Wörter sind blasphemisch, und ich habe das Knirschen der Übersetzung in den Ohren.

Hängt das mit dem maritimen Luftdruck zusammen?, frage ich mich. Der Feuchtigkeit, der kalten Brise unter meinem Hemd, den leeren Straßen mit dem Regenschleier in den Lichtkegeln? Hat es damit zu tun, dass ich aus dem kalten Keller des einen Gebäudes in den überheizten ersten Stock eines anderen wechsele und von dort schnurstracks in eine laute Bar um die Ecke gehe? Die knarrenden Dielen unterm Teppich. Das Klimpern der Flaschen, das Zischen, die lachenden Leute. Sorgt der Wechsel zwischen diesen unterschiedlichen Ebenen dafür, dass ich keiner ganz angehöre? Mein Keller-Anteil hat mit meinem Bücherei-Anteil nichts zu tun. Mein Bar-Anteil lacht über den Keller-Anteil. Dem Bücherei-Anteil fällt es schwer, sich mit den anderen zu verbrüdern.

Jeder meiner Anteile zeichnet sich durch eine eigene Stille aus, sie gleichen Landkarten, die sich überlappen. Eine andere Geschichte, ein anderes Jetzt, ein anderes Hier. Jeweils unterschiedliche Möglichkeiten, zu Hause zu sein. Jedes Land ist auf eigene Art abweisend und sorgt auf andere Art dafür, dass ich mich schuldig und nicht akzeptiert fühle. Ich bleibe jedem Anteil treu, fühle mich aber keinem verpflichtet.

Auf dem Heimweg erfüllt mich das Gefühl, den Ort, an dem ich lebe, nicht wirklich gut zu finden. Die Straßen wollen nicht trocknen. Der Bürgersteig ist klebrig, es ist, als liefe ich über Leim. Ich befinde mich an einem Ort, der von dem Platz, an dem ich stehe, abgekoppelt ist. Mein Körper hat sich von den Gedanken gelöst, meine Füße sind in Irland, mein Kopf ist in Deutschland, meine Stimme habe ich in einer Landschaft der Schatten im Westen zurückgelassen.

Als ich zu Hause bin, legt Helen den Kopf schief und lächelt mich an, als wäre alles ganz nah und gleichzeitig ganz weit weg. Ich bringe die Kinder zu Bett. Ich denke mir eine Geschichte über eine Hochzeit in einem Leuchtturm für sie aus. Die Braut trägt eine Kette aus Erdbeeren. Ich sammele ihr Spielzeug auf und stelle die Bücher ins Regal, sie lieben es, sie aufzustapeln und darauf zu sitzen.

Im Flur brennt noch Licht. Helen geht zu Bett. Ihre sommersprossigen Schultern. Ihre Rückenwirbel. Im Bad entgleitet mir die Zahnbürste und fällt ins Waschbecken. Ich wende mich ab und schlage die Hände vors Gesicht. Ich sinke gebückt auf die Knie und lege die Stirn auf den Fußboden.

Stille ist nicht gleich Leere. Sie bedeutet nicht Abwesenheit von Materie. Sie ist ein greifbarer Zustand, sie ist voller Liebe, erfüllt von Sprachen und Dingen, die während der Kindheit gesammelt wurden. Ein vereister Strom von Gefühlen. Mein Zustand, dessen Ursache spät diagnostiziert wird, muss mit dieser Stille zu tun haben.

Die Zähne machen den Anfang. Es beginnt in den Vorderzähnen und dehnt sich auf die Backenzähne aus, und dann bekomme ich kein Wort mehr heraus. Es gibt keine medizinische Erklärung. Ich war mehrmals beim Zahnarzt, der aber nichts fand. Er ließ mich röntgen, klopfte jeden einzelnen Zahn ab, machte den Kältetest, tauschte sogar ein paar Plomben aus – was soll er sonst tun?

Es vergeht. Es kehrt zurück. Es gibt kein Muster. Es flammt auf, wenn ich heiter und glücklich bin, im Park mit den Liebenden, an meinem Schreibtisch im Keller, zu Hause, wenn die Kinder schlafen und Ruhe herrscht. Ich rolle mich auf dem Fußboden im Bad ein wie eine vergiftete Schnecke. Mein Blick trübt sich. Mein Mund ist voll Glas. Ich liege da, ein Ohr auf den Dielen, die Kloschüssel ragt vor mir auf wie ein weißer Schiffsbug. Zahncreme rinnt mir aus dem Mundwinkel.

Helens Stimme hallt zwischen den gekachelten Wänden, sie packt meinen Arm. Ich schüttele den Kopf wie ein Pferd und rappele mich hoch.

Du darfst nicht mehr im Keller arbeiten, sagt sie. Das macht dich krank. Sie sagt, sie wolle ein Geschäft eröffnen, eine Schauspielschule, ein Theater, ein Café, egal, ich müsse den Keller unbedingt verlassen.

Wir waren zusammen in Berlin. Der Stadt, in die ich vor meiner Stille floh. Wo ich abends in Bars sang, Lieder in der Schattensprache, die keiner verstand. Ich kann mich noch an den Straßenverlauf erinnern, an Gesichter in einer Bäckerei, an die Bahnhöfe. An die Ansagen in der Sprache meiner Mutter, als wären alle Leute in Berlin mit mir verwandt, eine Stadt voller Cousins und Cousinen. Ich höre noch, wie sich die Türen der Bahn schließen, sehe, wie der Zug durch dämmerige Bahnsteige mit Grenzern und Hunden gleitet, aus dem Untergrund auftaucht und urbane Brachen überquert, sehe die Ruinen, den Sand, einen Baum, der zwischen den Gleisen wächst.

Ich stand auf dem Bahnsteig und wartete auf sie. Das weiße Hemd, das ich trug, war mir viel zu groß. Ich hatte es, zusammen mit einem gebrauchten Mantel, von unserem Hausmeister bekommen, der groß und dick war. Das Hemd war so weit, dass es sich in dem Luftschwall, der den Zug ankündigte, aufblähte und ich das Gefühl hatte, plötzlich ein viel größeres Wesen zu sein. Ich empfand eine Aufregung, die nicht meiner Größe entsprach. Meine Körpermasse konnte so viel Freude nicht fassen. Die Worte, die mir zur Verfügung standen, waren zu klein für die Größe dessen, was mit mir geschah. Ich stand vor einer Zukunft, deren Sehnsüchte und Glücksgefühle weit außerhalb meines Verständnisses lagen. Meine Arme, meine Brust, mein nackter Hals – ich drohte, mit diesem flatternden weißen Zelt davonzuschweben.

Helen war hochschwanger. Sie hatte ein Transistorradio dabei. Ihre Schuhe waren mit kringeliger Handschrift bemalt. Wir kamen nur langsam voran, das Baby duldete keine schnellen Schritte. Im Park setzten wir uns auf eine Bank, und sie aß einen ganzen Becher Quark. Ich führte sie in eine Bar, sie wirkte minderjährig, als wäre sie gerade mit der Schule fertig. Der Barkeeper hatte eine Stricknadel in der Nase. Ein Mann mit weibischer Stimme kam mit einer Dogge herein und bückte sich scherzhaft, um sich vom Hund am Hintern beschnüffeln zu lassen. Eine Frau mit ärmelloser Lederjacke und Schnittwunden auf den Armen sprach leise mit Helen, wollte wissen, wie es ist, schwanger zu sein, wie klappt es mit dem Schlafen?

In der Stadt war es warm. Der Sommer war eine lange Pause,

und wir machten nicht viel, gingen in Ausstellungen, saßen in Cafés, als lebten wir auf einem Foto und warteten, dass es jemand austauschte. Jeden Abend stand ich in meinem weißen Hemd in irgendeiner Bar auf und sang Lieder in einer verlorenen Sprache. Jeden Morgen rieb ich Helens Bauch mit Mandelöl ein, die Fenster standen offen, und der Baum im Hinterhof flüsterte in der Brise. Helens Nabel war eine prähistorische Spirale auf einer glänzenden Kuppel. Wir hatten ständig Hunger. Sie verdrückte tonnenweise Käse und Äpfel und geräucherte Makrelen. In ihrem Inneren dehnte sich die Zukunft aus, es schien, als könnte sie sie eindämmen und den Lauf der Welt anhalten und müsste nie gebären. Unser Leben stand still an diesem Zufluchtsort. Wir lebten in einer Zeit vor dem Wissen. Dem Augenblick vor der Erinnerung. Wir dachten nur an das Jetzt.

Nachts, wenn es kühler war, gingen wir durch die Straßen. Wir passierten Steckbriefe mit Fotos von Terroristen. Eine Frau, die sich oben aus einem Fenster lehnte, beobachtete uns schweigend. Die Straßenbeleuchtung war schwach. Die Gebäude waren verwahrlost, es gab immer wieder Lücken, die durch zerbombte Häuser entstanden waren, der Krieg war noch nicht lange her.

Wir fanden die Aussichtsplattform, und ich half Helen die Holzstufen hinauf. Wir schauten über die Mauer auf den beleuchteten Todesstreifen, Posten in einem Wachturm, Häuser auf der anderen Seite, Straßen wie Schluchten im Dunkeln. Die Plattform war in der Zeit erbaut worden, als Leute ihren Verwandten jenseits der Mauer mit Taschentüchern winken, ihre Kinder hochhielten, ihre Namen riefen. Als man den Menschen auf der anderen Seite das Winken verbot, bot die Plattform Besuchern nur noch einen Blick über den Rand der Welt.

Auf dem Geländer lehnend und die Grenze betrachtend, verstand ich das Entsetzen in den Augen meiner Mutter, als sie vom Bau der Berliner Mauer las. Die Zeitungen, die ihre in Deutschland lebenden Schwestern schickten, bestätigten wieder einmal, wie abgelegen Irland, wie weit sie von ihrer Familie entfernt war. Ich wuchs mit dieser Distanz auf. Die Mauer wurde ein Teil von mir. Wenn ich sie beschrieb, dann beschrieb ich mich selbst. Eine Kluft zwischen den Menschen, die sich bis in jeden Winkel der Welt, in jede Familie, in jedes Herz ausdehnte. Noch war die Mauer nicht gefallen, die Leute strömten noch nicht jubelnd, lächelnd und weinend über die Grenze, man erklomm sie noch nicht, um Stücke aus dem Beton zu schlagen. All das war noch nicht passiert, diese Freiheit war ebenso unvorstellbar wie der Schrei eines neugeborenen Babys.

Wir schauten über die Berliner Mauer, ein Kuss, ein Lächeln, das Flackern der Grenzbeleuchtung auf Helens Gesicht, als sie sich mir zuwandte und sagte: Lass uns gehen.

In Dublin kehrt jeder von irgendwo zurück. Die Pubs sind voller Heimkehr. Man redet über Begegnungen, Drogentrips, Busfahrten auf toten Straßen. Man lacht über die Sterblichkeit. Man lacht über das Leben. Man lacht über das Befremden, die Erfindung des Unterschieds, das unfassbare Missverstehen der Welt.

Die Leute stehen in Kehoe's Pub, jeder steckt voller Bücher, die geschrieben werden wollen. Geschichten über heldenhafte Fernen, über Städte und Personen, die ich mir nie erträumen würde. Einer wurde im Zug ausgeraubt, während er auf der Gepäckablage schlief. Einer schob ein Stück Schlauch in ein Nasenloch, sein Leben kam und ging, er erwachte eine Woche später am selben Ort, ringsumher erklangen leise dieselben Stimmen, derselbe Hund hatte sich auf dem Fußboden eingerollt. Einer war zwischen zwei Ländern stecken geblieben, wurde an der Grenze des Irak abgewiesen und durfte nicht nach Afghanistan zurück. Einer weigerte sich, für eine Flasche Cola so viel wie für eine Flasche Whisky zu bezahlen, und wäre fast am Flusswasser krepiert, das er soff. Einer wäre in einer deutschen Autofabrik beinahe ums Leben gekommen, nur noch eine Millisekunde, dann wäre er zur Form einer Autotür gestanzt worden, sein Ellbogen streifte den Alarmknopf.

Sie sind heimgekehrt, nachdem sie mit Erstaunen erlebt haben, wozu Frauen fähig sind, wozu Männer fähig sind, was das Essen mit einem anrichten kann. Ein Schauspieler, den Helen aus dem Theater in Dublin kannte, wurde in New York von seinem Lover angeschossen und kehrte im Rollstuhl heim. Einer meiner Nachbarn blieb in Goa verschollen, er kehrte nie zu seiner Familie zurück. Eine ehemalige Mitschülerin Helens musste nach ihrer Rückkehr aus Brasilien erleben, wie ihr Mann mit einem anderen Mann durchbrannte, einer meiner Bekannten in Galway erlebte das Gleiche in Grün, seine Frau brannte mit seiner Schwester durch.

Einer hatte eine Geschichte aus Marokko zu erzählen. Er war in Fez, in einer Straße, nicht breiter als ein Flur. Vor ihm gingen drei junge Frauen mit Kopftüchern, als ein Esel vorbeilief, beladen mit Körben voller Oliven und einem Jungen, der ihn antrieb. Der Esel furzte im Laufen. Die Mädchen mit den Hijabs wandten sich ab, aber sie konnten nicht anders. Sie hielten sich die Hände vor den Mund, sie umklammerten einander, ihnen kamen die Tränen, und sie bogen sich vor Lachen.

Wir sind mit unserer Berliner Geschichte heimgekehrt.

Was habe ich zu erzählen? Eine Geburtsszene mit der Berliner Mauer im Hintergrund. Ich wurde über Nacht Vater, wir kehrten nach Dublin zurück, Helen stillte Rosie im Nebenraum des Pubs, ein Glas Guinness für das Baby. Wir fanden eine Wohnung, ich nahm den Job im Keller an, und nun haben wir eine zweite Tochter, Essie, unsere unbefleckte Familie.

Eine Rückkehr wohin?

Es ergibt keinen Sinn.

Dorthin zurück, wo wir uns kennengelernt haben? Zurück zu den ersten Worten, die sie zu mir sprach. Zurück zu dem kleinen Theater, in dem sie auftrat, zurück zu den Orten auf den Aran-Inseln, die ich mit ihr besuchte, sie beherrschte die Geistersprache nicht, sie war ein Gast, ich musste ihr meine Lieder übersetzen.

Zurück nach Hause? Zurück in mein Land? An den Ort meiner Herkunft? Er ist nur zur Hälfte der Ort meiner Herkunft, ich habe mich bemüht, ihn als solchen zu akzeptieren, und doch war er nie der Ort meiner Herkunft.

Oder zurück an den Ort, von dem auch sie nicht stammt?

Helen wuchs in England auf. Ihre Familie lebte in Birmingham, emigrierte aber nach Kanada und ließ sie zurück. Sie wurde auf ein Dubliner Internat geschickt. Ihre Familie zog in eine Stadt mit einem Salzbergwerk, an einem der großen Seen Ontarios. Helen wiederum emigrierte in umgekehrter Richtung, sie kehrte nach Irland zurück, in ein Land, das ihr fremd war.

Sie ist ein Bröckchen irischer Erde in den Schuhen ihrer Mutter.

An jedem Sonntagabend telefoniert sie nach Kanada. Sie sitzt neben dem Münztelefon im Flur, den Rücken an der Wand, die

Knie vor die Brust gezogen, und spielt mit der Schnur. Ich stehe im Schlafzimmer und höre zu, die Kinder schlafen, ich habe ihre Schuhe in der Hand, die auf dem Fußboden lagen. Ich höre zu, wie sie ihr Leben paraphrasiert. Sie schildert die Erdgeschosswohnung, in der wir leben, mit zwei Eingangstüren im Flur. Sie sei komplett möbliert, erzählt sie, mit einem pastellgrünen Teppich, die Nachbarn oben seien nett, das Meer sei ganz in der Nähe.

Ich kann die Fragen, die ihre Mutter in Kanada stellt, an Helens Antworten in Irland ablesen. Sie überzeichnet alles durch den Ton, in dem sie erzählt, sie bläht unser Leben für ihre weit entfernte Gesprächspartnerin maßlos auf. Sie verwandelt alles, was mich umgibt, in eine Fiktion. Sie legt mir die Welt in den Mund.

Die Schule, die Straßen, die Leute oben sind unglaublich lustig, der Schäferhund nebenan ist riesengroß, der Kaufmann gibt ihr stets das falsche Wechselgeld. Bei der Möbelauktion nebenan notierte der Auktionator ihren Namen und klebte einen Zettel auf den Drehspiegel, den sie kaufen wollte – Helen Boyce.

Sie übertreibt die Dimensionen unseres Lebensumfelds, damit es zu den Weiten Ontarios passt. Dinge, die in meinem Kopf in dunklen Winkeln schlummern, werden durch die Begeisterung, die Helen am Telefon zeigt, in himmelweiter, hellster Klarheit zum Leben erweckt. Über eine Stunde wird alles und jedes von den Zwängen der Realität befreit, alles neu entdeckt. Nichts ist mehr gültig, erst durch das Aussprechen wird es wahr.

Es kommt mir vertraut vor, wenn Helen unmittelbarste Dinge in diesem überspannten Ton schildert. Meine Mutter legte bei den Telefonaten mit ihren Schwestern in Deutschland die gleiche Aufregung an den Tag. Ich wuchs mit dieser Realitätsferne auf, die unseren Lebensumständen nie so recht entsprach. Einmal fragte ich meine Mutter, wo sie sich zu Hause fühle, und sie antwortete: Ich fühle mich dort zu Hause, wohin der Postbote meine Briefe bringt. Die Briefe aus Deutschland verschafften ihr ein Zuhause. Helen ist da ähnlich, sie verschickt Nachrichten, versetzt unser Leben an einen Ort am anderen Ende der Welt.

Ich höre, wie sie ihrer Mutter in Kanada erzählt, wir seien jetzt etabliert. Ich hätte einen guten Job im Musikgeschäft, sagt sie. Ich sei dafür zuständig, neue Talente unter Vertrag zu nehmen. Sie sagt, sie gebe an ihrem ehemaligen Internat Schauspielunterricht in Teilzeit. Sie habe begonnen, Yoga zu unterrichten, deshalb sei das Wohnzimmer unmöbliert. Mein Bruder, erzählt sie, sei ein hervorragender Tischler, und meine Schwester Gabriela habe uns eine Teekanne aus Porzellan geschenkt. Mein jüngerer Bruder arbeite in einem Fahrradladen um die Ecke. Meine Schwestern würden manchmal kommen, um auf die Kinder aufzupassen.

Wir wohnen an der Hauptstraße. Hier fahren auch die Busse, auf unserer Straßenseite gibt es eine Tierklinik und einen Lebensmittelladen, weiter unten an der Ecke ein Pub. Das Nachbarhaus wurde in eine Pension umgewandelt. Ein weißes Doppelhaus mit einem gepflasterten Weg, der die Rasenfläche davor teilt, links und rechts steht jeweils eine Gruppe Palmen. Sie verleihen der Straße ein Urlaubsgefühl. Ein Baum aus anderen Breiten, der in diesem milden Klima gut gedeiht und bis zu den Fenstern im Obergeschoss reicht. Vielleicht mögen die Palmen den hiesigen Boden. Sie haben gerade Blätter, am Rand etwas fransig, mit zerschlissenen Spitzen. Nachts kann man sie im Wind klappern hören.

Die Leute oben lachen wieder. Sie machen mir mein Leben im Erdgeschoss bewusst. Ich ziehe die Vorhänge zu. Ich stelle die Bücher weg. Ich schaue nach, ob die Mädchen schlafen. Ich lege ihre Kleider für den nächsten Schultag bereit. All das scheint die Leute über uns noch mehr zu amüsieren. Sie lachen, bis ich schließlich ebenfalls lachen muss. Sobald ich das tue, verstummen sie. Also lache ich allein. Ich höre, wie sie Musik auflegen. Sie spielen immer denselben Song, was nach einer Weile zum Problem wird, denn ich mag ihn auch. Sie kommen mir stets zuvor, wenn ich ihn auflegen will. Der Song, den ich liebe, wird mein Feind.

Ich höre Helens Schritte auf den Fliesen der Küche. Beim Geräusch ihrer Schuhe habe ich sie vor Augen. Ihren geraden Rücken, ihre gewichtslosen Arme, ihre langen Haare, ihre Apfelbrüste. Stille, als sie kurz über den Teppich läuft, um dann auf die Fliesen zurückzukehren.

Nachts können die verträumten Fahrgäste, die oben im Bus sitzen, direkt ins Haus schauen. Sie erhaschen kurz einen Blick auf uns, im leeren Wohnzimmer auf einer Matratze auf dem Fußboden schlafend, das Feuer brennt, die Vorhänge sind auf. Die Fahrgäste sehen nur zwei Menschen, die zur Decke starren und sich erinnern.

Helen erzählt von ihrer Kindheit in Birmingham. Im Garten, der das Haus umgab, stand ein Gingko-Baum, und dann packte ihre Familie und siedelte nach Kanada um. Die Abschiedsparty wurde in Dublin gefeiert, auf dem Flur im Haus ihrer Großmutter türmten sich Koffer. Ihre Tanten und Onkel reisten aus England und Frankreich an, um Abschied zu nehmen. Alle lachten und erzählten von Donegal und Limerick und Carrick-on-Shannon, und allen standen Tränen in den Augen, als ein Onkel das Lieblingslied ihrer Mutter anstimmte: Die Tage werden kürzer, man darf keine Zeit vergeuden, wer weiß, wann wir uns hier wiedersehen.

Normalerweise lässt das Kind die Mutter zurück, aber bei Helen war es umgekehrt. Sie wusste, dass sie ihr Leben verkehrt herum betrachtete, sie verabschiedete sich am Dubliner Flughafen von ihrer Familie, stand mit ihrer Großmutter winkend unten vor der Rolltreppe, und ihre Mutter brachte es nicht übers Herz, sich noch einmal umzudrehen. Die Straßen waren regennass und spiegelten die Straßenlaternen. Männer mit hochgeschlagenem Kragen überquerten die Brücke, der Fluss strömte träge dahin, die Neonreklame zeigte in Endlosschleife, wie ein Whiskeyglas gefüllt und geleert wurde. In den Bus, einmal umsteigen, sie starrte während der Fahrt aus dem Fenster, und dann standen sie in der leeren Wohnung. Ihre Großmutter machte ein Feuer und trank etwas Brandy. Sie saßen sich in der Badewanne gegenüber, mit roten Augen, gespreizten Beinen, zwei Frauen, um eine Generation versetzt. Die Rohre quietschten, ein Finger wurde über die beschlagenen Kacheln gezogen, von der Decke lösten sich Placken. Das Seifenstück war oval, es roch nach geräucherter Makrele und Hustensaft.

Das irische Wort für Emigration ist auch das Wort für Tränen. Ein Emigrant ist jemand, der in Tränen aufgelöst durch die Welt zieht. Unter Tränen geht. Ein tränenreicher Reisender.

Ein paar Wochen später holte man Helen aus dem Internat, weil ihre Großmutter ins Krankenhaus musste. Ihre Onkel kamen noch einmal vorbei, sie brachten drei Flaschen Brandy mit, eine, die von den Krankenschwestern beschlagnahmt wurde, eine, um sich an Ort und Stelle zu betrinken, die andere wurde für später versteckt. Als alle wieder weg waren, klopfte Helens

Großmutter auf das Bett und bat Helen, sich zu ihr zu legen. So schliefen sie ein. In jener Nacht starb ihre Großmutter neben ihr im Bett, im Krankenhaus herrschte Stille, im Flur brannte nur eine Funzel, die Schwestern tuschelten.

Die Busse fahren schon lange nicht mehr, da setzt sie sich hin und erzählt mit dem Rücken zum Feuer, ihre Wirbelsäule schmilzt wie ein Wachszopf. Ihre Augen sprechen von Abschied. Von all den Reisen unter Tränen. Von all dem Packen. All dem Fortgehen und dem Ankommen und dem Fortgehen und dem erneuten Ankommen, gefolgt von einem neuerlichen Aufbruch.

Sie erzählt, wie komisch es war, als sie ihre Familie in Kanada zum ersten Mal besuchte. Im Sommer, das Schuljahr war zu Ende, kehrte sie heim an einen Ort, an dem sie nie gewesen war. Ihr Vater holte sie am Flughafen von Toronto ab. Zwischen den vielen Gesichtern, die jenseits der gläsernen Trennwand warteten, wirkte er sehr international. Sie war so weit von allem entfernt, dass sie in seinem Beisein schüchtern war wie in einer Arztpraxis, und als er vom Parkplatz auf den Highway fuhr, bestanden seine Worte aus einer Reihe von Anweisungen. Seine sommersprossigen Hände auf dem Lenkrad, als sie die riesige Reklametafel passierten, die eine Frau im Badeanzug mit Cocktail und rosa Schirmchen in der Hand zeigte, die Linie zwischen den Plakatteilen verlief quer über ihre Beine, es dauerte eine volle Minute, bis sie daran vorbeigefahren waren. Er kaufte ihr in einer Raststätte ein Root Beer, das wie Medizin schmeckte.

Die Leute reden laut, sagt sie, alle Straßen sind schnurgerade, der Himmel ist endlos, es gibt keine Zäune, und ihre Augen waren zu groß, zu offen für die grelle Sonne. Der Schatten eines Baumes bildete einen tiefen Teich auf dem Rasen.

Das Befremdlichste überhaupt war der Anblick ihrer Familie, die sie auf der Veranda erwartete, als übten sie, zu Hause zu sein. Alles war wie in Birmingham, man hatte die Möbel in der gleichen Anordnung aufgestellt, nur der Blick aus den Fenstern war anders. Ihre Mutter begrüßte sie übertrieben, herzlicher, stürmischer, anschließend ein eiliges Foto im Wohnzimmer, die komplette Familie. Sie saß wie ein Duplikat neben ihrer Mutter auf der Chaiselongue, die Hände verschränkt, die Knie parallel ausgerichtet, ihre Brüder und Schwestern standen in wechselnder Familienformation hinter ihnen.

Ihre Mutter besteht nur aus Schulterzucken. Auf diese Weise tut sie ab, was sie zurückgelassen hat, sie wendet den Kopf in gespielter Geringschätzung ab, schließt die Augen und bettet ihr Kinn auf die Schulter. Sie lacht und wiederholt dann eine familientypische Wendung, die sie aus Limerick bis ins ferne Kanada mitgenommen hat: Wenn ich überlege, wer ich bin.

Das Wort Emigration nehmen sie nie in den Mund.

Die Stadt liegt auf einer Anhöhe mit Blick auf den Lake Huron. Sie wurde in Gestalt eines großen Rades angelegt. Die Straßen gehen wie Speichen vom zentralen Gerichtsgebäude aus. Lachend erzählt Helen, ihre Familie lebe in einer Uhr, die zum Himmel aufblicke. Angeblich ist es die schönste Stadt Kanadas. Man kann die Sonne zweimal untergehen sehen. Einmal auf Höhe des Seeufers und dann noch einmal, vorausgesetzt, man flitzt rasch genug die Holztreppe zum Leuchtturm hinauf. Oben kann man denselben roten Sonnenuntergang ein zweites Mal erleben, erzählt sie, die Uhr bleibt kurz stehen, man erhält eine zweite Chance.

Sie erzählt wie eine Postkarte. Ihre Stimme ist voller Straßen, die mir fremd sind. Die Stadt ist ihre Erfindung, sogar der Name klingt ausgedacht – Goderich.

Wir fahren mal dorthin, sagt sie.

Dort gibt es das größte Salzbergwerk der Welt. Das Salz der Sifto Company, das wahre Salz. Es steht auf jedem Tisch, sagt sie. Im Winter wird das Salz in ganz Kanada als Streusalz verkauft. Man schafft es in Frachtern über die großen Seen nach Michigan. Das Bergwerksunternehmen hat am Stadtrand einen Schrein errichten lassen, eine Glaspyramide mit einer gesichtslosen Figur aus Salz darin. Sie hat die Größe einer jungen Frau, sagt sie.

Man nennt sie die Salz-Madonna.

Das Haus ihrer Familie blickt direkt auf das Salzbergwerk. Wenn es dunkel ist, sieht man Lichter, sagt sie, als feiere man dort unten ein Fest. Man hört im Schlaf, wie der Ladebaum durch die Luft schwingt, man hört Gebrüll, zurücksetzende Trucks und die Bahnen für den Abtransport der Salzbrocken, heulend wie Eulen, und manchmal, sagt sie, spürt man die Erschütterungen der unterirdischen Sprengungen, sie fließen wie elektrischer Strom durch den Fußboden bis ins Bett. Dreihundert Meter unter der Erde befindet sich eine ganze Stadt, kilometerweit unter den See getrieben, in den Stollen gibt es zwei Fahrbahnen für die riesigen Trucks, sie führen durch Kavernen, hoch wie Kathedralen, erhellt von Bogenlampen. Die Luft ist so trocken, dass man nicht mal niesen kann. Beim Atmen knistert es in der Lunge. Wenn die gewaltigen Fördermaschinen nicht mehr funktionieren, lässt man sie einfach in den ausgebeuteten Kammern liegen, sie rosten und altern nicht. Ihr Vater hat ihr ein Salzstäbchen aus der Mine geschenkt, das sie neben den Briefen in einem schmalen Etui verwahrt.

Der Himmel klarte auf. Ich zog die Kinder an, knöpfte ihre karierten Holzfällerjacken zu, die uns aus Kanada geschickt worden waren, eine blau, eine orange. Beide Kinder hatten eine Erkältung und rote Wangen. Wenn Essie hustete, klang es wie das Bellen eines Seehunds. Auf dem Weg nach draußen schlichen wir am Wohnzimmer vorbei, in dem eine Yogastunde lief, zehn Frauen im Kreis, die Augen geschlossen, summend und atmend. Helen ist Schauspielerin, und es liegt ihr, die Führung zu übernehmen.

Wir bogen nach links ab, gingen an der Pension mit den Palmen vorbei, an Tierklinik und Lebensmittelgeschäft und überquerten die Straße auf Höhe der Eukalyptusbäume. Am Ufer trafen wir den Tierarzt, der mit seinen Kindern heimkehrte. Er heißt Mark, ich kenne ihn aus der Schule, er ist etwas älter als ich und mit einer Französin verheiratet, seine Kinder nennen ihn Papa. Meine Kinder reden mich mit Vornamen an. Ich verlange nicht, dass sie Dad zu mir sagen. In der Schule denken manche Kinder, ich wäre ihr großer Bruder.

Das Meer war ruhig. In der Bucht warteten Frachtschiffe auf ihre Ladung. Dicht unterhalb des Horizonts war ein heller Streifen Wasser zu sehen, dort brach die Sonne durch die Wolken. Diese Lichtfragmente sind für mich extrem stark aufgeladen, ebenso die Stimmung des Ufers und die Steine, die unter Wasser rollen. Die Küste bedeutet Sand und Sex und Bibbern und Badesachen, die nass und schlaff auf dem Boden liegen. Alles ist mir vertraut, der Granitpier, der Leuchtturm.

Manchmal bedrängen einen Dinge, die man liebt.

Ich bin ein stiller Vater. Neige zu kurzen Gefühlsausbrüchen, gefolgt von langen Schweigephasen. Meine Wut richtet sich meist gegen mich selbst. Ich versinke in Gedanken, gehe dieser

Welt verloren. Meine Hände stecken in den Taschen, und ich passe nicht auf, als Rosie und Essie auf eine Mauer klettern, die auf der anderen Seite drei bis vier Meter abfällt. Ich hole sie herunter, und als ich einen Blick auf die Felsen unten werfe, erfüllt es mich mit Schrecken, ein Vater zu sein. Sind das die Ängste meiner Kindheit?

Ich sollte ihnen bestimmte Sachen erzählen. Zur Warnung. Bruchstücke von Geschichten, damit ihnen nichts passiert. Ich ertappe mich dabei, alles, was mir meine Mutter in ihrer Sprache erzählt hat, für meine eigenen Kinder in die Sprache der Straße zu übersetzen. Sie sind mein Publikum. Ich rede mit dem gleichen atemlosen Enthusiasmus, mit dem meine Mutter das Meer und die salzige Luft schilderte oder die Gezeiten, die wie die Hand eines Diebes durch die Felsen streichen. Ich erzähle in ihrem tragischen Tonfall von den Männern, die eines Abends im Rettungsboot aufbrachen, um Menschen von einem sinkenden Schiff zu retten, und in Sichtweite ihrer am Ufer stehenden Familien ertranken. Ich erzähle ihnen von dem brutalen Kapitän, der im Hafen einlief und dessen Besatzung später meuterte und das Schiff übernahm. Von der Fischerkate aus schwarzem Segeltuch. Von dem weißen Haus, das aussieht wie ein auf die gefährlichsten Felsen der Welt gelaufenes Schiff.

Ich verstumme abrupt. Alles ist gesagt. Nachdem ich ihnen diese Informationssplitter vermittelt habe, fühle ich mich ausgelaugt, spüre die Kälte auf den Schultern, würde am liebsten schlafen.

Der Musikpavillon im Park wurde in einer Zeit entworfen, als dieses Land noch zu Großbritannien gehörte. Ich schaue zu, wie Rosie und Essie um den Pavillon rennen, den eine kreisförmige Bank umschließt. Das erinnert mich an meinen Vater, ich kann nicht anders, als mich an sein Schweigen zu erinnern, an den Tag, als er meinem Bruder und mir Plastikkameras schenkte, die Wasser verspritzten, wenn man auf den Auslöser drückte. Wir liefen auch um diesen Pavillon, und mein Vater sprach kein Wort. Er redete im Park nicht gern mit anderen Leuten. Seine Sprache war die Geistersprache, auch die Sprache meiner Mutter, die Sprache seiner eigenen Mutter benutzte er nie. Er kehrte seinen Leuten und dem Ort in West Cork, in dem er aufgewachsen war, den Rücken. Wenn er Deutsch sprach, verflog sein weicher Cork-Akzent, und deshalb wurde er oft missverstanden.

Eine Frau, die in der Nähe auf einer Bank saß, wollte wissen, ob ich der Vater der zwei Mädchen sei.

Sind das Ihre Kinder?

Ich lächelte.

Offenbar fand sie es beunruhigend, wie ich die Mädchen anstarrte. Das konnte die Leute auf falsche Gedanken bringen.

Ich kenne Ihre Familie, sagte sie. Ihre Mutter ist Deutsche.

So ist das, wenn man nach Hause kommt, weiter kann man gar nicht fort sein. Die Hotels am Ufer, die blauen Bänke, die Bäder, in denen ich schwimmen ging, alles, was man liebt, wendet sich gegen einen, es fühlt sich brüskiert, und deshalb brüskiert es dich. Du wirst ein Zuschauer. Der Granit ist unglaubhaft. Das Gras ist trügerisch grün. Der blau-grüne Streifen des Meeres hebt sich bis auf Augenhöhe, und du hast das Gefühl, von dem betrogen zu werden, was du kennst, du bleibst ein Fremder.

Meine Mutter wartete mit einem Apfelkuchen auf uns. Der Duft des Backens eilte uns im Flur entgegen, es war, als hätten wir ein fremdes Land betreten. Das Haus war unverändert, mein Vater war tot, aber seine Stimme war noch auf der Treppe präsent, sein Zorn, seine Liebe, seine Musik, all das war bis unters Dach zu spüren. Jemand hatte seine Imkereiausstattung abgeholt, seine Maske, seine Handschuhe, das Räuchergerät mit dem grünen Blasebalg. Das Bienengesumm steckte noch in den Zimmern. Das Bild meines Großvaters, Matrose der britischen Marine, hing im Flur, aus dem Kleiderschrank gerettet, in den mein Vater ihn verbannt hatte.

Meine Mutter sprach Deutsch mit Rosie und Essie, und sie lächelten, obwohl sie nichts verstanden. Sie antworteten auf Englisch. Sie spielten die Draußen-Sprache, sie kostümierten ihre Großmutter mit Tüchern und Schmuck, als wäre sie ein Kind. Sie schloss ihre Gesichter in die Hände – wer hat eure Augen gewaschen?

Meine jüngeren Geschwister wohnen noch zu Hause – Greta, Lotte, Emil. Greta ist Krankenschwester. Sie geht mit Rosie und Essie in die Küche, um Kekse zu backen, ich sitze mit meiner Mutter im Wohnzimmer. Ich möchte mehr über die Stadt erfahren, in der sie aufgewachsen ist. Wir gehen alles durch – das Geschäft ihres Vaters in Schutt und Asche, der Tod ihres Vaters, als sie noch ein Kind war, bald darauf der Tod ihrer Mutter, das verwaiste Haus am Marktplatz.

Meine Mutter zog mit ihren Schwestern zum Onkel. Er war Oberbürgermeister gewesen, und man hatte ihn aus dem Amt gejagt, weil er sich weigerte, für die Nazis zu stimmen. Stand mit einem zerrissenen Wahlzettel im Wahllokal und verlangte wahre Demokratie. Sein Freund, ein Journalist, wurde in Dachau inhaftiert und kehrte ein Jahr später zurück, nur noch ein Schatten seiner selbst. Auf dem Platz gab es Ärger, weil man Parolen gegen Hitler auf die Wände gepinselt hatte. Leute, die man dieser Tat verdächtigte, wurden aus ihren Häusern geholt und gezwungen, die Parolen zu entfernen. Ihr Onkel schärfte ihr ein, nicht mitzuspielen, nicht in die Partei einzutreten, sich nicht mitreißen zu lassen, den Nazis nur eines zu geben, nämlich ihr eisernes Schweigen.

Meine Mutter bekam eine Stelle im städtischen Meldeamt. Ein scheußlicher Ort, sagte sie. Ihr Vorgesetzter hatte permanente Verdauungsprobleme, und deshalb mussten die Fenster immer offen sein; er aß ständig gekochte Eier, die ihm seine Frau ins Büro brachte, jeden Morgen zur gleichen Stunde das immer gleich gekochte Ei. Meine Mutter musste Geburten, Todesfälle und Eheschließungen registrieren. Herkunft, Lebensdaten, Nachnamen und Vorfahren recherchieren, teils Jahrhunderte zurück, weil viele von einstigen Flüchtlingen abstammten, so auch die Familie meiner Mutter, die aus den Niederlanden geflohen war, weil es dort Pogrome gegen Katholiken gegeben hatte. Sie musste mit den Stammbüchern unaufhörlich die Treppe hinauf- und hinunterrennen. Leute kreuzten voller Panik auf, um ihre Vorfahren überprüfen zu lassen.

In der Stadt gibt es einen Mann, der sich in zwei Schwestern verliebt, erzählte sie. Die Schwestern wohnen in einem Haus am Marktplatz, er studiert Jura und will Anwalt werden, er holt beide ab, und sie machen eine Radtour im Umland. Die drei radeln durch die flache Landschaft. Der Wind geht durch die Felder wie ein Kamm durch grünes Haar. Sie gelangen an einen See und baden, ihnen wird kalt, und sie liegen eine Weile im Gras. Er beobachtet, wie sie sich ankleiden, und bewundert beide gleichermaßen, er würde gern den Mechanismus ihrer Fesseln verstehen, wie funktioniert das?

Er kann sich nicht entscheiden und sagt: Wenn ich doch nur euch beide heiraten könnte.

Die Schwestern zwingen sich ein Lächeln ab. Sie radeln zurück in die Stadt und wollen gemeinsam ins Kino. Auf dem Marktplatz braut sich etwas zusammen, dort hat sich ein Mob versammelt, man brüllt, dass Juden nicht ins Kino dürfen. Also gehen sie wieder. Er bringt sie nach Hause und geht danach allein über den Kirchhof, vorbei an dem Haus, in dem Thomas von Kempen wohnte, das mit dem Brunnen im Keller. Dann holt ihn eine der beiden Schwestern ein, in die er sich verliebt hat, sie küsst ihn stürmisch in aller Öffentlichkeit und zieht ihn mit, sie rennen quer durch die Stadt bis zur Windmühle und schlüpfen hinein, darin herrscht tiefes Dunkel.

Sie hören, wie Glas in Scherben geht.

Die Stadt ist in Aufruhr. Die Feuerwehr ist unterwegs, um dafür zu sorgen, dass das Feuer nicht um sich greift. Als sie wieder auf dem Marktplatz stehen, ist dort alles voller Rauch. Am nächsten Tag trifft sich der Student mit den beiden Schwestern und führt sie in ein Krefelder Café. Man hat Waren aus den Geschäften auf die Straße geworfen. In dem Café grunzen die Gäste und klopfen mit dem Löffel gegen Tassen, bis eine jüdische Familie mit drei Kindern ihren Tisch räumt und geht. Er bringt die Schwestern hinaus, jede bei der Hand haltend, der Kuchen bleibt halb verspeist zurück. Sie gehen in die Oper, und im Anschluss trinken sie etwas im Foyer. Er erklärt, er habe sich entschieden, es sei wohl angemessen, die ältere Schwester zu heiraten, worauf die jüngere Schwester, mit der er in der Windmühle war, in Tränen ausbricht und auf die Straße läuft.

Die Windmühle in der Heimatstadt meiner Mutter ist seit langer Zeit nicht mehr in Betrieb. Sie steht am mittelalterlichen Stadtwall. Als meine Mutter geboren wurde, waren belgische und französische Truppen in der Burg untergebracht. Danach wurde sie von den Nazis übernommen. Nach dem Krieg waren dort amerikanische Streitkräfte stationiert.

Der Jurastudent trifft sich an jedem Abend mit der jüngeren Schwester bei der Windmühle. Er liebt sie, aber Brauch und Sitte gebieten, dass er die ältere Schwester heiratet, die jüngere darf sich nicht vordrängeln. Die Vorbereitungen für die Hochzeit beginnen, das Aufgebot ist bestellt, sein Glück wartet in der Windmühle auf ihn, aber die Zukunft ruft, und er darf nicht zaudern, denn es droht ein Krieg. Die jüngere Schwester bleibt voller Kummer bei der Windmühle zurück und sieht, wie er durch das Tor in die Stadt geht, der Morgen graut über dem Kopfsteinpflaster, und das Kirchendach leuchtet rosig. Unter den Schuhen knirscht Glas.

Am nächsten Morgen geht die jüngere Schwester zum Meldeamt und bittet um Einsicht in Dokumente, die nicht sie betreffen, sondern den Jurastudenten, den sie liebt, aber nicht heiraten kann. Sie sitzt in einer Amtsstube und studiert Lebensdaten, seine Geburtsurkunde, die Angaben zu seiner Mutter, seinem Vater, sie verfolgt die Familie zurück. Während sie sich über die Dokumente beugt, hat sie das Gefühl, als würden sich die Bewohner der Stadt zerstreuen, als würde die Zeit rückwärtslaufen, als würde man sich entpaaren und entehelichen, als würden die Toten zum Leben erwachen, Kinder verschwinden und Familien bis zu dem Zeitpunkt ihres Eintreffens in dieser Stadt ausdünnen.

Tränen tropfen auf die Dokumente. Sie werden von Eifersucht verschmiert. Wie sich herausstellt, hat der Familienname den Zusatz J. Die Hochzeit findet nie statt, die Namen werden nie vereint. Der Jurastudent verschwindet. Zwei Schwestern bleiben mit gebrochenem Herzen zurück, die Windmühle aber bewahrte ihr steinernes Gesicht.

Seit dem Tod meines Vaters ist der Garten furchtbar verwildert. Meine Mutter bat mich, Ordnung zu schaffen oder wenigstens damit zu beginnen. Sie hörte gern das satte Geräusch des Umgrabens. Ich stellte einen Stuhl nach draußen, und sie saß neben dem Gewächshaus an einer windgeschützten Stelle.

Das Umgraben war im Grunde sinnlos, und das gefiel mir am besten. Ich war froh, etwas tun zu können, das weitgehend zwecklos war. Die Fortsetzung dessen, was mein Vater getan hatte, glich einer Rückkehr in die Kindheit. Und es war gut, dass Rosie und Essie da waren. Sie beackerten ihr eigenes Fleckchen Erde. Das gab mir das Gefühl, alles an sie weitergeben zu können, und mehr musste ich gar nicht leisten.

Ich blicke nur als Vater auf die Welt. Meine Vorstellungen kreisen um meine Töchter. Ich liebe es, etwas in ihr Denken einzupflanzen, das mit ihren ungelenken Worten zu mir zurückkehrt. Meine Erfolge sind mit ihnen verbunden, ich stehe ihnen voll und ganz zur Verfügung, ich freue mich, wenn sie lachen, und wenn sie streiten, packt mich die Verzweiflung. Wenn Rosie wütend ist, brüllt sie: Irgendwas. Wenn Essie wütend ist, schreit sie: Blut.

Es dauerte nicht lange, da stieß der Spaten auf etwas Hartes. Das Geräusch von Metall wanderte durch den hölzernen Stiel wie durch eine Stimmgabel bis in meine Hände. Ich brauchte eine Weile, um den Fund auszugraben. Eine alte Gartenschere. Sie war stark verrostet. Die Klingen ließen sich nicht mehr voneinander lösen. Die Holzgriffe waren vermodert, geblieben waren nur die Metallstifte. Beide hatten eine Einbuchtung, vielleicht, damit die Holzgriffe nicht abrutschen konnten. Man hatte eine flache Metallkappe oben auf jeden Stift geschweißt.

Die Mädchen kamen, um zu schauen, was ich gefunden hatte. Ohne Holzgriffe wirkte das Ding wie ein Geweih. Meine Mutter lachte. Ja, ein Geweih, sagte sie und nannte mich einen Wilddieb. Ich hatte ein Werkzeug meines Vaters entdeckt. Die Tatsache, dass die Griffe vermodert waren, deutete darauf hin, dass die Schere aus der Zeit stammte, als er das Haus erworben hatte. Bei der Ankunft meiner Mutter aus Deutschland war der Garten eine Wildnis. Meinem Vater war es peinlich, die Sache in Angriff zu nehmen. Er spürte die Blicke der Nachbarn, die ihn beobachteten. Ihr wiederum war es egal, ob jemand glotzte, und sie ging nach draußen, um den Garten selbst umzugraben, während er am Fenster zuschaute wie die Nachbarn. Er besann sich erst anders, als er sah, wie sie das Unkraut ausrupfte, ohne sich an den Gaffern zu stören. Sie erlöste ihn von der Angst, man könnte schlecht über ihn reden. Es machte ihm nichts mehr aus, wenn man ihm zusah, und er machte weiter, pflanzte Gemüse in penibeln Reihen, legte ein Blumenbeet an, setzte neue Obstbäume und säte einen Rasen an, damit sie in der Sonne sitzen konnten.

Am lebhaftesten erinnere ich mich an sein Gartenfeuer, da wölkte der Qualm über die Mauern und sandte eine Botschaft in die Welt, die Nachbarn konnten kaum noch etwas sehen und mussten ihre Fenster schließen. Der Rauch trieb in die Wohnung, er hing in allen Zimmern, in unseren Kleidern, in den

Betten, er kroch auf die Straße, eine riesengroße Wolke aus Qualm, und das von meinem Vater gejätete Unkraut brannte vom Nachmittag bis in den Abend, es schwelte noch am nächsten Morgen.

Helen kam nach dem Ende des Yogaunterrichts. Meine Schwestern flitzten los, um ihr zu öffnen. Beide empfanden sie als Besucherin aus einer anderen Welt. Sie untersuchten sie von Kopf bis Fuß, das schwarze Barett, ihre langen, kastanienbraunen Haare, die schwarze Cordjeans, ihren hellgrünen Pullover mit dem U-Boot-Ausschnitt. Eine sommersprossige Schulter sprang aus dem Pullover hervor, als sie sich bückte, um ihre Tasche im Flur abzustellen. In der Küche sprach sie Deutsch, denn sie hatte in Berlin ein paar Worte aufgeschnappt, die sie bei meiner Mutter ausprobierte, ihre Stimme klang sonderbar verzerrt. Meine Mutter lachte und behandelte sie wie ein Kind, schlug ihr auf den Oberschenkel: Du bist mir eine.

Wir leben in rebellischen Zeiten. Alles, was wir tun, hat einen Hauch von Rebellion und Ungehorsam, es herrscht das Gefühl, dass sich die Dinge verändern, die Bürgerrechte, die Rechte der Frauen. Die Kunstszene wimmelt nur so von nackten Körpern. Vieles ist nicht mehr ganz so heilig, wird nicht mehr respektiert. Man rückt früher unwichtige Dinge ins Rampenlicht, entdeckt befremdliche Wahrheiten in Objekten, die zuvor rein funktional waren.

Wir erfahren von einem Deutschen, der Fett und Filz in seiner Kunst verarbeitet. Er schmiedet seine Lebensgeschichte zu einer Legende um, er trägt einen Hut, um die Verletzungen zu verbergen, die er sich im Krieg als Jagdflieger bei einem Abschuss zugezogen hat. Er veranstaltete spontane Happenings, saß in New York mit einem Kojoten in einem Raum, nahm in Berlin einen Pinsel und begann, die Straße zu kehren, umringt von Schaulustigen – Kehraus, so nannte er das.

Neue Protestformen. Neue Arten der Auseinandersetzung mit der Vergangenheit. In Berlin saß ich im Theater und erlebte, wie die Schauspieler nichts anderes taten, als das Publikum zu beschimpfen. Alle wurden wachgerüttelt. Man achtete das Verrückte.

Die Berliner Bar, in der ich immer sang, wimmelte von Leuten mit neuen Ideen. Eines Abends kam ein Mann mit einer Sporttasche herein. Er bestellte nichts zu trinken. Er ließ die Tasche auf den Boden sacken und fiel auf die Knie. Dann holte er einen großen Knochen aus der Tasche. Dieser stammte allem Anschein nach direkt aus der Fleischerei, ein Hund hätte seine helle Freude daran gehabt. Der Knochen, an dem noch rote Fleischfetzen hingen, hatte ein buckeliges Gelenk an einem Ende und glich einer weißglänzenden Türklinke.

Mitten in einem meiner Songs reckte der Mann warnend den Knochen. Die Bar hatte einen Kopfsteinpflasterboden, ein grüner, schmiedeeiserner Zaun umgab die Bühne, die Decke bestand aus einer lichtdurchlässigen Bleiverglasung. Sie befand sich direkt unter einer Eisenbahnbrücke. Man konnte hören, wie oben die Züge vorbeirumpelten.

Alle wichen vor dem Mann zurück.

Ich unterbrach den Song. Der Mann mit dem Knochen war in den Dreißigern, er hatte schulterlange Haare. Er trug schlichte Kleidung, eine abgewetzte Jeans, ein Hemd mit Stehkragen. Die Schnürsenkel der Stiefel waren offen.

Auf dem Kopfsteinpflaster kniend hielt er den Knochen in

der Hand und brüllte. Ohne ein Wort zu sagen, begann er, rosa Fleischfetzen abzubeißen, seine Zähne flogen über den Knochen, zwischendurch knurrte er. Er war unrasiert, sein wütender Blick war in die Ferne gerichtet. In der Bar herrschte Stille, man servierte nichts mehr, sogar die Züge schienen angehalten zu haben.

Es hatte allen die Sprache verschlagen. Niemand wusste, was diesen Mann antrieb. Schwer zu sagen, ob er eine Vorstellung gab oder so hungrig war, dass er unbedingt etwas essen musste. Knurrte er wie ein Tier, während er an den Fleischfetzen riss und leckte, weil er wütend oder wahnsinnig war oder den Gästen Angst einjagen wollte? Nichts deutete darauf hin, dass er sich etwas aus den Blicken machte, er schien nicht zu merken, dass das Publikum verblüfft, amüsiert, mitleidig, misstrauisch zusah, sich das Lachen verkniff. Man gewährte ihm Raum, er hätte genauso gut in einer einsamen Steppe hocken können, ein Mann im Krieg, ein Mann, der um sein Leben kämpfte, ein Mann, der diesen kostbaren Knochen gefunden hatte und ängstlich über die Schulter schaute, damit ihm niemand die Beute entriss.

Jedes Land hat seine eigene Art, das Schweigen zu brechen. Eines Tages erschien in Dublin ein Künstler, der ein Kreuz trug. Man sah ihn am Karfreitag mit einem riesigen Holzkreuz auf der Schulter durch die zentrale Einkaufsstraße gehen. Man hätte es für eine Inszenierung der Kreuztragung halten können, aber es war eher ein Happening, eine getarnte Kunstinstallation, eine Herausforderung der Macht der katholischen Kirche. Er lehnte das mannshohe Kreuz gegen die Wand von Kehoe's

Pub und ging hinein. Seine Kunst kannte keine Furcht. Er saß an der Bar und starrte sein Pint an, als hätte er den Atlantik vor Augen.

Diese revolutionären Gesten entfesseln eine provokative Kraft in mir. Ich brauche nicht viel Ermutigung. Ich versuche immer noch, das Regiment meines Vaters abzuschütteln. Ich stecke voller Rebellion. Ich glaube an nichts. Ich bin kein Herdentier. Ich misstraue Gruppen, bin kein Fan irgendeiner Mannschaft, werfe bei Rockkonzerten ungern den Kopf hin und her.

Ich veranstalte meine eigenen Happenings. Einmal führte ich einen sinnlosen Rechtsstreit wegen eines Knöllchens. Ich hatte in einer ruhigen Straße ohne Verbotsschilder geparkt und einen Strafzettel bekommen. Ich durfte dort parken. Ich konnte mit Fug und Recht sagen, dass das Bußgeld ungerechtfertigt war. Nur konnte ich meinen Fall gar nicht erst darlegen, weil ich mich weigerte, auf die Bibel zu schwören. Ich erklärte vor Gericht, nicht an Gott zu glauben, und der Richter brüllte: Wer hat die Dublin Bay erschaffen?

Ich führte einen Kreuzzug, und das war zu viel.

Wem will ich etwas beweisen und wozu? Zunächst einmal muss ich mich selbst ändern, mein Schweigen, meine Unfähigkeit, mich zu artikulieren oder mir darüber klar zu werden, was ich sagen will. Mein Wortschatz ist zu klein. Die bestehende Ordnung bekämpfen, gegen das Establishment angehen, die Autorität ins Wanken bringen, all das trifft es nicht. Ich spreche in viel zu überbordenden Sätzen. In einer Flut deplatzierter Wörter, die mir nicht entsprechen. Ich bringe in der Öffentlichkeit verworrene Gefühle zum Ausdruck, die ich besser schriftlich formuliert hätte. Was ich sage, ist plump und nackt, niemals denkwürdig.

Mir fehlt die Gabe, mich zu verstellen. Ich bemühe mich nach Kräften, andere zu täuschen, klinge aber stets bemüht.

Da ist es besser, zuzuhören.

In der deutschen Bibliothek leihe ich ein Buch aus, das mich fasziniert, weil die Hauptperson beschließt, etwas zu erschaffen, das niemand zu Gesicht bekommt. Es geht um einen bedingungslos liebenden Mann, der all sein Leben und all sein Vermögen der Errichtung eines Denkmals für seine Schwester widmet. Entscheidend ist, dass er beschließt, das Denkmal mitten in einem Wald zu verbergen. Er errichtet die kegelförmige Konstruktion an einem stillen Ort, wo sie niemand sehen kann, nicht einmal seine Schwester, also jener Mensch, für den er sie geschaffen hat. Ein Denkmal, das dem Ungesagten und dem Ungesehenen gewidmet ist.

Was für eine großartige Idee, dachte ich. Ein Mann, der seine Lebensenergie auf etwas Sinnloses verschwendet, der ein nutzloses Werk an einem entlegenen Ort erschafft. Wozu? Um des Nichts willen? Um der Liebe willen?

Heute etwas Nutzloses tun.

Helen hat mich immer ermutigt zu schreiben. Du kannst dein Schweigen in einem Buch bündeln, sagt sie. Dinge, die ich seit der Kindheit angehäuft habe. Die absurden Kriege zwischen den Sprachen, die nicht zusammenpassenden Länder, ich habe das grundlose Bedürfnis, Dinge niederzuschreiben.

Als wir gingen, nahm ich die verrostete Gartenschere mit, die ich bei meiner Mutter gefunden hatte. Zu Hause stellte ich sie auf den Kaminsims im leeren Wohnzimmer und trat ein paar Schritte zurück, um sie zu bewundern. Es gefiel mir, dass die Schere nicht mehr zu gebrauchen war. Ich beschrieb sie auf dem Papier. Ein Metallgeweih. Ein Impala-Schädel. Die Augen fehlen. Die Haut wurde abgefetzt. Was bleibt, ist der blanke Schädel. Der restliche Kadaver wurde abgetrennt, von einem Leoparden auf einen Baum gezerrt.

Warum klammerte ich mich an diese Vergleiche? Wollte ich ihnen eine Geschichte entlocken? Anstelle des Objektes an sich die Assoziationen und Gedanken schildern, die es auslöst? Mied ich die harten Fakten? Floh ich vor der wahren Welt? Beschrieb ich mich selbst? Verwandelt sich alles in ein Selbstporträt?

Ich kehrte zu dem Objekt zurück. Eine rostige Gartenschere, die nicht mehr zu gebrauchen war. Ein ausgegrabenes Metallstück ohne Sinn und Zweck. Ich misstraute selbst dieser schlichten Beschreibung. Jedes Wort drückte eine Meinung aus, zwang dem Objekt eine Funktion auf, es wurde betrachtet, erobert, bewertet. Ich zerriss die paar Sätze, die ich aneinandergereiht hatte, und wandte mich wieder dem Artefakt selbst zu. Ich erklärte nicht weiter, woher es stammte oder wem es gehört haben könnte. Ich sah nur die sinnlose Form, in die es sich verwandelt hatte. Ich band einen dünnen Draht an die Griffe. Ich schlug einen Nagel in die Wand und hängte das Ding auf.

Am Vormittag mache ich im Keller Inventur. Viele Alben im Lager wurden seit der letzten nicht mehr angerührt. Ich habe das Inventursystem eines Berliner Verlags übernommen, für den ich eine Weile gearbeitet habe. Jedes im Katalog verzeichnete Objekt hat eine Karte mit der Zahl der verbliebenen Exemplare. Wenn jemand eine Bestellung aufgibt, meist ich selbst, streicht er die Zahl durch und notiert die neue darunter. Sobald diese eine kritische Grenze unterschreitet, legt man die Karte der zuständigen Person vor, also mir, damit nachbestellt werden kann.

Der Zweck besteht darin, dass einem nie das eine oder andere ausgeht, also Platte oder Hülle, denn das eine wäre ohne das andere wertlos.

Dieses System ist für Unternehmen mit größerem Umsatz durchaus sinnvoll. Im Geistersprachen-Keller gehen pro Jahr aber nur wenige Platten weg, manche sind sogar unverkäuflich, weil es Raritäten sind. Die Bestände können innerhalb weniger Stunden durchgezählt werden, ein Frühwarnsystem ist also überflüssig. Wenn ein Plattenladen in Saint Paul, Minnesota, ungewöhnlich hohe Stückzahlen der Platte eines Sängers bestellt, dessen Familie und Freunde in die USA ausgewandert sind, kann ich umgehend Nachpressungen ordern. Vielleicht entsteht eine kurze Verzögerung, weil das neueste Album von Madonna bei der Produktion Vorrang hat, aber das lässt sich in einem Brief erklären, und die Musik, die wir anbieten, ist zeitlos.

Ich gebe das System mit den Karten rasch auf. Wir zählen wieder normal. Zahlen gehen nicht verloren, vorausgesetzt, man notiert sie. Wenn man auf Irisch zählt, kann das heikel sein. Auf Englisch klingt es akkurater und seriöser, jeder auf der Straße kann es verstehen. Das gilt auch für Telefonnummern und Verabredungen, es kommt nicht so oft zu Missverständnissen.

Ich habe die Ergebnisse der Inventur auf einem Formular eingetragen. In einer Spalte stehen die Verkaufszahlen. Dann gibt es noch eine Spalte für Ausschuss, Retouren, mangelhafte Pressungen, beschädigte oder verfärbte Hüllen. Eine weitere Spalte verzeichnet offizielle Geschenke. Kuriere sausen immer wieder mit Schallplatten zu wichtigen Persönlichkeiten der Stadt, zu Regierungsministern, zu Priestern, Bischöfen, Schuldirektoren, Theaterdirektoren, Männern und Frauen in einflussreichen Positionen.

Zum Schluss fasste ich die Zahlen stets in einem Jahresbericht zusammen und ließ ihn nach oben gehen, zum Commander. Er schickte dann eine Notiz nach unten, um mir mitzuteilen, dass er von den Zahlen beeindruckt sei. Er hatte die Organisation genialerweise als gemeinnützige Stiftung angemeldet, die sich über eine monatlich stattfindende Schattensprachen-Lotterie finanzierte. Die Zahlen mussten sich also nicht ausbalancieren, kein Künstler in unserem Katalog war gezwungen, einen Gewinn zu erwirtschaften. Entscheidungen wurden allein auf Grundlage kultureller Erwägungen getroffen, es ging nur darum, etwas am Leben zu erhalten, das andernfalls sang- und klanglos ausgestorben wäre. Unsere Verluste wurden durch den Überschuss an kulturellem Erbe wettgemacht. Eine der letzten Aufnahmen waren die Stücke eines Zither-Solisten, der kein einziges Album verkaufte, aber die Zahl der Kopien, die wir zu Werbezwecken verschenkten, war überdurchschnittlich hoch.

Der Commander erklärte mir ausführlich, er wolle den Katalog ausweiten, ich solle neue Bands rekrutieren, jüngere Sänger, mehr Frauen. Wir nahmen eine rothaarige Sängerin aus dem Westen Irlands unter Vertrag; sie hatte eine großartige Stimme, war auch für ihre Songs auf Englisch bekannt, eingefärbt durch den Zungenschlag der Schattensprache.

Durch die Aufgabe, die größten irischen Talente anzuwerben, schwindet mein Impuls, selbst zu singen, mit der Zeit. Er ist auch unangebracht. Ich habe zwar noch immer Wut und Trauer im Repertoire, all jene Songs, die ich in Berliner Bars gesungen habe, nur könnte ich kaum überzeugen, weil ich kein echter Einheimischer bin. Als Außenseiter bin ich nicht authentisch, ich bin halb irisch und halb deutsch, halb Mensch und halb Pferd, wie es heißt. Wenn ich singe, lässt man das in Irland nicht gelten, anders als in Deutschland, wo man mich für einen waschechten Iren hält.

Das irische Wort für singen bedeutet zugleich sprechen.

Eines der Bandmitglieder, mit denen ich in Deutschland auf Tour war, kehrte mit einem ähnlichen Problem nach Irland zurück: Man sprach ihm ab, sich äußern zu dürfen. Er konnte sich nur schwer daran gewöhnen, wieder unter seinen Leuten zu sein. Eines Abends stimmte er in einer Bar in Galway einen Song über die Emigration an, aber das wurde als anmaßend bewertet. Man warf ihm vor, sich eine Trauer anzumaßen, die ihm nicht zustand, egal, wie gut seine Stimme war, egal, wie lange er in der Fremde gewesen war, egal, wie sehr er sich nach der Landschaft Mayos verzehrte, wo er aufgewachsen war.

Vielleicht ähnelte er mir, war täglich ein Migrant, der aus der Haustür in ein Land ging, in das er nicht richtig gehörte und wo er ständig aufpassen musste, zu wem er was sagte. Die Leute behandelten ihn wie einen Fremden. An jenem Abend in Galway sang er aus tiefstem Herzen, musste aber aufhören, als jemand quer durch die Bar brüllte: Geh doch zurück, wo du herkommst!

Er wuchs in einem riesigen Haus in der Nähe von Westport auf, dessen Treppenhaus ein dreiteiliges Bleiglasfenster hatte, die anderen Fenster boten einen Blick auf einen See und das Hügelland, und es gab nur ihn, seine Mutter und zig leere Zimmer. Er war der letzte Abkömmling des Geschlechts der Fitzgeralds, verwandt mit dem berühmten Duellanten George Robert Fitzgerald, der in Paris von Marie Antoinette einen Ring erhielt, bevor man sie enthauptete, und sein Leben ähnlich grausam beschloss, denn er wurde in Castlebar gehängt, nicht weil er seinen Vater einmal mit einem Zirkusbären in einen Käfig gesperrt hatte, sondern wegen Mordes. Der Ring wurde in einer Tabakdose aufbewahrt, der Stein ließ sich zur Seite schwenken, darunter verbarg sich das Wappen des französischen Königshauses. Während der Hungersnot war seine Familie hilfsbereit. Das Haus wurde später dem Staat vermacht und in ein Museum ländlichen Lebens umgewandelt.

Er spielt die Gitarre mit der linken Hand. Er ist blond, auf einer Wange prangt ein bläuliches Mal. Beim Essen sitzt er schräg am Tisch, die Beine übereinandergeschlagen. Wenn die Musik gut ist, belfert er. Ich habe erlebt, wie er vor Aufregung einen Stuhl umtrat, als er in Claremorris eine Band einen Céili spielen hörte. Während der Fahrt über den Brenner ließ er die Hände auf das Armaturenbrett klatschen und jaulte, als *Voodoo Child* lief.

Ich würde liebend gern singen, aber der Katalog der sprechenden Songs steht mir nicht mehr zur Verfügung. Ich kann mit den großen Sängern nicht mithalten. Ich versuche, meinen Geist auf andere Art wiederzubeleben, greife zur Gitarre und bringe mir ein paar aktuelle Songs bei, aber meine Stimme bricht schnell. Also beginne ich wieder, ausführlich zuzuhören.

Die Tierarztpraxis hatte zu. Vormittags hörten wir die Neuigkeit. Der Junge wurde tot auf dem Fußboden des Operationsraumes entdeckt. An der Tür hing ein Zettel, auf dem unter anderem das Wort Trauerfall stand.

Ich klopfte. Es dauerte, bis der Tierarzt öffnete. Mark und ich standen auf dem Bürgersteig. Er bat mich nicht herein, wollte nicht, dass ich sah, wo es passiert war, den Fußboden, von dem er den Jungen am späten Nachmittag aufhob und auf die Straße lief, bis zum Krankenhaus rannte, in der Hoffnung, dass er noch lebte. Ich konnte die Mutter des Jungen in ihrer Trauer nicht trösten.

Es tut mir so leid. Mehr konnte ich nicht sagen.

Ah, hör einfach zu, sagte er.

Wir standen stumm da. Er hatte Tränen in den Augen, wusste auch nichts zu sagen. Zwei zu Boden starrende Väter, die sich gegenseitig Mut machten, randvoll mit Worten, die jedoch im Hals stecken blieben. Die Eukalyptusbäume auf der anderen Straßenseite rochen nach Krankenhaus. Der Händler im Laden nebenan betrachtete uns durch das Fenster. Wir führten kein Gespräch. Mir fiel ein, dass er mir letzte Woche ein Buch mit Kurzgeschichten empfohlen hatte, aber auch das sprach ich nicht an. Es enthielt eine Story über ein Paar, das an einem entlegenen Ort ein Haus mietet, wo sich beide leidenschaftlich lieben, aber dann will der Eigentümer das Haus plötzlich selbst nutzen, und da ist es vorbei mit ihrer Liebe.

Ich schaute zum Pub an der Ecke. Er trat mit der Stiefelspitze gegen die Mauer.

Mein Gott, sagte er.

Wir hörten, wie das Laub der Eukalyptusbäume im Wind raschelte. Sichelförmige Blätter, grüne, ledrige Klingen. Der pflanzensaftartige Geruch war erstickend, ein giftiges Mittel gegen Parvovirose bei Hunden. Es kamen kaum Autos vorbei, keine Busse, das hätte ich bemerkt. Es fiel ihm schwer, wieder hineinzugehen. Als wollte er mit mir auf der Straße bleiben, als könnte er sich so am besten an die gute Zeit erinnern, ich war jemand aus der Ära vor der Tragödie.

Ich stand da und schwieg. Wie ein Kind, das versucht, etwas zu verstecken, nicht zugeben mag, dass da die Flasche mit einer blauen Flüssigkeit war, die ich für Limonade hielt.

Er legte mir eine Hand auf die Schulter.

Pass gut auf deine Mädchen auf, sagte er. Dann gab er mir einen Klaps auf den Hinterkopf und ging hinein.

Der weiße Sarg wurde zur Kirche getragen, die Menschen standen am Straßenrand, ich konnte nicht hören, was sie sagten, ich sprach mit niemandem. Mark stand am Grab, seine Schwester hatte ihm einen Arm über die Schultern gelegt, die Schar der Trauergäste war klein, seine Frau hielt seine Hand, während die letzten Gebete für den Jungen gesprochen wurden. Der Tod des Sohnes riss den Eltern den Boden unter den Füßen weg. Mark gab die Tierarztpraxis auf und arbeitete eine Weile im Norden, in Coleraine, sie kehrte nach Frankreich zurück. Nach seiner Rückkehr begegnete ich ihm ab und zu, im Fischgeschäft, in dem Laden für Obst und Gemüse, manchmal am Hafen, und wir plauderten immer eine Weile, er erzählte Neuigkeiten, wir sprachen nie über den toten Jungen oder die kaputte Familie. Er ging krumm, seine Bewegungen wirkten wie zeitverzögert, seine Stimme klang gebrochen. Sein Blick schien zu besagen, dass er kapituliert hatte, er wandte sich halb ab, schaute mich dann wieder an, es tat gut, sein Lachen zu hören. Ich traf ihn in Pubs voller Rugby-Fans und Bilder von James Joyce. Draußen stand sein Fahrrad, im Korb ein Berg von Büchern.

Einer meiner Freunde ging nach Australien.

Er war ein begnadeter Erzähler. Sein Gedächtnis ist juristisch penibel, er hat Jura studiert. Er ist groß, er redet wie ein Wasserfall, man kam kaum mit. Es ging mit ihm durch, wenn er schilderte, was er über andere Leute gehört hatte, wenn er etwas über uns erzählte, das wir vergessen hatten, man fühlte sich gut, weil man ihm etwas bedeutete. Er erinnerte sich an die Zeit, als Helen und ich in Berlin gewesen waren, als ich meine traurigen Songs für Passanten sang, bis eine Frau aus ihrem Büro auf die Straße kam und mir Geld gab, damit ich endlich verschwand. Er konnte sich an Helen in der U-Bahn erinnern, an einen Mann, der ihren kugelrunden Bauch anstarrte, wusste noch, wie wir zu dritt Arm in Arm über den Hermannplatz gegangen waren, Helen wurde getragen, sie segelte über den Boden.

Er kam rasch ins Gespräch, und selbst Menschen, die einander mieden, waren froh, in seiner Gegenwart beisammen zu sein. Er gab mir das Gefühl, in Bewegung zu sein, lebendig zu sein, ein Glückspilz zu sein, und das musste unbedingt gefeiert werden, wie er fand. Er erzählte ohne Bosheit. Menschlichen Emotionen gegenüber war er offen, man konnte ihm jeden Gedanken anvertrauen. Ich erlaubte ihm, mir Worte in den Mund zu legen. Ich war extrem wortkarg. Meist übernahm er das Reden für mich.

Wenn ich schreiben könnte, wie er spricht, dachte ich, dann wäre ich überall auf der Welt zu Hause.

Wir standen in Kehoe's Pub an der Bar. Ich fand es schön, dem Stimmengewirr zu lauschen. Das Klingeln einer Münze auf der Theke, ein Bierdeckel, der in die Höhe schnellt und mit Daumen und Zeigefinger gepackt wird. Alles war es wert, erinnert zu werden, die abgewetzte Sprosse des Barhockers, verkleckertes Bier, die sauertöpfischen Mienen der Barkeeper, die auf der falschen Seite des Lebens standen. Mitgehörtes: Nein, hau bloß ab, ich schulde dir noch ein Pint. Zusammenhanglose Gesprächsfetzen – der Permafrost, mein Trick, Galileo, ich lach mich scheckig, dir steht eine Rückzahlung zu. Ich liebte diese chaotische Prosa der Stadt, wenn in einer Ecke des Pubs etwas

Ernsthaftes gesagt und in der anderen Ecke laut gelacht wurde, das hatte eine abstrakte Qualität.

Ich erzählte meinem Freund voller Begeisterung, ich wolle schreiben. Das klang so, als hätte ich keine andere Wahl, jeder Mensch ist in einem Buch gefangen, dem man nur entkommen kann, indem man es schreibt. Irgendwann zog ich einige Seiten aus der Tasche und bat ihn, sie zu lesen, weil ich meinte, meine Worte hätten das Temperament seiner Stimme.

Es war ein Abschnitt, in dem ich mein Schweigen schilderte. Mitten in der Nacht erwachend, während alle schliefen, das Haus durchstreifend, in dem ich aufgewachsen war. Ich wurde zu einem Dieb im eigenen Haus. Achtete darauf, dass die Stufen nicht knarrten. Knipste das Licht nicht an. Betrachtete die Dinge, die zu meiner Familie gehörten, die Fotos auf dem Kaminsims, die Stadt, aus der meine Mutter stammte. Im Dunkeln hatte ich das Gefühl, ein Haus betreten zu haben, in dem ich fremd war, seine Bewohner hatten mit mir nichts zu tun. Wenn es draußen zu dämmern begann, erhaschte ich im Spiegel einen Blick auf mich. Eine rätselhafte Gestalt, die ich nicht erkannte, allein zwischen vertrauten Möbeln und Familienhabseligkeiten. Das war nicht mein Spiegelbild, sondern das einer anderen Person, sie kam aus dem Nirgendwo.

Er las schnell. Er meinte, es sei irgendwie kantig, irgendwie ehrlich. Ich konnte keinen Unterschied zwischen seiner und meiner Ehrlichkeit erkennen, nur dass alles, was er enthüllte, über Nacht verpuffen konnte. Seine Geschichten drehten sich meist ums Reisen. Namen von Städten und Flüssen an fernen Orten.

Er sagte, er werde abhauen. Wir betranken uns noch mal. Ich vermisste ihn. Seine Abreise hinterließ eine Lücke. Sie raubte mir die Landkarte. Mein Gesprächsfaden riss. In seiner Hemdtasche steckten wichtige Informationen, die er mit nach Australien nahm. Tut das nicht jeder Emigrant?, dachte ich. Jede Person, die verschwindet, nimmt wichtige Kenntnisse mit, die die Zurückgebliebenen nicht ersetzen können.

Ein Foto, das er aus Fremantle schickte, zeigt ihn in einem knallblauen Hemd mit dahinsegelnden Oldtimern und Palmen darauf. Der Winkel seiner Schultern verrät, dass er in der Küche steht, vielleicht eine Flasche Wein öffnet. Alles, was ich ab jetzt zu sagen versuche, ist ein Ruf, der sich quer durch die Welt an einen fernen Leser richtet, und ich warte auf das Echo, das zu mir zurückkehrt.

Noch eine Zahn-Episode. Ausgelöst durch den Versuch, auf Deutsch zu schreiben. Die Sprache meiner Mutter bot keinen Schutz. Es war so, als würde ich mich selbst anklagen. Ich war auf einmal der Beschuldigte. Ich hatte plötzlich etwas von der Banalität einer Person, die darauf wartet, geschnappt und vor Gericht gestellt zu werden. Normale Wörter wie Brot oder Butter klangen extrem kindisch und waren zugleich mit einer vorgefassten Bedeutung aufgeladen. Milch war keine Milch mehr. Ich durfte das Wort Boden nicht verwenden, nichts, was mit Land, Territorium, Besitz, Zuhause, Zugehörigkeit zu tun hatte.

Das Schreiben ist kein Ort, an dem man sich verstecken kann.

Vielleicht war es der Kartoffelbrei, er verbrühte meine Schneidezähne. Ich wusste, was passieren würde, und wollte nicht, dass meine Kinder sahen, wie ich zusammenzuckte. Ich stand vom Tisch auf und verließ das Haus. Helen fragte, wohin ich wolle, aber das wusste ich selbst nicht. Ich ging den ganzen Weg bis zum Leuchtturm und hatte das Gefühl, auf Granit zu beißen, meine Zähne über die Mauer des Piers zu ziehen. Dann ging ich in aller Eile zu meiner Mutter und fragte, ob sie jemals Hitler gesehen habe.

Einmal, sagte sie.

Wo?

In Düsseldorf, sagte sie.

Sie schaute sich in einem Kaufhaus Stoffe an, prüfte sie mit den Fingern auf ihre Qualität, als plötzlich alle auf die Straße rannten. Er kommt, schrie jemand. Der Wind saugte sie nach draußen, auch die Verkäuferinnen, die Kasse blieb unbewacht zurück. Meine Mutter blieb als Einzige drinnen. Die Straße war von Menschen gesäumt, sie standen auf Zehenspitzen, reckten sich, um über Schultern zu schauen, beugten sich in die Richtung, aus der die Kavalkade kommen sollte. Die Gebäude waren mit Hakenkreuzflaggen geschmückt, jeder schwenkte Fähnchen.

Meine Mutter benutzte das Wort »mitgerissen«.

So beschrieb sie diesen Moment auf der Straße, das Phänomen, vor dem sie von ihrem Onkel, dem Oberbürgermeister, gewarnt worden war, die Euphorie, die alle erfüllte, die Sehnsucht nach einem starken Führer in der Brust jedes Einzelnen, zumal nach all den Katastrophen. Sie sagte, die Menschen hätten eine Vorliebe für Lügen und falsche Informationen gehabt. Es half ihnen, vor sich selbst zu verbergen, was sie gar nicht so genau wissen wollten. Sie erzählte, die Menschen hätten voller Glück gewinkt, man hatte ihnen Urlaube in den Bergen versprochen, Familienreisen auf Kreuzfahrtschiffen, ihr Land war wieder auf der Siegerstraße, sie erwarteten den Himmel auf Erden.

Im verlassenen Kaufhaus, erzählte meine Mutter, habe sie

sich nicht sicher gefühlt. Sie befürchtete, man könnte sie des Ladendiebstahls bezichtigen. Sie ging nach draußen und sah eine kleine Frau, die das Kaufhaus soeben mit einem neuen, breitkrempigen Hut verlassen hatte. Die Kavalkade rollte vorbei, Hitler saß hinten in einem offenen Auto. Ein kleiner Mann mit modernem Schnurrbart. Es hieß, er habe ein warmes Lächeln und könne in jeden Menschen hineinschauen.

Nur ein Sekundenbruchteil, sagte meine Mutter. Sie stand ganz hinten in der Menge. Sie hätte nicht gewusst, dass es Hitler war, aber die vor ihr stehende Frau mit dem breitkrempigen, geklauten Hut, an dem noch das Preisschild hing, drehte sich zu ihr um und fragte aufgeregt: Haben Sie ihn gesehen?

Sobald die Kavalkade weg war, ging jeder seiner Wege. Die Frau mit dem Hut trabte davon, eine andere Frau überquerte die Straße in einem nagelneuen Tweedmantel, Hitlers Geschenke. Damals arbeitete meiner Mutter in einem Düsseldorfer Arbeitsamt, sie hatte etwas Geld und kehrte ins Kaufhaus zurück, um Geschenke für ihre Schwestern zu kaufen, Sachen, die sie brauchten, die beiden ältesten waren schon verheiratet. Sie erzählte, man sei damals sehr modebewusst gewesen. Man habe den Männern damals nicht ohne weiteres trauen können. Fast alle waren in der NSDAP. Ihr Vorgesetzter, ein höheres Tier in der Partei, wollte sie unbedingt auf ein Getränk einladen, obwohl er verheiratet war.

Viele Düsseldorfer Frauen kleideten sich elegant bis aufreizend, erzählte sie. Man zeigte, wie knackig der Po war, das war der Stil. Man trug enge Röcke, die den Po in eine rollende Kugel verwandelten, in knallbunte oder gestreifte runde Polster. Sie lachte und sang die Verse eines damaligen Schlagers, die davon handelten, dass eine Frau mit drallem, wippendem Hintern durch die Straße geht und sich alle Affenmännchen den Kopf nach ihr verdrehen.

Auf dem Heimweg flaute mein Gefühl, auf Granit zu beißen, allmählich ab. Wenn sich die Verleugnung auflöst, ist das berauschend, zumindest meiner Erfahrung nach. Die enorme Energie, die man braucht, um die Vergangenheit zu verleugnen, flutet als Welle innerer Ruhe zurück, wenn man sich ihr stellt. Man kann sich seine Geschichte nicht aussuchen. Ich kann nicht den einen Teil meiner selbst favorisieren und den anderen verdrängen.

Als ich nach Hause kam, schliefen alle schon. Ich sah nach, ob die Kinder zugedeckt waren. Helen erwachte, ihr Hals lag in einer warmen Wolke des Schlafs. Ich flüsterte, ich wolle noch aufbleiben und Musik hören. Ich hatte bei der Arbeit Kopfhörer ausgeliehen. Ich legte ein Album aus dem Keller-Katalog auf. Der nach Amerika ausgewanderte Akkordeonspieler aus Galway mit der Zigarette im Mund, ein Jig namens *Rambling Pitchfork*. Ich spielte ihn drei-, viermal in Folge.

Die vagabundierende Mistgabel.

Überall im Land schwarze Flaggen. Sie hängen aus Fenstern, an Laternenpfählen, von den Torlatten der Fußballplätze. Man hat schwarze Flaggen an die Tore eines Parkplatzes geknotet, hinten an einen Lieferwagen, an Autobahnbrücken. Manche sind zerfetzt, weil der Stoff nicht sehr stabil ist. Manche sind nur schwarze Müllsäcke, die an einem Ast im Wind flattern.

Die schwarzen Flaggen sollen uns daran erinnern, was in Nordirland los ist. Sie sollen uns an die Leute im Hungerstreik erinnern. Der Hunger hat in Irland eine große Bedeutung. An manchen Orten hat man die Flaggen um die Gesichter und

Namen der Männer ergänzt, die das Essen verweigern, und um den Namen des Lagers, in dem sie inhaftiert sind. Sie wirken hager und verhärmt, ihre Haare sind lang, die Augen liegen tief in den Höhlen, einer wurde trotz Inhaftierung ins britische Parlament gewählt, sein Gesicht trug das Lächeln aus einer vergangenen Zeit.

In der Zeitung wurde der Brief veröffentlicht, den die Mutter eines Streikenden an die britische Premierministerin geschrieben hatte. Sie forderte darin, dass man ihr erklärte, wieso ihr Sohn Essen und Trinken verweigere. Sie schilderte, wie es für eine Mutter ist, ihr Kind dahinsiechen zu sehen. Die Premierministerin war selbst Mutter, sie trug ein blaues Halstuch, aber ihre Antwort an die Mutter des Streikenden ließ an Deutlichkeit nichts zu wünschen übrig, sie sah keinen Anlass für Mitgefühl, ein Verbrechen war ein Verbrechen. Die Männer im Hungerstreik konnten nicht als politische Gefangene eingestuft werden. Sie stellten überzogene Forderungen, ein Brief pro Woche, ein Besuch pro Woche, keine Gefängniskleidung.

Ich fuhr am Samstagvormittag in die Stadt. Ich fuhr rund um den Platz, um Rosie und Essie den Keller zu zeigen, in dem ich arbeitete. Ich wies sie auf den Park hin, in dem ich täglich mein Pausenbrot verspeiste, den Eckladen, der zwei Scheiben dunkles Brot mit Käse verkaufte, die deutsche Bibliothek mit der roten Tür. Das Nachbargebäude hatte früher zur Britischen Botschaft gehört, war aber nach einem Massaker, das Britischen Soldaten in den Straßen Derrys unter Zivilisten angerichtet hatten, in Brand gesetzt worden. Nun beherbergte es eine Anwaltskanzlei. Wir parkten bei der National Gallery, und sie kicherten vor dem Gemälde, das nackte Frauen im Grünen zeigt. Hinterher gingen wir in das Café mit den Bleiglasfenstern und aßen ein Sandwich.

Wir kauften zwei Kirschtörtchen, innen rosa verfärbt, mussten sie aber halb aufgegessen liegen lassen, weil Rosie schlecht wurde.

Wir hätten die Schüssel mitnehmen sollen, sagte Helen.

Zu Hause hatten wir eine Schüssel aus rostfreiem Stahl, die zum Einsatz kam, wenn sie sich übergeben mussten. Sie wurde außerdem zum Backen und zum Waschen von Salat benutzt, auch, um Bohnen und Kichererbsen einzuweichen. Rosie und Essie baten gelegentlich darum, wenn sie mit Wasser plantschen und ihre Puppen baden wollten, sie setzten die Teddys hinein, die klitschnass wurden und schrumpften. Die Schüssel diente vielen Zwecken, aber wir nannten sie immer nur die Speischüssel. Sie hatte ein paar Dellen und klang wie eine Glocke.

Hol die Speischüssel.

Ich war schon in meiner Kindheit hellhörig. Ich spitzte die Ohren wie ein Soldat in einem ewigen Krieg. Wenn ich jetzt die Stimme eines Kindes hörte, rannte ich los, hundert Türen flogen auf, meine nackten Füße auf dem grünen Teppich. Ich stürmte mit der Schüssel ins Schlafzimmer. Rosie war zu schwach, um aufzustehen, sie erwachte aus einem Albtraum. Nasse Stirn. Kreidebleiches Gesicht. Mit einer Hand strich ich ihre Haare zurück, rieb ihren Bauch: Alles wieder gut, nun ist alles raus, alles weg. Helen kam mit einem warmen Tuch fürs Gesicht, und dann war alles wieder in Butter, sie schliefen ein, als wäre nichts gewesen.

Am nächsten Tag stand die Speischüssel wieder in der Küche. Beim Ausspülen klang das Wasser wie das strudelnde Echo der Übelkeit. Die Schüssel glich einem Magen aus Stahl, der einen schwindelerregenden Strom blubbernden, heißen Wassers erbrach. Dann war sie wieder trocken und blitzblank. Die verzerrten, lachenden Spiegelbilder der Kinder in der Schüssel, die kurz benutzt wurde, um anderen Zivilisationen in den Tiefen des Universums Nachrichten zu übermitteln. Danach konnte die Schüssel verwendet werden, um einen Schokobiskuitteig zu machen. Der ewige Kreislauf von Backen, Linseneinweichen und Übelkeit auslösenden Glockenklängen.

Hatte ich aus dem Haus meiner Kindheit irgendeine Krankheit eingeschleppt? Aus dem Heimatland meiner Mutter, aus dem Land, das mein Vater in seinem Kopf fabriziert hatte? Gebe ich Teile meiner widerspruchsvollen Geschichte an meine Kinder weiter?

Ich habe viele Erinnerungen an Übelkeit. Mein Vater, der mit der Speischüssel ins Zimmer stürmte. Mit einem Medikament hereinstürmte. Mit einem heißen Wickel für die Eiterbeulen. Der hereinstürmte, um mir zu unterstellen, ich hätte in der Straßensprache gedacht. Der hereinstürmte, um mir zu sagen, man habe in den Straßen Derrys Unschuldige erschossen. Der hereinstürmte, um mir zu berichten, die Britische Botschaft stehe in Brand. Der am nächsten Tag mit Imkerhaube und dicken Handschuhen hereinstürmte, durch mein Fenster auf das Flachdach stieg, während der Qualm des brennenden Sacktuchs aus seinem Rauchapparat quoll. In der gleichen Nacht noch einmal hereinstürmte, die Fäuste geballt, weil ich zu später Stunde an den Bienenstöcken vorbei durchs Fenster eingestiegen war. Meine Mutter flehte ihn an, Ruhe zu geben, die aus dem Schlaf gerissene Familie stand auf dem Treppenabsatz, und mein Bruder erschien in der Tür wie ein kleiner Erwachsener und sagte ein einziges Wort, »Friede«, das unseren Vater zur Besinnung brachte. Seine Fäuste wurden wieder zu Händen, meine Mutter brachte ihn weg, und meine Augen gewöhnten sich an das angeknipste Licht.

Mein Vater, der hereinstürmte, um mir als Entschuldigung ein Buch zu bringen, einen Kasten Ölfarben, eine Information über Helium, die mich, wie er glaubte, interessierte und vielleicht in ein Gespräch mündete. Die Versöhnungsmusik im Wohnzimmer, Tristan und Isolde, ihr Liebestod kroch die Treppe hinauf.

Und Lotte, meine kleine Schwester.

Meine Mutter hat Helen gebeten, Lotte Englischunterricht zu geben. Sie lesen Tolstoi, eine Seite pro Tag. Lotte hinkte wegen ihres Asthmas in der Schule hinterher, zu Hause war die Sprache der Straße tabu, sie verpasste viel Unterricht. Helen ist eine gute Lehrerin, sie wartet nach jedem Satz, bis Lotte wieder zu Atem gekommen ist.

Ich weiß noch, dass ich wach lag und hörte, wie Lotte um Atem rang, unfähig, auch nur ein Wort zu sagen. Ihre Haare waren schweißnass, meine Mutter wischte ihre Stirn ab. Eines späten Abends kam der Arzt. Wir hörten seine tiefe Stimme im Flur, er gab Lotte eine Valiumspritze. Sie schlief ein, und ich glaubte, sie würde nie wieder atmen. Als der Arzt das nächste Mal gerufen wurde, erklärte er, dass sie nicht normal atmen könne wie andere Kinder, liege an einer psychischen Blockade, es sei eine Kopfsache. Ich hörte, wie mein Vater in Lottes Zimmer stürmte. Er schlug sie und befahl ihr, einzuschlafen: Du simulierst doch. Meine Mutter wollte ihn beruhigen, doch er brüllte weiter, befahl Lotte, richtig zu atmen. Danach war sie still. Am nächsten Tag ging es ihr aber wieder schlechter. Mein Vater betete und rief seinen Bruder, den Jesuiten, damit er das Kreuz über ihr schlug. Er bestellte die neuesten medizinischen Zeitschriften. Cortison hatte den Ruf, das Knochenwachstum von

Kindern zu hemmen. Er gab Lotte stattdessen jeden Morgen ein Glas flüssige Hefe. Er gab ihr Ziegenmilch. Die Katze verschwand. Er legte Bach auf. Er las über den Bronchodilatator, er trieb ein Inhaliermittel namens Ventolin auf.

Wenn es doch nur möglich wäre, seine Vision zu verstehen, das bunt gemischte Familienunternehmen zu durchschauen, das er erschaffen hatte. Hätte er das Ganze nur nicht durch seine Wut, seine Liebe und die Stummheit getrübt, die er der Familie durch seinen Kreuzzug auferlegte. Ich dachte daran, dass er las, um sein Deutsch zu verbessern. Die Sorgfalt, mit der meine Mutter seine Grammatik korrigierte. Das Risiko, das sie eingingen. Die Abenteuerlust in ihren Augen, als sie diese verrückte Familie gründeten, die nirgendwo ganz zu Hause war. Das Haus war voller Liebe und Missverständnisse. Sie ermutigte ihn zu Dingen, die er in seiner eigenen Sprache niemals in Angriff genommen hätte, etwa die Imkerei, in die er sich vertiefte.

Ich weiß noch, wie die ersten Bienen eintrafen. Wie Gäste, denen wir Zuflucht boten. Ein Schwarm, der im Mai aus West Cork geliefert wurde. Ein Strohkorb mit Bienen darin, die vor Ideen nur so summten. Meine Mutter begrüßt sie mit einer bestickten Tischdecke, mit einer blauen Schüssel, gefüllt mit Keksen in Form von Sternen und Monden, sie ist so aufgeregt, dass sich ihre Stimme überschlägt. Ihre Sprache ist ein Tagebuch, in dem sie sich Notizen über meinen Vater macht, diesen Fremden im eigenen Land. Er trägt eine schützende Haube, tritt wie ein Astronaut auf das flache Dach, während wir aus dem darüberliegenden Fenster zuschauen. Sieben Gesichter, die sich hinausbeugen, um zu sehen, wie er dem summenden Bienenkorb einen Faustschlag verpasst. Der Korb kullert davon wie ein leerer Hut. Er tritt zurück und reckt die dicken Handschuhe. Ein weißes

Laken, auf das vor Anbruch der Nacht ein Bienenvolk plumpst, das zu einem neuen Korb marschiert.

Wir fuhren über die Berge, bis wir keine schwarzen Flaggen mehr sahen. Wir durchquerten ein Moor mit gelben Schildern, die ein von der Straße abkommendes schwarzes Auto zeigten. Ein anderes Schild mit schwarzem Buckel warnte vor unebenem Straßenbelag. Unser Auto war beige oder bräunlich gelb. Es war kastenförmig, eine Keksdose, die hinten keine Sicherheitsgurte hatte, der Schaltknüppel befand sich neben dem Lenkrad. Ein Schiebefenster, so dass man den Ellbogen aufstützen konnte. Hinten kreischten die Mädchen, sie flogen jedes Mal in die Höhe, wenn der Wagen über einen Buckel rumpelte. Helen hatte die nackten Füße aufs Armaturenbrett gelegt, ihre Knie lenkten mich ab.

Schwer zu sagen, ob ich vor etwas davonfuhr oder auf etwas zufuhr. Meine Entscheidungen waren willkürlich, der Antrieb bestand in Kindheitskräften, die ich nicht erklären konnte. Ich war der Gnade von Gefühlen ausgeliefert, die nicht zur Gegenwart passten. Ich erschuf mein eigenes kunterbuntes Familienunternehmen, gab mir größte Mühe, anders zu sein als die Familie, der ich entstammte.

Später Nachmittag, wir holten Fish and Chips. Ich hatte eine Flasche Wein mitgebracht und als Gläser Styroporbecher aus einem chinesischen Restaurant.

Ich fuhr das Auto auf ein Feld. Die Gräser quietschten auf dem Lack, sie klatschten gegen die Kotflügel. Als ich den Motor ausstellte, war die Stille gewaltig, es gab nur uns, das Geräusch des Einwickelpapiers und den Geruch von Salz und Essig. Das

Land war dünn besiedelt. Wir waren allein, saßen mit offenen Türen da und sahen zu, wie die Sonne unterging. Es war warm. Die Brise glich dem Luftzug eines Föhns, sie wirbelte eine Papierserviette gegen die Windschutzscheibe.

Wir warteten, bis die Sonne verschwand, die Kinder legten sich schlafen. Wir saßen mitten in Irland und sahen zu, wie ein Feld im Dunkeln versank. Der Wind frischte auf. Zuerst nur ein paar Regentropfen, dann immer mehr, sie trommelten aufs Autodach. Helen meinte, der Regen sei so heftig wie in Kanada. Sie erzählte, wie sie einmal in ein Gewitter geriet und nicht mehr heimfand. Alle Straßen sahen gleich aus, der Regen ließ die Dinge verschwinden, das Wasser spritzte hoch und hüllte die Welt in einen Halo, ihre Haare hingen herab, das Gewicht des Wassers in ihren Augen machte sie blind.

Sie saß im Auto und starrte in den Regen, als wäre sie wieder in Kanada, vor sich den Lake Huron. Eine feste, schwarze Platte, von einem Blitz erhellt, das Salzbergwerk, die zwei glänzenden Eisenbahngleise, und für einen unerreichbaren Moment war das Haus ihrer Familie zu sehen.

Liebe Grüße an den See, sagte sie. Liebe Grüße an den Nachtreiher. Liebe Grüße an den Bürgersteig und die riesigen Salzgewölbe unter dem See.

Ich ließ den Motor an, denn wir mussten los, bevor uns der Schlamm die ganze Nacht festhielt. Ich war Experte darin, heimzufinden, ich fuhr wie ein Liebender, wie ein Vater, hob die Mädchen nach der Ankunft vom Rücksitz, erst die eine, dann die andere, beide schliefen wie ein Stein, und trug sie ins Haus. Helen öffnete die Türen, zog ihnen die Schuhe aus, beschirmte ihre Augen vor dem Licht. Ich legte sie sofort ins Bett, sie glichen Zeitreisenden: eben noch Fish and Chips auf einem Feld, morgens das Erwachen, als das Licht die Vorhänge durchdrang. Und als einziger Beweis die Distelblüte, die sich in der hinteren Stoßstange verfangen hatte.

Auf dieser Fahrt brachte ich ihnen einen Trick bei. Sie kletterten auf einen Baumstumpf und sprangen in meine Arme. Wir nannten es Sprung des Vertrauens. Ich stand bereit, um sie aufzufangen. Sie mussten sich abwechseln und warten, bis ich das Zeichen gab: Spring. Essie war furchtlos, sie warf sich rückwärts von der Motorhaube des Autos.

Das gab uns ein trügerisches Gefühl der Sicherheit. Als wären wir gegen Katastrophen gefeit. Unsere Leben waren rein zufällig, voller Liebe und Glück und Familienchaos, wir wurden von unseren Kindern gerettet.

Wir holten sie vom Kunstunterricht ab. Wir erledigten unterwegs ein paar Einkäufe. Ich stellte das Auto vor unserem Haus auf der anderen Straßenseite ab. Helen holte die Einkäufe aus dem Kofferraum, sie hatte eine Tüte in der Armbeuge, der Strunk einer Ananas wuchs aus ihrer Schulter. Ich wollte die Kinder aus dem Auto holen, als ich Rosie mitten auf der Straße stehen sah.

Ich konnte sie nicht mehr fragen, wie sie dorthin gekommen war.

Das Quietschen der Reifen war so laut, dass auf der ganzen Straße Stille eintrat, bläulicher Rauch wölkte, es stank nach Halloween-Feuern. Rosie hatte die Augen geschlossen, sie zitterte am ganzen Körper und reckte die Hände, als wollte sie das Auto stoppen. Es kam Zentimeter vor ihr zum Halten. Der Fahrer saß reglos da, er klammerte sich an das Lenkrad, konnte nicht aussteigen, sondern starrte das Kind auf der Straße an. Helen sah mich an, dann entglitt ihr der Beutel mit der Ananas. Der stumme Raum zwischen uns ängstigte mich mehr als alles andere, der trockene Mund, die Worte, die wir einander nicht sagen konnten, der Sprung des Vertrauens, aber wer fing wen auf? Sie rannte blindlings los und riss Rosie von der Straße. Sie rannte weiter, bis sie im Haus war. Ich nahm Essies Hand. Der Verkehr stand still, die Straße wartete, bis sich die Haustür hinter uns geschlossen hatte.

Helen stand schreiend im Wohnzimmer.

Ich ging mit den Kindern in die Küche und begann, Pfannkuchen zu machen.

Sie schrie lange. Das hatte mit ihrer Kindheit in Birmingham zu tun, sie war fünf gewesen. Das Haus an der Ecke, an dem Busse vorbeifuhren, deren Fahrgäste in die Fenster schauten. Ihr Vater war bei der Arbeit, ihre Mutter saß mit Ohrringen in der Küche und schälte Kartoffeln. Helen stand auf der Straße, denn die Seitenpforte war offen gewesen, und ihre kleine Schwester stieg hinten in ein Auto. Der Fahrer hielt ihr eine Tüte mit Süßigkeiten hin. Ihre andere Schwester, nicht älter als drei, kletterte auch mit hinein. Es war ein Wolseley mit Ledersitzen, ihre Beine baumelten. Und die Haushälterin aus Ennis rannte hinaus, als sie den Schrei hörte, sie schien alles gutmachen zu wollen, was sie im Leben verloren hatte, das Baby, das sie in Irland hatte zurücklassen müssen. Sie schrie Zeter und Mordio. Maria, Muttergottes. Sie zog die zwei Mädchen bei den Armen heraus, kurz bevor das Auto mit offener Hintertür um die Ecke bog. Das Kreischen der Reifen kroch wie ein verwundetes Tier über die Mauer.

Die Seitenpforte wurde wieder verriegelt.

Das Gesicht von Helens Mutter im Küchenfenster glich einem Foto, das auf einmal schwarz-weiß geworden war. Die Haushälterin steckte alle drei Mädchen in die Badewanne, um sie abzulenken, und brachte ihnen ein Lied über James Connolly bei, Held der Arbeiterklasse. Niemand rief die Polizei, es wäre peinlich gewesen, wenn die Beamten vor der Tür gehalten und gefragt hätten, ob es daran liege, dass sie Iren seien. Nichts war passiert, alle waren wohlauf. Man fasste ihn zehn Jahre später, einen Ingenieur, den Cannock-Chase-Mann. Man fand nur einige der Leichen. Er legte nie ein Geständnis ab, erklärte nur, er liebe Autos, und deshalb erwarb jemand seinen Wolseley bei einer Auktion und verbrannte den Wagen in einer öffentlichen Zeremonie vor den Augen vieler Zuschauer.

War das der Grund?

Dafür, nach Kanada zu gehen. Der Grund, den niemand zu erwähnen wagte; stattdessen dachte man sich zig andere gute Gründe dafür aus, fortzugehen, um in einer ruhigen Stadt mit einem Salzbergwerk zu leben.

Rosie und Essie aßen Pfannkuchen mit Joghurt. Essie ertappte mich, als ich unsichtbaren Zucker darauf streute. Rosie bekleckerte sich und mich mit Joghurt, er klatschte auf den Teppich, ein rosa Fußabdruck. Ich brachte sie zu Bett und las aus dem Buch über den Jungen in der Bäckerei vor, der nachts Milch für die Kuchen holt, die am nächsten Morgen gebacken werden. Wir saßen zu viert im Bett. Helen hielt beide Mädchen im Arm, jedes auf einer Seite, und wiegte sie, bis sie einschlummerten.

Ich kam nicht auf den Gedanken, die auf die Straße gefallenen Einkäufe aufzusammeln, aber dann stand ein Nachbar vor der Tür, der sie mir wortlos reichte.

Nach Mitternacht stand Helen auf und ging zum öffentlichen

Fernsprecher vor der Tür. Sie rief an, aber niemand nahm ab. Sie lief im Flur auf und ab und versuchte es erneut.

Im Haus oberhalb des Salzbergwerks klingelt das Telefon im Flur, man kann es bis in die Küche hören, bis ins blaue Zimmer, dessen Möbel aus Birmingham stammen. Man kann es bis auf die Veranda hören, bis zum weißen Lattenzaun. Ihre Mutter ist gerade aus dem Haus gegangen, sie will sich auf dem Platz vor dem Gericht mit einer Freundin treffen. Sie setzt die Sonnenbrille auf, als sie ins Auto steigt. Der See ist ihr gleichgültig, der Sonnenschein kommt ihr spöttisch vor, er bringt Dinge ans Licht, die sie lieber vergessen will.

Ein heißer Tag, die Zikaden sind ohrenbetäubend laut. Auf dem Bürgersteig radelt ein Kind unter den Bäumen auf und ab, abwechselnd durch Schatten und Licht, die Reifen holpern über Betonplatten. Jedes Mal, wenn das Kind vorbeifährt, hat sich das Leben der Nachbarn weiter fortgesetzt – ein Mann bei der Gartenarbeit, eine Frau, die auf der Veranda Eiswürfel klimpern lässt, blaue Rufe aus einem Swimmingpool.

Die Stadt ist still, die Leute sind höflich. Man fährt langsam, spricht behutsam, man redet sie mit Vornamen an, sie wird zu Partys eingeladen, bei denen die Leute mit den Fingern essen, es gibt nur Pappteller und Pappbecher mit Wein, die Frauen stehen in Shorts herum. Eine Stadt, in der sie in warmem Tweed aus Donegal auftauchte und ein Lied anstimmte, das das Haus zum Einsturz brachte. Die Stadt am See, wo die Schüler selbst zur Schule fahren. Wo der Friseur einen Swimmingpool hat. Wo der Richter mit dem Elektriker Kaffee trinkt, wo alle auf einer Augenhöhe sind, egal, was sie besitzen.

Helens Mutter hat eine Verbundenheit mit dieser kanadischen Stadt entwickelt, sie hat wieder bei null angefangen. Sie hat Birmingham den Rücken gekehrt. Der Stadt, in der ihre Kinder beinahe entführt worden wären. Der Stadt des Nebels. Nebel, der in den Straßen hängt. Nachts die Geräusche von Husten und anspringenden Automotoren. Busscheinwerfer, die sich durch einen grauen Schleier bohren, dann ein Klingeln an der Haustür, und der Nebel kriecht langsam die Treppe hinauf.

Die Welt ist voller Dinge, die nie passiert sind.

Helen gab den Versuch auf, ihre Mutter anzurufen, und kam wieder in die Wohnung. Wir setzten uns im Wohnzimmer auf den Fußboden. Die Vorhänge waren offen. Ihr Gesicht war wie vergoldet. Ihre Augen waren grün. Im Licht, das von draußen hereinfiel, waren ihre Haare kupferrot.

War das Gefühl, Glück gehabt zu haben, trügerisch?

Wir aßen übrig gebliebene Pfannkuchen. Wir tranken je zwei Flaschen Guinness. Wir liebten uns. Nebenan bellte der Hund. Über uns lachten die Leute. Die Busse fuhren nicht mehr. Ich stand auf, um nach den Kindern zu schauen. Das Flurlicht fiel auf ihre Gesichter, als ich sie betrachtete. Schlafend sahen sie viel überwältigender aus als wach.

Mein Schweigen ist unerträglich geworden. Im Haus wächst ein Wald. Bäume sprießen in der Küche, Bäume sprießen im Flur, rings um das Bett, die Wurzeln schlängeln sich unter dem grünen Teppich bis ins Wohnzimmer. Die Vorhänge haben ein Muster aus fallenden Blättern, die Rückwand des Hauses sieht aus wie offenes Land mit nichts als Schweigen darin.

Meine Mutter erzählt, sie habe einmal im Krankenhaus gelegen. In Düsseldorf, sagt sie, während des Krieges. Sie blutete plötzlich, vielleicht fällt es ihr schwer, das genau zu erklären. Sie erzählt mir nicht, was passiert war, nur dass sie die Blutung nicht stoppen konnte und ins Krankenhaus gebracht wurde.

Im Nebenraum, sagt sie, lag ein Mann, der die ganze Nacht schrie. Ein Soldat, der im Osten gekämpft hatte. Er wurde verwundet und zurücktransportiert, aber die Ärzte waren ratlos, sie konnte seine Schmerzen medizinisch nicht erklären. Er litt an schrecklichen Magenkrämpfen, die zu Erbrechen führten, er konnte keinen Happen essen. Er kroch über den Fußboden, kauerte sich im Flur zusammen, die Schwestern mussten ihn in sein Zimmer schleppen. Man vermutete eine Kriegsneurose. Er war eher psychisch verwundet, er konnte nicht schlafen, Arme und Beine zitterten.

Eines Abends begann er zu erzählen, andere Patienten in den Zimmern, die sich im Flur befanden, hörten, wie er laut mit einer Krankenschwester sprach, die seine Hand hielt. Er war in die Außenbezirke einer Kleinstadt kommandiert worden, dicht an einem Waldrand. Soldaten seines Regiments hatten Befehl, die Stadt zu räumen, die Frauen von ihren Kindern zu trennen. Sie trieben dreißig bis vierzig Frauen zusammen. Diese schauten immer wieder zu den Kindern, von denen sie getrennt worden waren, aber die Soldaten stießen sie weiter zu einer Schlucht. Ein Kind riss sich los und wollte zu den Müttern rennen, wurde aber gestoppt und stürzte.

All das wurde von einem Soldaten mit beweglicher Kamera gefilmt, erzählte der Mann.

Diese entsetzliche Geschichte machte in der Station rasch die Runde. Man gab dem Mann eine Beruhigungsspritze. Er redete noch eine Weile, dann war er still. Angeblich delirierte er. Vor Ablauf der Nacht war er weg, sein Bett leer. Die Schwester sagte, er sei entlassen worden. Keine Gespräche mehr, kein Geflüster, die Geschichte hatte sich in Luft aufgelöst. Meine Mutter nahm sie mit nach Irland.

Die Zahnarztpraxis befindet sich gegenüber der ehemaligen Tierarztpraxis. Das Wartezimmer wird auch als Esszimmer genutzt, ein Tisch mit acht Stühlen, Zeitschriften wie Platzdeckchen. In einer Ecke steht eine Vitrine mit Geschirr und einer Teekanne aus Porzellan. Über dem Kamin hängt das große Gemälde eines Torfbootes mit dunkelbraunen Segeln.

Die Praxis ist im vorderen Wohnzimmer, es blickt auf die Hauptstraße. Der Zahnarzt spricht mich zunächst in der alten Sprache an, wechselt dann zu Englisch. Er stammt aus dem Norden, aus Derry. Wenn er spricht, lächelt er und neigt den Kopf zur Seite. Er führt ein leises Selbstgespräch, während er die Röntgenbilder prüft, meinen Geistermund.

Er fragt, was die Schmerzen auslöse. Das wisse ich auch nicht, sage ich. Sie können durch Kleinigkeiten ausgelöst werden, die Luft, den Boden, die Straße, das Geräusch meiner Füße im Mund. Er will wissen, ob ich die Zähne oft zusammenbeiße oder nachts damit knirsche. Er passt eine Beißschiene an. Einige Wochen schlafe ich wie ein Stein, aber das hilft auch nicht. Als ich wieder auf seinem Stuhl sitze, konzentriert er sich auf einen der linken oberen Backenzähne. Er nimmt die Behandlung des Wurzelkanals in Angriff. Das bedeutet viele Termine, viel Bohren, ich nehme einige Wochen Urlaub. Am Ende bekomme ich die Krone.

Die Busse halten direkt vor der Praxis. Oben sitzende Fahrgäste haben einen prima Blick auf mich, wenn ich mit offenem Mund daliege, den Lichtschein im Gesicht. Der Anblick erfüllt sie wohl mit Entsetzen. Der Zahnarzt greift mit den Fingern in meinen Mund. Ich kralle mich an die Armlehnen.

Ich höre, wie die Zahnarzthelferin im Hintergrund leise mit ihm spricht und ihm Instrumente reicht, die ich nicht sehen möchte. Alles fühlt sich riesig an. Seine Gummihandschuhe quietschen auf meinen Zähnen. Er stellt mir Fragen, die er selbst beantworten muss, ich kann dazu nur tief in der Kehle zustimmend krächzen.

Zu guter Letzt zieht er die Gummihandschuhe aus und meint, nun sei es vorbei mit den Schmerzen. Er neigt den Kopf zur Seite und entschuldigt sich dafür, das Problem nicht früher erkannt zu haben. Geld schlägt er aus. Ich will ihn bezahlen, aber er lehnt ab. Er lächelt und sagt, der Zahn sei tot, jenseits aller Schmerzen: Kommen Sie wieder, wenn Sie Beschwerden haben.

# 2

Die Schule liegt an einer Straße zum Hafen. Ein terrassiertes weißes Gebäude, in dem die Seemänner mit ihren Familien beteten, bevor sie Segel setzten. Ich bin eine Stunde zu früh dran und warte draußen im Auto, nicke ein. Im Traum stolpere ich über einen Bücherstapel und erwache nicht erfrischt, sondern verwirrt, Mütter und Väter stehen am Tor und unterhalten sich, verabreden ihre Kinder zum Spielen.

Sie stürmten heraus und gaben mir ihre Bilder. Rosie hatte einen Mann in einer Raumkapsel gemalt. Große Tellerohren. Er trug ein rotes Hemd, der Himmel war voller Zwiebelringe. Diesen Song wollten sie immer wieder hören, den über den Mann, der sich im All verirrt und hoch über der Welt in einer Blechbüchse weitertrudelt. Sobald wir zu Hause waren, hieß es Triebwerke starten und abheben, wir hatten zwei Stühle namens Venus und Jupiter. Ich versuchte, ihnen die Unendlichkeit zu erklären. Der Mann im Raumschiff fliegt weiter, immer weiter, bis in alle Ewigkeit.

Essie sagte: Aber er kehrt zurück.

Alle redeten über das Sonnensystem, die Voyager-Sonde, die ins Unbekannte vorstieß, die Drogen-Allegorien. In der Nähe hatte man eine Plakette für das Opfer eines Verkehrsunfalls an einer Mauer angebracht – gemeinsam mit Nash auf die dunkle Seite des Mondes verschwunden.

Während Helen ihre Stunde gab, saß ich im hinteren Zimmer und spielte Astronaut, sie setzten mich mit der Speischüssel auf der Brust in den Sessel, und ich musste sausende Geräusche von mir geben. Die Startknöpfe waren sorgsam auf meinen Knien angeordnet worden. Die Antenne des Transistorradios war komplett ausgezogen. Sie hielten einen rosa Spiegel, damit ich sehen konnte, wie krumm meine Nase war. Ein Spielzeug mit Batterie wiederholte unaufhörlich dieselben Worte, und das mit einer Stimme, die ich verstörend fand. Ich schwor mir, das Ding über Nacht verschwinden zu lassen. Ein arglistiges Geschenk einer der Tanten Helens, der mit dem Schlüsselbund.

Da saß ich nun, über der Welt schwebend, mit zwei Kindern und einem sprechenden Spielzeug.

Nach dem Ende der Yogastunde verkrümelte ich mich mit einem kleinen Klapptisch, den Helen fast umsonst beim Möbelauktionator nebenan ergattert hatte, ins leere Wohnzimmer. Es war von Parfüm geschwängert. Ich besaß eine tragbare Schreibmaschine, die von meinem Vater stammte. Essie gab mir ein Plastikzebra, damit ich Gesellschaft hatte. Dort saß ich zwei Stunden, ohne einen Finger zu rühren, und starrte die Dinge an, die ich nicht beschreiben konnte.

Jeder Satz legte mich fest. Die Wörter fielen mir oft zuerst in der Sprache meiner Mutter ein. Ich hatte die Wahl zwischen drei Bezeichnungen, als wäre es ein Glücksspiel, bei dem sich das korrekte Wort unter einem von drei Bechern verbirgt, man hebt den falschen an, und die Bedeutung hat sich längst weiterbewegt. Ich bildete einen Satz auf Deutsch, stieg dann in den Keller der alten Sprache und kam auf Ebene der Straße wieder mit dem englischen Wort zum Vorschein, ein grober, wertloser Stein. Meine Beschreibungen spielten auf etwas Größeres an, das die Wörter nicht enthielten. Wenn ich von einer Menschenmenge sprach, setzte ich das mit einem überfüllten Bahnhof während des Krieges gleich, wenn ich einen freien Platz in einer Bar erwähnte, so war das einer, auf dem man sich für den Rest seines Lebens niederlassen konnte, ohne sich jemals wieder zu bewegen. Alles war mit Kummer und Freude aufgeladen, alles barg zig Missverständnisse.

Ich stand auf und sah aus dem Fenster. Die Scheibe war mit Salz bedeckt. Die hintersten Häuser wurden von den Straßenlaternen in ein mattes Gelb getaucht. Mein Spiegelbild war eine gelbe Totenmaske. Ein Bus fuhr von links nach rechts vorbei, oben saß ein Fahrgast. Das Schild eines Immobilienmaklers schwankte im Wind, verkauft. Die langen, geraden Blätter der Palmen vor der Pension nebenan begannen zu rascheln. Sie schimmerten orange im Laternenschein, als wären sie künstlich, Plastikstreifen, aus einer Platte geschnitten. Das Rascheln verlieh ihnen etwas Lebloses, als würden sie keine Jahreszeiten kennen, als wären sie gefühllos.

Ich hatte das Bedürfnis, mich zu bewegen, und ging hinaus. Mein gelbes Gesicht bog nach den Palmen links ab. Der Rhythmus meiner Füße gab mir das Gefühl, eine Aufgabe, ein Ziel zu haben. Aus einem Instinkt heraus gehe ich immer ans Meer, als fände sich die Wahrheit nur am Wasser, als könnte die große weite Fläche vor mir einen großen weiten Raum in mir öffnen. Die stille Bucht in der Nacht barg ein Verständnis für meine Stille.

Irgendwo bei der verfallenen öffentlichen Badeanstalt, wo die Fenster vernagelt sind und das Dach eingestürzt ist, wo Sand und Felsbrocken im Schwimmbecken liegen, stand reglos ein Reiher im Wasser, und plötzlich dachte ich, es gibt nicht nur eine einzige Geschichte. Sondern lediglich Bruchstücke in Bewegung. Meine Haut im Inneren ist schwarz und weiß, zerzaust und zusammenhangslos wie die Palmen. In dieser Nicht-Ordnung werde ich alles entdecken.

Morgens kaufe ich stets die Zeitung an einem Stand vor dem Bahnhof. Ich nehme immer den gleichen Zug zur Arbeit, steige in der gleichen Station aus, biege um die gleiche Ecke und folge dem Rand des Platzes mit dem Park der Liebenden im Zentrum. Ich kann dieser Routine nicht entrinnen. Ich trete in die Fußstapfen meines Vaters. In den Augen eines Betrachters wirke ich vermutlich wie seine neue Ausgabe, wenn auch ohne das Hinken, aber mit der gleichen Stirn, dem gleichen Lächeln, der gleichen Angst in den Augen. Dem gleichen unvollendeten Leben, das sich in die Unendlichkeit ausdehnt. Ich gebe mich der Illusion hin, dass die Dinge sich verändern, denn meine Musik ist anders, der Griff der Kirche könnte sich bald lockern, die Freiheit winkt. Ich besorge mein Sandwich im Eckladen, lege mich in der Mittagspause in den Park und träume, beobachte die Wolken, und der Boden unter mir beginnt zu entgleiten. Gegen Abend steige ich dann wieder in die Schuhe meines Vaters, gehe zur deutschen Bibliothek, gehe den gleichen Weg zum Bahnhof, nehme den gleichen Zug nach Hause.

In der deutschen Bibliothek gibt es ein Formular hinten in jedem Buch, auf dem die Namen der Leser und das Datum der Rückgabe vermerkt sind. Viele Geschichtsbücher, die ich ausleihe, wurden schon von meinem Vater ausgeliehen. Sein Name steht da wie der eines Vorgängers. Seine Finger blättern die Seiten für mich um. In einem Buch entdecke ich posthum seine Zugfahrkarte, an fünf Tagen in der Woche gelocht. Das schenkt mir Selbstvertrauen, denn ich habe das Gefühl, dass mögliche Fehler schon im Vorfeld gemacht wurden.

Ob das Gedächtnis je erwachsen wird? Oder bleibt es in der Zeit stehen, in der sich die jeweiligen Ereignisse zugetragen haben?

Ich rufe mir oft meinen Vater bei den Bienen in Erinnerung. Der Gedanke an seinen Tod holt mich vollkommen unvermittelt ein, begleitet von einer Welle der Angst. Selbst wenn ich zwischen anderen Menschen stehe, in einer Bar oder auf einer Party, habe ich urplötzlich vor Augen, wie mein Vater versucht, die Bienen zu verscheuchen. Er wedelt mit den Armen vor seinem Gesicht, die Maske ist verrutscht, die Bienen krabbeln darunter, die Wut, die Meuterei. Bienen sausen aus dem Bienenstock. Sie haben sich gegen ihn gewandt, sie wimmeln in seinem Mund, seiner Nase, seinen Ohren. Ihr Summen erfüllt das Haus, die Kinder haben sich im Badezimmer verkrochen. Die Hände meines Vaters, das Gesicht meines Vaters, sie zucken bei jedem Stich, sein Schmerz, sein angeborenes Hinken, seine Kindheit schreit um Hilfe.

Meine Mutter steht auf der Treppe, ihre Stimme hallt bis unters Dach: Grundgütiger. In ihrer Sprache sind die Bienen verrückt geworden, fuchsteufelswild. Sie kann sich ihrem Mann nicht nähern, weil überall Bienen schwirren, auf der Treppe, in jedem Zimmer. Bienen brummen vor den Scheiben auf und ab. Bienen sitzen in den Vorhängen, unter den Betten, sie kriechen todgeweiht auf dem Holzfußboden im Kreis. Mein Vater kippt nach hinten, die Hände gegen die Brust gepresst. Endlich kann sie ihn auf die Straße ziehen, die Haustür steht offen. Sie winkt wie wild, aber niemand nimmt sie mit, denn keiner will, dass der Krieg der Bienen im Auto Einzug hält.

Dann der Tag der Beerdigung. Meine Mutter ist verloren, weit fort von zu Hause, im falschen Land. Vor der Kirche ist sie von Menschen umgeben, die sie kaum kennt, in ihrer Trauer fallen ihr die Namen nicht mehr ein, sogar der Fleischer ist ihr fremd. Die Schande des Todes. Die Farce des Lebens. Man ist mehr als einsam in der Fremde, wenn ein Sarg in die Erde gesenkt wird. Wie leer die Worte in der Sprache der Straße sein können.

Das Schweigen, das der Tod meines Vaters in uns hinterlässt, gleicht einem Chor ungehörter Stimmen.

Nachdem ich im Park mein Sandwich gegessen habe, gehe ich durch die Straßen und entdecke einen Haushaltswarenladen, der auch gebrauchte Schnitzwerkzeuge anbietet. Hohlbeitel in diversen Durchmessern. Ich kaufe gleich drei. Man rät mir, die Klingen mit Leinöl zu behandeln. Ich kaufe auch einen Hammer mit abgerundetem Kopf, ein glänzendes Straußenei mit Griff. Außerdem brauche ich feines Schmirgelpapier und Schellackpolitur.

Warum kaufe ich diese Dinge? Ich weiß es selbst nicht, ich imitiere meinen Vater, muss offenbar etwas Nutzloses tun. Während man die Werkzeuge einpackt, denke ich, dass mein Vater während der Mittagspause vermutlich das Gleiche tat. Vielleicht stand er sogar in diesem Laden, mit der gleichen eifrigen Miene, den gleichen Fragen, dem gleichen Lächeln.

Ich kehre mit den Werkzeugen in der Tasche in meinen Keller zurück. Unterwegs sehe ich eine Tischlerei. Da es kein Büro gibt, gehe ich in die Werkstatt. Die Sägen laufen, Drechselmaschinen rotieren, man stellt Stuhl- und Tischbeine her. Alles duftet nach Holz, der Geruch erinnert mich an meinen Vater. Ich kann kaum etwas erkennen, denn das Licht ist trübe, alles ist voller Sägemehl. Spinnweben hüllen die Lampen ein, sie hängen so schwer und tief wie Netzbeutel. Ich spreche mit einem der Männer, er nimmt die Schutzmaske ab und enthüllt den sauberen Teil seines Gesichts, seine Lippen sind blutrot, die Wimpern weiß bestäubt. Im Maschinenlärm kann ich ihn kaum verstehen. Er zeigt auf einen Berg von Holzabfällen und sagt, ich solle mich bedienen, er wolle kein Geld. Ich suche mir einige kleine Mahagonistücke heraus, ein Stück Walnussholz und eines aus heller Linde.

Zuhause bearbeite ich zuerst das Lindenholz, denn es ist nicht so hart wie die anderen Hölzer. Unter dem Hohlbeitel fühlt es sich wachsweich an. Ich beschließe, einen Mund zu schnitzen. Ich gehe ins Bad und betrachte mich im Spiegel. Dann zeichne ich mit Bleistift den Umriss eines offenen Mundes aufs Holz. Der Mund beherbergt ein Wort in stummer Pose, einen Song in der Schwebe. Ich mache mich mit Hammer und Hohlbeiteln an die Arbeit, am Küchentisch, auf dem ich eine Zeitung ausgebreitet habe. Ich habe einen Abschnitt im Sinn, der unter der Nase beginnt und bis zum Kinn reicht. Die Lippen sind leicht geöffnet und entblößen die Vorderzähne, das Innere wird ausgehöhlt. Ich brauche einige Wochen, um das hinzubekommen.

Mein stummer Mund wird ausgestellt. Er steht auf dem Kaminsims und spricht an meiner Stelle. Verkündet die neuesten Neuigkeiten. Alles, was in den Zeitungen steht, im Radio aufgeschnappte Meinungen, Bilder aus dem Fernsehen, alles wird brav wiederholt, als wäre man gegen das Schlimmste gefeit, wenn man das Schlimmste ausspricht. Der Mund ist Zeuge all dessen, was auf der Welt geschieht. Meine hölzerne Stimme wiederholt neue Wörter für Gräuel und Schandtaten und das sinnlose Sterben in Nordirland. Sie tobt vor Wut und Ohnmacht, mischt sich in jeden Streit ein, verurteilt jede Ungerechtigkeit, etwa wenn Menschen für etwas im Gefängnis landen, das sie nicht getan haben. Sie äußert Prophezeiungen, Warnungen, reißende Ströme schlechter Neuigkeiten. Helen meint, man könne nur schwer mit ihr leben. Die Kinder wollen all das nicht hören.

Ein hölzerner Mund, der in verspätetem Protest verharrt. Er möchte die Studentenunruhen nachholen, die ich verpasst habe. Demos gegen den Vietnamkrieg, für die ich zu spät dran war, Bürgerrechtsmärsche, Hausbesetzungen. Ein Mund, erfüllt von launischen Rebellionen, den Türknall-Kriegen gegen meinen Vater, gefolgt von stundenlangem, scheinbar ewigem Schweigen.

Helen gab eine Party. In ihrer Familie galt die Regel, Unglück möglichst rasch zu vergessen. Die zweite Regel ihrer Familie lautete, nicht mit Alkohol zu knapsen. Den Leuten einen Platz anzubieten. Sie sollen sich wohlfühlen. Viele Fragen stellen. Sie konnte sich daran erinnern, als Kind in Birmingham einen halb verbrannten Männerschuh im Kamin gefunden zu haben, an die restlichen Chips, den bitteren Geschmack von Gin. Sie erinnerte sich an das Singen, an das Lachen ihrer Mutter auf der Treppe, das Parfüm und die sanfte Berührung ihres Gesichts, als man die Kinder zu Bett brachte.

Sie ging von einem zum anderen, um dafür zu sorgen, dass sich alle kennenlernten. Manche Gäste waren absolut inkompatibel. Sie brachte den bräsigsten Kiffer mit einem Segelfanatiker ins Gespräch. Sie brachte eine gälische Sängerin mit einer Frau ins Gespräch, die alles an ihrem Land verachtete. Ein gerade aus Kalifornien heimgekehrter Freund, der zerschlissene Tennisschuhe trug, versuchte, einer Frau, der in ihrer Lässigkeit alles gleichgültig zu sein schien, die Bedeutung von *Riders On The Storm* zu erklären, er erzählte ihr, der Song sei von einem deutschen Philosophen inspiriert worden, der behaupte, wir seien alle in diese Welt geworfen worden, und sie erwiderte: Oh, das sind ja schreckliche Neuigkeiten. Die meisten lehnten an der Wand, drei teilten sich einen Sessel, es gab noch ein paar Stühle. Mitten im Raum saß ein Paar auf dem Fußboden wie bei einem Straßenprotest.

Ich stand herum wie ein Gast im eigenen Haus, lauschte, hörte mit, sprach möglichst wenig. Ich konnte partout nicht betrunken werden. Ich verbrachte den Abend damit, mir Dinge einzuprägen, das zu klauen, was andere sagten, mein Kopf war voller Diebesgut.

Irgendjemand nahm den hölzernen Mund vom Kaminsims und betrachtete ihn, strich über die Lippen. Man reichte ihn herum, betrachtete die Rückseite, als könnte man dort den Kehlkopf finden. Sie hoben ihn vor den eigenen Mund und sagten dann: Verpiss dich. Jemand sang ein paar Worte eines Songs: Die Heizungsrohre husten. Eine Frau lachte und bückte sich dann würgend, als müsste sie sich übergeben. Als sie merkte, dass er handgeschnitzt war, gab sie ihn rasch weiter, als wäre er ein Voodoo-Werk.

Sie brachten den Mund zum Sprechen.

Ich konnte nicht verhindern, dass die Schnitzerei persönliche Dinge offenbarte. Die Leute standen halb überrascht und halb fasziniert da und starrten den sprechenden Mund an, der ihnen von einer Zeit in Deutschland erzählte, als ich von Frankfurt nach Berlin getrampt war. Ich stand an der Autobahn, und ein Wagen hielt an. Ich dachte, ich hätte Glück. Ein Mann stieg aus. Zeigte er mir einen Ausweis? Ich konnte mich nur noch an die

Pistole erinnern. In den Tankstellen hingen überall Plakate mit den Gesichtern der Terroristen. Ich muss einem von den Gesuchten geähnelt haben. Ich hatte ein gesuchtes Gesicht. Einen gesuchten Bart. Ein gesuchtes Hemd. Er befahl mir, den Kasten mit der Mandoline zu öffnen. Er sagte, ich solle sie herausholen und auf den Boden legen. Ich musste über die Leitplanke steigen und mit erhobenen Händen durch ein Wäldchen gehen. Er blieb dicht hinter mir. Er winkte mich weiter, einen steilen Hang hinab, bis zu einem offenen Gelände, auf dem wir vor den oben vorbeirasenden Autofahrern verborgen waren. Er befahl mir, den Mantel auszuziehen. Aufs Gras zu werfen. Er studierte meinen Ausweis. Musterte mich. Er konnte es nicht fassen, dass ich als Ire fließend Deutsch sprach. Er fuchtelte mit der Pistole herum und befahl mir, die Schuhe auszuziehen. Das Hemd. Die Hose. Es war kalt. Ich wusste nicht, was er von mir wollte. Nach einer Weile drehte er sich um und ging. Ich sah ihm nach, als er den Hang zur Autobahn hinaufstieg und verschwand. Ich stand in Unterhosen auf dem Feld und rührte mich nicht. Ich wartete, dass er zurückkam, aber er war weg.

Mein Mund war zu ehrlich. Er redete wie im Zeugenstand. Beantwortete Fragen ohne jede taktische Intuition. Im Kreuzverhör bekannte er, dass ich im gälischen Keller arbeitete, dass mein Vater aus Cork stammte, dass meine Mutter Deutsche war. Helen befürchtete, die Gäste könnten etwas hören, das sie lieber für sich behalten hätte. Sie bat höflich, man möge ihr den Mund zurückgeben. Sie stellte ihn ins Bücherregal, wo sie ihn im Auge behalten konnte. Sie wollte nicht, dass jemand mit meinem sprechenden Mund verschwand.

Helens Freundin Martina war da, sie trug ein langes, buntes Kleid und Cowboystiefel. Sie reckte die Arme, die in einer braunen Wildlederjacke steckten, die Fransen flatterten wie die Schwingen eines Raubvogels, der sich auf ihren Drink stürzte. Selbstgemachter Schmuck klimperte an ihrem Handgelenk. Sie ließ die langen Haare vor ihr Gesicht fallen und schüttelte den Kopf wie ein Rocker. Freier Tanz, lachte sie mit ihrem Kerry-Akzent. Sie war mal auf einem berühmten Konzert auf der Isle of Wight gewesen.

Martina und Helen hatten das gleiche Internat besucht und waren dort regelmäßig aus dem Fenster gestiegen, hatten sich in einer Telefonzelle umgezogen und waren dann in die Stadt gegangen, um etwas zu trinken. Beiden lag Aufbegehren und Ungehorsam im Blut, nur setzten sie es im Leben unterschiedlich um.

Ich hörte, wie Helen von Kanada erzählte, wie sie Martina und einigen anderen, die vor dem Kamin standen, schilderte, wie Paare mit einer Kiste Bier auf der Rückbank und mit Vollgas über die Kiesstraßen Ontarios brausten. Eines hatte man vor kurzem tot aufgefunden, eng umschlungen, es war während der Fahrt zu den Pfirsichhainen gegen eine hohe Buche geknallt. Ich hörte Martina sagen, da sei es ja leichter, auf dem Ventry Beach in einem geparkten Wagen abzuheben.

Das auf dem Fußboden sitzende Paar stand irgendwann auf. Helen fing die beiden ab, als sie das Zimmer betreten wollten, in dem die Kinder schliefen. Mein Mund fühlte sich taub an. Ich hörte Helen schreien und sah, wie sie ihnen auf der Straße die Schuhe hinterherwarf, der Nachbarshund bellte unaufhörlich.

Ich kam mit einem Journalisten ins Gespräch.

Er wollte wissen, ob ich Schach spiele.

Früher mal, antwortete ich. Mein Vater hat es mir beigebracht.

Mein hölzerner Mund begann, dem Journalisten zu erzählen, dass mein Vater ein schlechter Verlierer gewesen sei. Er warf das Schachbrett wütend um, wenn er merkte, dass ich gewinnen würde. Das Gleiche passierte einem Schachgroßmeister in einem russischen Roman, auch da warf der Vater in seiner Wut das Schachbrett um, Spiegelfamilien in Irland und Russland.

Du spielst sicher gut, sagte der Journalist.

Nein, gar nicht, sagte ich.

Er lud mich ein, abends mal auf ein Spiel vorbeizukommen. Er wohnte in unserer Straße, in einem Reihenhaus aus rotem Backstein, gleich hinter dem Möbelauktionator.

Er starrte Helen die ganze Zeit an.

Sie trug einen hellblauen Rock aus Crêpe de Chine, den sie während ihres Schauspielstudiums in London gekauft hatte. Der Stoff war hauchdünn, fühlte sich etwas kraus an und bot gerade genug Beinfreiheit.

Helen ließ sich auf eine Wette ein. Sie stand kerzengerade da, zuckte mit den Schultern wie ihre Mutter: Glaubt ihr, ich könnte das nicht mehr?

Martina klatschte in die Hände: Dann zeig's uns.

Um vorzuführen, wie fit und straff ihr Körper durch das Yoga war, nahm Helen die Herausforderung an, sich auf den hohen Babystuhl zu setzen. Der Stuhl diente nur noch als Bar, denn die Kinder waren rausgewachsen. Er landete nicht im Reigen der Möbelauktionen nebenan, und wir kannten keine Eltern mit kleinen Kindern. Martina meinte, es sei absolut unmöglich, dass sich eine Mutter auf einen Stuhl zwänge, auf dem ihre Kinder gesessen hätten und in dessen Ritzen noch Kartoffelbreireste saßen.

Seht euch das an, sagte Martina, schwarz wie Pech.

Helen raffte den hellblauen Rock über die Knie und kletterte auf den Tisch. Von dort schob sie zuerst den einen, dann den anderen Fuß in den Babystuhl, auf jeder Seite von Gästen gestützt, weil der Stuhl schwankte wie ein Kanu.

Der Journalist machte sich bereit, sie aufzufangen.

Martina sagte: Weiter, Mädchen.

Eine der Frauen meinte, das sei nicht sehr weise, der Typ mit Tennisschuhen sagte, in Kalifornien würde das sicher keiner probieren, und ich sah stumm und bewundernd zu.

Helen brauchte eine Weile, um die Beine durch die Öffnungen zu zwängen, getrennt durch eine Strebe, die verhinderte, dass ein Kind hinausrutschte, ein Kuddelmuddel aus Knochen und Knien. Das ist, als müsste ich mich in ein Holzkorsett quetschen, sagte Helen, man wird mich rausschneiden müssen. Daraufhin wurde gewitzelt, sie müsse mit Korsett durch das Zimmer gehen, und Helen sagte, sie habe mal einen Job in der Korsettabteilung von Harrod's gehabt, und die Kunden seien nicht nur weiblich gewesen.

Sie ließ sich langsam auf den Stuhl sinken. Sie trug noch die Schuhe aus schwarzem Samt. Zwischen ihren Beinen saß die Sicherheitsstrebe. Alle applaudierten. Der Rock aus Crêpe de Chine war halb über ihre Oberschenkel gerutscht und entblößte weiße Haut. In der einen Hand hielt sie eine Weinkaraffe, in der anderen eine selbstgemachte Holzrassel. Sie bestand aus zwei Hälften eines hohlen Eis mit einem Kern darin. Es gab eine hölzerne Muschel, die am Stock auf und ab klackerte. Dieser hatte an beiden Enden jeweils einen runden Stopper, den Babys über Jahre in den Mund gesteckt hatten. Die Rassel war aus Deutschland, sie stammte noch aus der Zeit vor Hitler.

Eines Sonntagabends, ich sitze am Klapptisch im vorderen Wohnzimmer, höre ich Helen im Flur telefonieren. Sie erzählt ihrer Mutter in Kanada, wir hätten sehr nette Leute kennengelernt, einen Journalisten und seine Frau, John und Audrey – er gibt die Beilage Schule und Erziehung heraus, manchmal auch die Gesundheitsbeilage, sie stammt aus England, ist eigentlich Lehrerin, aber nun Vollzeitmutter, und überlegt, sich beruflich neu zu orientieren. Beide seien hochinteressant, sagt Helen, es gebe nichts, was sie nicht schon wüssten. Sie wohnen in einem Reihenhaus mit einer Tochter, einem Hund, vielen Gemälden und hübschen Dingen. Sie erzählt, ich würde sie hin und wieder besuchen, um mit John Schach zu spielen, er gewinne meist. Audrey schaue tagsüber manchmal vorbei, man könne mit ihr prima darüber plaudern, wie es sei, in England aufzuwachsen.

Weitere Neuigkeiten gibt es nicht.

Der Ladenbesitzer hat wieder mal versucht, sie um Wechselgeld zu betrügen, aber sie ist ihm gewachsen. Ihre Yogastunden laufen gut, nur ist das vordere Zimmer zu klein für so viele Leute, sie wissen nicht, wohin mit den Beinen. Helen erwägt, einen extra Raum zu mieten. Sie war in einer Sonntagszeitung abgebildet und hat die Ausgabe in einer Papprolle nach Kanada geschickt.

Eines Nachts wurde ein Fenster unseres Autos eingeschlagen, gleich hier, auf der Straße, während wir schliefen, und wir bekamen nichts davon mit.

Ich höre, wie sie erzählt, meine Mutter sei krank, man habe Krebs diagnostiziert. Die zwei älteren Schwestern meiner Mutter – Marianne in Salzburg und Elfriede in Rüsselsheim – sind schon an Krebs gestorben. Meine Mutter sagt, nun sei sie dran, alle der Reihe nach. Man schlug eine Operation vor, aber sie will davon nichts hören, meine Schwester Greta kümmert sich um sie.

Und die Kinder?

Neue Wörter. Essie sagte: Ich hasse Konsequenzen. Rosie führt ständig das Wort Sonnenuntergang im Mund: Wir müssen vor Sonnenuntergang zu Hause sein. Sie malten Gesichter auf die Kartoffeln, und wir konnten sie nicht schälen.

Helen zuzuhören, wenn sie nach Kanada telefoniert, ist beinahe so, als würde man einen Roman schreiben. Sie hat diese unverfälschte Ehrlichkeit, die ich ersehne, sie erfindet nichts, erzählt nur die neuesten Neuigkeiten. Wenn ich schreiben könnte, wie sie erzählt, wäre ich glücklich, im Grunde müsste ich nur getreulich jedes Wort notieren. Ab und zu habe ich den Drang, ihr einen Zettel mit dem Hinweis zu geben, dass sie etwas ausgelassen habe, etwa den Besuch im Zoo, vergiss den Zoo nicht. Erzähl deiner Mutter vom schlafenden Löwen, er öffnete ein Auge, dann öffnete er beide Augen, dann hob er ein klein wenig den Kopf, dann schlief er wieder ein. Später hörten wir ihn brüllen und rannten davon, Helen sagte, ich dürfe den Kindern keine Angst machen. Und das Gespräch, das wir danach im Auto führten, über das gefährlichste Tier auf der Welt – Hyäne oder Leopard?

Oder der Mensch?

Die neuesten Neuigkeiten aus Kanada. In der Stadt wurde mit dem Bau einer neuen Badeanstalt begonnen, und dabei fand man menschliche Überreste. Die Stadt diskutierte darüber, die Relikte umzubetten, doch es waren so viele, dass man am Ende beschloss, sie unter dem neuen Schwimmbad zu begraben. Die ganze Stadt wurde auf Knochen erbaut. Das Haus von Helens Familie steht auf einer alten Begräbnisstätte, die einen Blick auf die Gewitter über dem See bietet, auf die spinnenbeinigen Blitze.

Helen wiederholt vieles, was ihre Mutter erzählt, den Rest kann ich ergänzen oder mir vorstellen.

Ihre Mutter wurde vom Richter gegenüber zum Abendessen eingeladen, sein Haus ist riesig, zehn Zimmer und ein Rapunzelturm mit einem winzigen Fenster, eine halbmondförmige Auffahrt mit ovaler Rasenfläche. Die Spareribs waren gewöhnungsbedürftig. Man konnte die Finger in eine Schüssel mit Wasser tauchen, dessen Oberfläche fettig schimmerte. Der Richter war an allem interessiert, was mit Irland zu tun hatte, er erkundigte sich nach Pferderennen und Angeln im Fluss und nach einer Burg in Connemara, in der er sich mal aufgehalten hatte.

Ich platziere sie in einem Esszimmer, das mit dem Wohnzimmer verbunden ist. Den Richter am Kopfende des Tisches, mit Nessa auf der einen und Helens Mutter auf der anderen Seite, zwei dicke Freundinnen, seine liebsten Menschen. Alle futtern Spareribs, unter dem Tisch schnüffelt der Hund mit einer Nase wie ein nasser Finger. Der Richter wirft etwas über seine Schulter nach hinten wie einen schlechten Gedanken, ein altes Urteil, das ihn belastet. Der Hund huscht mit klackernden Krallen über die breiten Ahorndielen und kommt vor dem Fenster zum See schlitternd zum Halten, zwischen den Pfoten einen Knochen, an dem er mit schief gelegtem Kopf nagt. Helens Mutter isst nicht viel, nur ein paar Happen ehrbaren Krautsalats, denn das geht mit der Gabel, und am Ende des Abends überredet man sie, ein Lied zu singen – den Kerry Dance.

Ich sehne mich danach, in Kanada zu leben.

Ausgelöst durch die Ereignisse in Nordirland. Die Nachrichten wimmeln von neuen Wörtern, die man erfindet, um Wut und

Unverständnis auszudrücken. Die zerfetzten schwarzen Flaggen hängen immer noch überall im Land. Schreine mit Fotos der toten Hungerstreikenden. Der Flächenbrand weitet sich aus. Der heiße Atem der Freiheit. Lieder über ungehemmt strömende Flüsse, Leute, die mit kämpferischer Stimme singen und die Gitarre schlagen wie eine Waffe. Und die Trommeln.

Ich würde meine Familie gern in eine Gegend versetzen, wo man ohne Erinnerungen einen Neuanfang machen kann. Nur mit der Erinnerung an die Menschen, die uns vorausgegangen sind. Städte, in denen alles, mit dem ich aufgewachsen bin, in weiter Ferne liegt, Städte, die mich vergessen lassen, woher ich komme. Ohne Grenzen im Kopf.

Meine Mutter war aufgeblieben, um auf mich zu warten. Sie legte ihr Buch weg und sah auf, als ich fragte, ob ich als Kind vielleicht brennende Häuser gesehen hätte.

Brennende Häuser? Nachts? Während wir eine Straße überquerten. Ich muss etwa sechs gewesen sein. Ich kann mich ganz genau daran erinnern, wie Flammen aus den Fenstern schlugen und der Himmel orangerot glühte, wie sich der Rauch wie ein großer, grauer Mantel mit langen Armen auf die Straße senkte. Ich erinnere mich, die Hand meiner Mutter zu halten, an meinen Bruder Gerd mit einem Rucksack auf ihrer anderen Seite, an meinen Vater, der mit meiner Schwester Gabriela voranging, den Koffer tragend und hinkend und gelegentlich anhaltend, um die Hand zu wechseln. Wir kamen vom Bahnhof, als ich es mit eigenen Augen sah, ein ganzes Reihenhausspalier in Flammen, fünf oder sechs Stockwerke. Der Gestank brennender Wohnungseinrichtungen, von Rosshaarsofas und Holzspielzeugen, die Farbe warf Blasen. Die Löschfahrzeuge dröhnten, sie hatten die Leitern ausgefahren, es gab viele Gaffer, manche im Nachthemd und mit einer Decke über den Schultern. Meine Mutter zerrte an meiner Hand und schärfte mir ein, nicht hinzuschauen, vielleicht habe ich es deshalb so lebhaft in Erinnerung.

Könnte es sein, dass ich diesen Brand nie gesehen habe?

Hatte ich die Erinnerung von ihr übernommen? Hat sie mir die Pflicht auferlegt, mich zu erinnern? Ihre Furcht vor Flammen. Ihre Unfähigkeit, irgendwo zu Hause zu sein. Ihre Bereitschaft, Hals über Kopf zu verschwinden. Ihre ständigen Warnungen, immer der Blick über die Schulter, ihr Misstrauen gegenüber Glas.

Als wir die Treppe hinaufgingen, hakte sie sich bei mir unter. Wir hatten es nicht eilig. Sie verweilte auf dem Treppenabsatz im ersten Stock, um zu verschnaufen. Auf dem zweiten Absatz hielt sie noch mal inne.

Dann erzählte sie mir, dass sie einmal geblutet habe, während des Krieges, damals hatte sie eine Hämorrhagie und musste ins Krankenhaus. Sie verstummte, als wäre das ein heikles Thema.

Was ist denn?

Ein anderes Mal.

Greta kam herauf, um ihr ins Bett zu helfen.

Sie sprachen über den Schlachter, Mister Dunne, der im Krankenhaus lag. Meine Mutter hatte vorgeschlagen, ihm eine Karte mit Genesungswünschen zu schicken. Greta meinte, es sehe schlecht aus, er habe Krebs. Im Schaufenster der Schlachterei hing ein handschriftliches Schild: Bitte verzeihen Sie die Unannehmlichkeiten, wegen Krankheit bis auf weiteres geschlossen. Der Holzblock war geschrubbt, die Messer waren sauber aufgereiht, und der Messerhalter, den der Schlachter wie einen

Holster auf einer Seite des blauen Kittels trug, lag hinter dem Tresen. Die s-förmigen Haken hingen an Stahlstangen, und in der Vitrine lagen nur noch drei oder vier Petersilienstrünke und zwei rote Tomaten, alles aus Plastik, ein blaues Licht war an.

Greta zeigte mir die Karte mit den von ihr gesammelten Unterschriften. Sie war im Fischgeschäft gewesen, beim Friseur, im Pub an der Ecke, im Blumenladen, alle schrieben einen Gruß und nannten ihn Napper. Dieser Name war uns neu. Er war für uns stets der Schlachter gewesen, Mister Dunne. Wir hielten es für unangebracht, ihn nach all den Jahren plötzlich Napper zu nennen, denn das hätte bedeutet, dass wir ihn näher kannten, eher Freunde als Kunden waren. Wir wussten nicht, wie er zu diesem Spitznamen gekommen war, ob es ihm gefiel, Napper genannt zu werden.

Wäre er beleidigt, wenn wir ihn Napper nannten?

Greta, die sich mit dem Bäcker unterhalten hatte, als er mit mehligen Händen die Karte unterschrieb, hatte erfahren, dass er Jim hieß und Golf spielte und dass Marie, seine Frau, die hinter dem Tresen bediente, nicht Golf spielte und auf keinen Fall nach Spanien wollte, denn den ganzen Tag neben den Öfen zu stehen, sagte sie, sei schon wie Spanien ohne Golf. Der Bäcker meinte, Napper sei ein hervorragender Schlachter, einer der besten.

Wir wussten auch nicht, dass der Friseur, der meinem Vater die Haare geschnitten hatte, bis dieser einen fand, der Gälisch sprach, ebenjener Friseur, der mir und meinem Bruder die Haare geschnitten und mal gesagt hatte, wir sähen aus wie zwei gerupfte Hühnchen, nachts angelte. Nach Feierabend, erzählte er Greta, fahre er an der Küste zu einem der langen Strände in Wexford, wo sich niemand hinverirre, und dort sitze er auf einem Klappstuhl, die Wellen vor seinen Füßen und ein Licht oben auf der Angelrute. Manchmal brate er den Fisch an Ort und Stelle, Scholle oder Seezunge, und trinke ein Bier, ab und zu mit anderen Anglern, erzählte er, sie würden sich Nachtreiher nennen.

Wir wussten ebenso wenig, dass unsere Mutter nach ihrer Ankunft in Irland erlebt hatte, wie der Mann vom Fischgeschäft noch Fische aus einem Kinderwagen auf der Straße verkaufte. Der Priester hatte ihn damals angewiesen, die Kirche durch die Seitentür zu betreten, weil der Haupteingang für die Reichen reserviert sei. Seht ihn euch an, sagte meine Mutter, jetzt betteln sie sicher darum, dass er zum Haupteingang hereinkommt, einer seiner Söhne ist in London Psychiater, und ein anderer hat das Geschäft übernommen, er trägt einen Strohhut und eine weiße Schürze.

Was war uns noch unbekannt?

Wir waren Spätankömmlinge im Viertel.

Die Informationen, die Greta erhielt, als sie mit der Karte von einem Laden zum nächsten ging, waren allen anderen längst bekannt. Wir waren viel zu sehr mit brennenden Häusern, der Berliner Mauer, Nazi-Prozessen und in Trümmern liegenden Städten beschäftigt. Sogar die Bäckerei in der rheinischen Heimatstadt meiner Mutter war durch eine Bombe zerstört worden, die ein Bomber auf der Rückkehr von einem nächtlichen Angriff auf Köln abgeworfen hatte, um Ballast loszuwerden. Hier waren diese Informationen bedeutungslos, niemand kannte die Leute, die getötet worden waren, als sie in der Brotschlange gestanden hatten.

Ich stand im Flur und hörte sie oben reden. Sie spielten jeden Abend ihr Spiel. Meine Mutter setzte sich aufs Bett, und meine Schwester schubste sie um, und dann lachte meine Mutter wie ein kleines Mädchen. Ein stilles, innerliches Lachen. Sie richtete sich auf, und Greta schubste sie noch einmal um, und schließlich lachten beide. Greta schubste sie ein letztes Mal um, und dann schlief sie ein.

Bei meiner Heimkehr schlief auch Helen schon, ein nacktes Knie ragte unter der Decke hervor. Ich holte die Speischüssel aus dem Schrank und begann, Hafermehlkekse zu backen. Das Rezept stammte aus einem mennonitischen Kochbuch und dieses wiederum aus Kanada, manche Seiten klebten durch uralten Teig zusammen. Die Kekse mussten bis Mittwoch reichen. Ich legte sie zum Abkühlen auf Gestelle, am nächsten Morgen wollte ich sie in Dosen füllen. Der Duft des nächtlichen Backens sorgte für ein warmes Glücksgefühl, er trieb durch den Flur ins Schlafzimmer, ins vordere Wohnzimmer, am öffentlichen Fernsprecher neben der Tür vorbei, den ganzen Weg bis nach oben.

Die Fenster des Aufnahmestudios sind verrammelt. Man klingelt, und es dauert eine Weile, bis geöffnet wird. Im schmalen Flur hängen gerahmte Fotos legendärer Sänger, viele mit dickem Filzstift signiert, ein Countrystar aus den Midlands mit strahlendem Lächeln. Man tritt durch eine dicke Tür, die den Verkehrslärm abhält. Dann durch eine doppelte Glastür ins Aufnahmestudio.

Die Stille ist vollkommen. Es ist mehr als Stille. Dieser Ort will mit Geräuschen erfüllt werden. Die mattschwarze Dämmung der Wände gleicht dem Inneren eines Sarges. Ein Husten wird sofort erstickt. Jedes Wort erstirbt im Mund. Die leisesten Geräusche werden aufgesogen, und was bleibt, ist ein klarer, voller Sound. Wenn sich der Toningenieur meldet, klingt seine

Stimme in den Lautsprechern wie aus einer anderen Galaxie, sein Gesicht ist hinter der dunklen Scheibe kaum zu erkennen.

Das Studio ist staubig, der Teppich kaffeefleckig. Hinter einem Heizkörper stecken leere Saftkartons. Auf einem Lautsprecherset stehen die Reste einer Take-away-Mahlzeit vom Inder, aber all das hat keine Auswirkungen auf den Klang. Der Toningenieur trägt Shorts und Sandalen, als wolle er an den Strand, sein Hemd ist weit offen, und er spricht mit mir, als wäre ich gekommen, um eine Rockband aufzunehmen – groovig.

Ich bin mit einem gälischen Sänger aus Cork da, der ein Gedicht vertont hat, das von zwei Schwänen auf einem winterlichen See handelt. Der Backing-Track besteht aus gedämpfter Gitarre und traditionellen Dudelsäcken. Das Summen im Schilfgürtel des Sees wird durch Melodiepfeifen und Brummen imitiert. Die Schwäne sind ineinander verliebt, sie recken den weißen Hals, berühren das Eis auf dem Wasser.

Der Sänger trägt einen Schnurrbart. Ich finde, er sieht türkisch aus, wie die Schattenmänner, mit denen ich in Berlin gearbeitet habe, und der Bart verleiht ihm ein breites Lächeln. Er wechselt problemlos zwischen gälischem Gesang und Blues hin und her. Während der Aufnahme trägt er die Kopfhörer so, dass einer auf dem rechten Ohr, der andere auf der Stirn liegt.

Nach der Aufnahme-Session flitzte ich kurz zur deutschen Bibliothek. Auf der Heimfahrt im Zug schlief ich ein, erwachte aber bei jedem Halt, als würde man mich attackieren, und das Butt-Buch rutschte mir aus der Hand.

Als ich zu Hause ankam, war Audrey zu Besuch.

Sie hatte Muße und konnte träge Nachmittage mit einem Gin Tonic in frühe Abende übergehen lassen. Sie hatte bei diversen Yogastunden mitgemacht, sowohl für Anfänger als auch für Fortgeschrittene. Ich war es gewohnt, Frauen in Leggings durch das Haus laufen zu sehen, sie huschten auf dem Weg zum hinteren Bad durch die Küche. Audreys lachsfarbige Leggings wirkten in einem kleinen Raum jedoch einschüchternd. Sie sah immer wieder zu mir, als wollte sie nachprüfen, ob ich ihre Beine beäugte.

Ihr Mann, John, kam nach der Arbeit dazu. Wir tranken zu viert eine Flasche Wein. Audrey saß im Schneidersitz auf dem Fußboden, den Rücken gegen das Bücherregal gelehnt. John saß in Tweedjacke und mit ausgestreckten Beinen im Sessel. Helen erzählte, sie wolle ihre Yogakurse ausweiten und eine Broschüre drucken lassen, und John bot an, kostenlos Fotos dafür zu machen. Er war ein guter Fotograf, er hatte mich schon mal in seine Dunkelkammer geführt, die meisten Bilder zeigten Audrey im Badeanzug und mit ihrer Tochter Lucinda an einem Strand im Westen.

Dann kamen wir auf London zu sprechen.

Beide hatten eine Weile dort gelebt. John erzählte von den Partys, die er besucht hatte, und erwähnte mehrere Dichter und Künstler, einige berühmte Rockstars. Audrey meinte, sie würde sich gern als Akt malen lassen. John erzählte, auf einer Party sei einmal ein bekannter Beat-Poet erschienen, habe sich ausgezogen und nackt auf dem Sofa gesessen, und das im Winter.

Wir waren beeindruckt.

Helen erzählte von ihrem Zimmer in Kensington, wo sie vom Bett aus alles mit einem Handgriff erreichen konnte. Sie hatte das Haus aufgesucht, in dem sich die amerikanische Lyrikerin Sylvia Plath in einem Anfall von Selbstzweifeln umgebracht hatte. Draußen weise eine Tafel darauf hin, dass Yeats in dem Haus gewohnt habe, aber Sylvia Plath werde nicht genannt. In der Nähe stehe eine Telefonzelle, aber es sei fraglich, ob es die sei, von der aus sie ihren Mann zum letzten Mal angerufen habe.

Sie erzählte, mit offenem Mantel und auf den Hinterkopf geschobenem schwarzen Barett, an dem Regentropfen wie Glasperlen hingen, in einem Café gesessen zu haben. Sie hatte durchs Fenster beobachtet, wie Londoner mit Regenschirm durch den Nebel tapsten. In einem Notizbuch mit Notizen aus ihrem Theaterkurs, Monologen und Bonmots, begann sie nachzuvollziehen, was Sylvia Plath in ihr fehlendes Tagebuch geschrieben hatte, jenes, das verbrannt war: Meine Liebe war grausam, du wirst meine Knochen ausgraben und als Andenken verkaufen.

Audrey und John waren älter als wir, über dreißig, und sie wussten unglaublich viel. Audrey sprach kenntnisreich über Sylvia Plath und ihren englischen Ehemann Ted Hughes. Sie meinte, Plath sei schon neidisch auf den Ruhm ihres Mannes gewesen, bevor er sie wegen einer anderen Frau verlassen habe. Sie habe ihn dazu getrieben, sie sei besessen gewesen, es handele sich um Neid zwischen Künstlern.

Wäre sie am Leben geblieben, sagte John, dann wäre sie eine glänzende Romanautorin geworden.

Da begann mein hölzerner Mund zu reden. Wieso hasste Sylvia Plath ihren deutschen Vater? Hatte sie ihn nicht lieben dürfen? Warum wollte sie nicht mit ihm in Verbindung gebracht werden, nannte ihn zynisch *Daddy*, stellte ihn wegen grotesker Naziverbrechen vor Gericht, die er nicht begangen haben konnte? War das ihre Art, sich in die globale Gemeinde der Dichter einzufügen? Indem sie den eigenen Vater verleugnete? Seine Geschichte verleugnete? Sich selbst verleugnete? Stellte sie sich durch diese Hassliebe am Ende selbst ins Abseits?

Das Gespräch wandte sich wieder der sexuellen Eifersucht zu.

John meinte, Eifersucht sei ein primitives Gefühl und zeuge von fehlendem Mut.

Ein alberner Instinkt, pflichtete Audrey bei.

John sagte: Man sollte offen bleiben. Wozu das eigene Herz brechen?

Audrey prahlte damit, dass ihre Ehe mit John auf der Vereinbarung fuße, nicht eifersüchtig zu sein. Sie würden einander maximale Freiheit einräumen, sagte sie. Es sei wichtig, offen für neue Ideen zu sein. Freie Liebe. Ihre Beziehung kenne da keine Beschränkungen. John saß breitbeinig da, während Audrey erzählte, wie er eines Abends hinten im Taxi einfach eine andere Frau geküsst hatte. Auf der Rückfahrt von einer Party hatte er mit einer Frau geknutscht, während sie auf der anderen Seite gesessen hatte. Sie habe nichts dagegen gehabt, es sei nur so, dass der Mann der Frau einfach grauenvoll sei. Das sei kein fairer Tausch gewesen.

Mein Gott, sagte sie, wenn er den Mund aufmachte, schien in seinem Magen etwas zu vergären.

Sie lächelten einander an.

Wir schwiegen dazu. Unsere Leben kamen uns so banal vor. Ihre Leben dagegen schienen so cool, so selbstbewusst zu sein, eher wie ein Schriftstellerdasein, voller Inspiration und kühner Taten, alles um des Abenteuers willen.

Eine Woche später, nach dem Abschluss der Aufnahme-Sessions, führte ich Sänger und Musiker in das Pub an der Ecke. Das gälische Wort für das Geld, das Getränke kosten, bedeutet Begrüßung. Wir tranken in Tröpfchen.

Sie sprachen meist über Musik. Sie meinten, nichts gehe über eine Session mit traditioneller Musik, das gleiche einem rasenden Tier, einem Büffel, einer Stampede. Die Musik sei so energiegeladen, sie reiße einen vom Hocker auf die Beine, hebe einen unter den Achseln in die Höhe und lasse einen in der Luft baumeln, man könne nur noch winseln.

In der Musik, sagten sie, gebe es eine subtile Hierarchie. Sie steigere sich zu einem Hochgeschwindigkeitsduell, verlangsame sich dann zu einem behäbigen Fahrradrennen, und der beste Musiker sei jener, der das Ziel zuletzt erreiche. Alle Musiker bewunderten und fürchteten und beklauten einander. Sie hoben sich gern gegenseitig mit humorvollem Understatement in den Himmel oder schickten einander in die Hölle. Ein Nicken war die unverfänglichste Methode, Anerkennung zu zollen. Lob war eine heikle Sache, da konnte man leicht übertreiben, ein Wort zu viel, und es war schon ein Rüffel. Sie debattierten darüber, wer der beste Flötenspieler des Landes sei. Sie listeten ein paar gefeierte Namen auf, verglichen minutiös, wie jeder Musiker einen Reel namens *The Bucks of Oranmore* spielte. Sie erwähnten einen Flötenspieler aus Mayo und einigten sich am Ende darauf, dass er alle anderen übertreffe. Einer übertrieb es mit der Zustimmung. Er meinte, der Mann aus Mayo sei nicht nur der Beste im ganzen Land, sondern auch noch kahl – er sei der beste aller kahlköpfigen Flötenspieler.

Wir lachten.

Sie unterhielten sich über einen bekannten Dudelsackspieler mit einem Lungenproblem. Der Mann litt an chronischer Atemnot. Er hatte sich von seiner Londoner Frau getrennt und lebte nun in einem Wohnwagen außerhalb Dublins. Sie sandte ihm die Röntgenaufnahmen nach. Ein Freund traf sich mit ihm in einem Pub, um die schlechte Nachricht zu überbringen, er gab ihm einen großen Umschlag, Absender war ein Londoner Krankenhaus, bitte nicht knicken. Der Dudelsackspieler ignorierte die Nachricht seiner Exfrau. Er schob den Umschlag mit den Röntgenbildern auf dem Tresen zur Seite. Er war so dünn wie ein Bleistift. Er hatte eine weiche, nasale Stimme und ein enormes musikalisches Gedächtnis. Er trank am liebsten Milch und Whiskey. Erst viel später an dem Abend zog er die Bilder aus dem Umschlag. Er hielt sie in das rauchige Licht über der Bar und betrachtete den dunklen Schatten, als wäre dieser eine Anklage, die ihm bis nach Hause gefolgt war. Er verstummte kurz und meinte dann: Ah, seht mal, das ist ja gar nicht meine Lunge.

Wir lachten wieder.

Ich lachte lauter als alle anderen.

Wie konnte man die eigene Lunge verleugnen?

Der Schattensänger erzählte von Amerika. Von den großen Bluessängern, denen er begegnet war und die ihn viele Songs über Züge gelehrt hatten. Der Blues liege jedem im Blut, erklärte er. In jedem Land tippe man auf die gleiche Art mit dem Fuß. Die Iren brachten ihre Kultur mit, und diese vermischte sich mit den musikalischen Wurzeln der Afroamerikaner, der Franzosen, der Deutschen, sie war ein Teil der Anatomie Amerikas, die Musik geht um die Welt und kehrt am Ende nach Hause zurück.

Er zog eine kleine Mundharmonika aus der Gesäßtasche und rieb sie vorn an der Jacke. Er setzte sie an die Lippen und spielte ein paar getragene Töne. Im Pub trat Stille ein. Das Metall des Instruments glitzerte im Deckenlicht, als er einen Song über Züge sang. Seine Brust füllte sich, ohne dass er ein Wort verschluckt hätte, ich fragte mich, wie er Luft holte. Er spielte und sang ohne Verstärker, unglaublich, wie viel Kraft in seiner Lunge steckte, er sang uns regelrecht gegen die Wand.

Er ließ die Mundharmonika auf dem Bartresen liegen. Ich nahm sie mit. Ich bewahrte sie für ihn auf.

Als ich nach Hause kam, saß Helen im Sessel, die Beine vor die Brust gezogen. Sie hatte Fotos auf dem Tisch ausgebreitet, großformatig und schwarz-weiß, mit weißen Rändern, sehr professionell. Dämmriges natürliches Licht, die Tapete verwischt, der Teil einer Pflanze. Auf manchen Fotos trug sie schwarze Leggings, der V-Ausschnitt ihres T-Shirts zeigte eine Gischt von Sommersprossen. Auf anderen Fotos trug sie eine weiße Bluse und sah aus dem Fenster. Das Licht durchdrang den Stoff.

Ich sah ihr in die Augen.

Sie hatte mir im Vorfeld erzählt, dass sie die Fotos machen lassen wolle. Ich legte ihr nicht gern Steine in den Weg, sondern ermutigte sie lieber. Ihre Freiheit sollte nicht meine Schwäche sein. Sie sollte nicht in einem fremden Land in der Falle sitzen wie meine Mutter, die alle Entscheidungen meinem Vater überließ, ihn sogar im Büro anrief, um ein Paar gute Schuhe zu schildern und zu erklären, warum diese besser seien als zwei Paar schlechte Schuhe.

Ich schob die Fotos zusammen und tat sie in einen großen Umschlag. Ich fand sie unerträglich, die silberige Stille, die ihre Schultern umhüllte. Ich hätte den Raum, in dem die Aufnahmen gemacht worden waren, am liebsten aus der Welt geschafft.

Mir fehlte die Sprache, um das ihr gegenüber thematisieren zu können.

Dann gab mein hölzerner Mund Dinge von sich, die ich nicht glauben mochte. Sie war den ganzen Nachmittag da gewesen.

Der Fotograf umkreiste sie mit der Kamera. Er zog sein Tweedsakko aus. Seine Stimme erfüllte das Zimmer. Er zündete einen Joint an, den er ihr reichte. Er begann, jedes Detail ihres Körpers zu beschreiben, ihren Hals, ihre Schultern, die Form ihrer Knie, er sprach über ihre Sommersprossen, ihre federleichten Hände, ihren Mund, ihre Lippen, er ließ sich über den süßen Atem unter ihren Armen aus.

Ich betrachtete sie voller Sehnsucht. Ich glaubte, ohnmächtig zu werden. Ich befürchtete, mich einzunässen. Mein Magen war leer, mein Blick getrübt, mir war übel. Ich wollte sie hochheben und mit Gewalt an mich drücken. War das Liebe? War das Verlangen? War das Stolz? War ich enteignet worden? Hatte man mir etwas geraubt? War das die Illusion, sie zu besitzen? Mein Kopf war voller nackter Körperteile. Ein kubistisches Chaos aus offenen Mündern, gespreizten Beinen und verstreuten Kleidern.

Meine Zähne schrien.

Der Zahnarzt hatte es gut gemeint, aber er hatte seine Zeit vergeudet. Meine Zahnprobleme hatten nichts mit meinen Zähnen zu tun. Es ging nie um meine Zähne. Sie wurden fälschlich beschuldigt. Ich machte sie dafür verantwortlich, dass ein ganzes Sprachenkonsortium versuchte, gleichzeitig über meine Lippen zu kommen, und nichts gesagt wurde. Das Unpassende, das Fehlerhafte, die unvermeidlichen Blasphemien, die Widerrufe in letzter Minute, die Falltüren zwischen den Worten. Meine Zähne erhielten die Schuld für alles Ungesagte. Für den Gefühlsstrom, der nie im Raum ankam. Für all die tiefen, bedeutenden Dinge, die ich ausdrücken wollte und die in einem parallelen Medium gefangen blieben. Es war, als würde man Lichtpartikeln die Schuld an der Stille geben, die Zeit wegen der Leere zur Rechenschaft ziehen. Meine Zähne waren unschuldige Zuschauer. Sie waren nicht die Ursache für die glaszersplitternde Abwesenheit von Worten. Der Zahnarzt hatte, indem er sich nicht für seine Arbeit bezahlen ließ, die Verantwortung für die Stille übernommen, die, lauter als je zuvor, mit ohrenbetäubender Kraft hervorbrach.

Ich ging hinaus. Das hatte ich schon mit neun getan, damals war ich vor meinem Vater und seinem Sprachenkrieg geflohen, vor meiner Mutter und ihren lichterloh brennenden Städten. Ich bog rechts ab, ging am Möbelauktionshaus vorbei. Ich kam zu dem Häuschen aus rotem Backstein. Dort brannte noch Licht, im oberen Zimmer mit der Tapete, die ein Muster aus erhabenen Schwertern hatte, das Gemälde von Löwen, das bereitstehende Schachbrett.

Zerstört uns nicht, schrie ich die Fenster an.

Mein Mund war wieder aus Glas. Ich ging den Hügel hinauf, fort von mir selbst.

Welche Ursache hatten all diese Zweifel?

Stammten sie von meinem Vater? Der Zweifel an Nationen. Die Eifersucht der Flaggen und Denkmäler und Gräben und des geraubten Landes und der verlorenen Kriege und der Sprachen auf der Flucht. Liebe, aufgeteilt in Parzellen. Liebe mit Grenzen. Liebe mit befestigten Sperrstreifen und Kontrollpunkten und Stacheldraht und Wachtürmen und drei Meter hohen Mauern. All die verletzten Seelen im Laufe der Zeiten, aller ethnische Groll, der seit Anbeginn der Zivilisationen schwelte, schäumte in meinem Kopf.

Oder stammten sie von meiner Mutter?

Hatte sie mir das Gefühl vermittelt, auf dem Heimweg zu

sein, ohne je anzukommen? Die Erinnerung an zurückgelassene Orte. Ihr Drang, zurückzukehren und die Vergangenheit aufzulesen. Ihre Neigung, stets mit dem Schlimmsten zu rechnen? Im Voraus über jeden möglichen Fehler nachzugrübeln, jeden Fehler im Nachhinein zu analysieren, nicht umkehren zu können.

Ich weiß noch, wie sie einmal ihren Koffer packte und uns sagte, sie wolle heimkehren, es sei alles ein Fehler. Mein Vater machte ihr das Leben so schwer. Sie setzte sich und erzählte mir, dass sie, nachdem sie bei ihrer Ankunft in Irland von Bord des Schiffes gegangen war, im Flur gestanden und sich gefragt hatte, ob sie bleiben sollte. Da war sie schon verheiratet und schwanger mit dem ersten Kind. Sie hatte Angst, ihren Mantel auszuziehen. Mein Vater überredete sie zu bleiben, indem er sagte, in Deutschland sei nichts mehr übrig, dort gebe es nur noch kaputte Städte. Sie habe bloß etwas Heimweh, meinte er. Er spielte deutsche Musik in voller Lautstärke, damit sie nicht wieder abreiste. Sie willigte ein, eine Nacht zu bleiben, weil sie nirgendwohin konnte. In dieser Nacht träumte sie, dass ihr erstes Baby, ein Junge, auf Deutsch zu ihr sagte: Bitte geh nicht.

Sie liebte Irland. Sie liebte uns von ganzem Herzen. Sie liebte all die Dinge, die keinen Sinn ergaben, die deplatzierten Wörter, ihre Geschichte, die sich mit der unseren vermischte, ihre Sprache, die sich mit der Schattensprache und diversen verbotenen Wörtern vermengte, die sie auf der Straße aufgeschnappt hatte. Sie liebte das Meer, es war wie Urlaub, aber es fiel ihr schwer, sich einzufügen. Einmal backte sie als Zeichen der Verbundenheit eine Torte für die Verwandtschaft in West Cork, aber mein Vater wollte sie nicht mitnehmen, und sie begriff nicht, wieso, mochte seine Familie etwa keine Torte?

Heiratete sie ihn, um irgendetwas gutzumachen? Sein Hinken? Glich sein angeborener Gehfehler ihre eigenen Makel aus? Gab seine Schwäche ihrer Güte Raum?

Mein Vater hat ihre Zweifel sicher gefürchtet. Denn sie hatte dadurch Macht über ihn. Und er hatte Macht über sie, solange sie blieb. Plagte ihn lebenslang die Angst, sie könnte ihre Meinung doch noch ändern? Wegen seiner Raserei und seines feuchten, chaotischen Heimatlandes? War er deshalb so stur und ungeduldig, hatte er deshalb eine weiche und eine harte Seite, lag ihm deshalb so viel daran, Irland an Deutschland anzugleichen, seinen West-Cork-Akzent in ihrer Sprache zum Verschwinden zu bringen? Weihte er sein Leben dem absurden Ziel, ein Deutscher zu werden, um ihre Erwartungen zu erfüllen, legte Mahler auf, pflanzte Apfelbäume, bastelte Holzspielzeug, bezahlte enorm viel Zoll für deutsche Importwaren. Hinkend wie ein Kriegsversehrter, gusseiserne Weihnachtsbaumständer unter dem Arm, die sich niemand leisten konnte?

Alles, damit sie nicht davonlief.

Seine Liebe, seine hitzigen Pläne gingen nie ganz auf, und er tobte, weil er wusste, dass er nicht ersetzen konnte, was ihr am meisten fehlte: ihr Vater, ihre Mutter, ihre Schwestern, das Haus am Marktplatz. Er gab sich größte Mühe, ihr Land in unserem Haus nachzubilden, wir waren ihre Bürger, wir kannten uns in ihrer Heimatstadt besser aus als in unserer, wir hätten jederzeit ihre Bäckerei gefunden. Sie saß oben im Zimmer mit dem Rücken zum Fenster und hörte zu, wie wir Deutsch sprachen, ihre Erinnerungen folgten der Richtung des Abendsonnenscheins, er warf ein langes Rechteck auf den Holzfußboden. Er erlaubte ihr, sich vorzustellen, sie wäre zu Hause und mitten auf dem Marktplatz würden Kinder um den Brunnen tollen.

Und die Glocken.

Vor allem die Abendglocken, deren Klang bis in jede Ecke des Zimmers drang, unter die Betten und in den Kleiderschrank, die Treppe hinab bis in die Küche, das helle Läuten erfüllte das Haus, bis sie nichts anderes mehr hören konnte, das Geräusch des Metalls raubte ihr die Stimme.

Ich erwog, ihr Lieblingslied zu singen. Jenes Lied, das sie zu Lebzeiten meines Vaters nicht singen durfte, weil es auf Englisch war, der verbotenen Sprache. Der Song über Blumen im Haar und sanftmütige Menschen, die uns erwarten. Sie hatte kein Problem damit, das Wort *lov-in* zu benutzen. Ihr Akzent glich einem Passagierschiff, das direkt von Hamburg nach San Francisco fuhr.

Bleiben oder gehen.

Diese Entscheidung musste sie an jedem Tag ihres Lebens fällen.

Eines späten Abends erzählte sie mir, was passiert war. Was ich als Kind geahnt, was ich in ihren Augen gesehen, was sie mir mehrmals zu erzählen versucht hatte. Ich half ihr vor dem Eintreffen Gretas die Stufen hinauf, als sie auf halber Treppe vor dem Kupferstich ihrer Stadt stehen blieb, der grau geworden war. Sie erzählte mir, was sie niemandem anvertraut hatte, nicht ihren Schwestern, nicht ihren Kindern, nicht meinem Vater, nicht einmal dem Priester bei der Beichte, nur ihrem Tagebuch.

Sie lebt in Düsseldorf, allein, ohne Freunde, hat niemanden, mit dem sie reden kann, und wohnt in einem Mietshaus, in dem jeder für sich bleibt. Die Söhne sind im Krieg, man diskutiert, wo Nahrungsmittel aufzutreiben sind, im Wohnzimmer hängt das Hitlerbild. Die Nachbarn bestaunen ihren Chef, als er zu Besuch kommt, sie hört ihn die Treppe heraufkommen, er hat die Autorität, sich Zutritt zu verschaffen. Ihre Einwände tut er ab. Die Nachbarn grinsen, sie zucken die Schultern und machen obszöne Gesten, sie genießen es, dass ein älterer, verheirateter Mann mit Blumen in der Hand abends eine junge Frau besucht.

Er setzt sich und sagt, sie habe schönes Haar, er lobt ihre moderne Kleidung, würde sie gern lächeln sehen.

Die Blumen sind Gift. Sie kann ihn nicht abweisen, er ist zu stark, er ist Mitglied der NSDAP, sie dagegen nicht. Er sagt, es ist eine Zeit der Opfer. Er erzählt vom Krieg, welchen Mut die Männer in Stalingrad bewiesen hätten, eingekesselt, ihr Leben für den Fortbestand des Reiches gebend. Er schwärmt von der Größe des Reiches, den blutigen Kämpfen an den Fronten. Ihre Schönheit sei nun ein Teil dieses Kampfes, sagt er, die Männer hätten ihre Weiblichkeit mit ihren Händen und ihren erfrorenen Füßen verteidigt, die Gesichter in Schals gehüllt, in die sie Zeitungen gestopft hätten, zitternd ihr letztes Weihnachtsfest verlebend, Briefe schreibend, die nie zu Hause angekommen seien. Es sei ihre Pflicht, für Deutschland zu lächeln, für die in Stalingrad gefallenen Kameraden, für den Ruhm und für das Überleben ihrer Rasse.

Sie verweigert ihm das Lächeln.

Wie sie sich weigern könne, sagt er, sie besitze doch die Gabe, Menschen glücklich zu machen, warum sei sie nicht der Sonnenschein im Zimmer? Sie solle mal die Blumen anschauen, weigerten die sich zu lächeln? Sie schüttelt wieder den Kopf, ihre Miene bleibt furchtsam, Fröhlichkeit kann sie nicht zeigen. Er befiehlt ihr herrischer, fröhlich zu sein. Er geht quer durchs Zimmer und legt ihr die Hände auf das Gesicht, zieht ihre Mundwinkel zur Seite, damit es aussieht, als würde sie lächeln.

Am nächsten Morgen muss sie ihm im Büro gegenübertreten, er fragt, wo ihr Lächeln geblieben ist, aber sie findet es nicht mehr, sie hat es verloren.

Einige Monate später steht sie wieder vor ihm, um ihm zu sagen, sie sei schwanger. Sie kann sich nur an den Mann wenden, der sie überwältigt hat. Er sagt, er sei froh, dass sie zu ihm gekommen sei, er wisse ihre Treue zu würdigen, er fasse das als Liebesbeweis auf. Er schärft ihr ein, alles für sich zu behalten, nur ihm zu vertrauen, er wisse, wie man mit dieser Situation umgehe.

Sie wartet im Mantel in ihrem kleinen Zimmer in Düsseldorf, als die Sirenen heulen. Das tiefe Brummen der Flugzeuge, gefolgt vom Feuer der Flak, gefolgt von einem Pfeifen, und dann bebt die Erde, man achtet auf jedes Geräusch, um abzuschätzen, wie nahe die Einschläge sind. Alle anderen sind in den Luftschutzräumen. Die ganze Stadt ist verdunkelt. Sie wartet, während ringsumher Bomben detonieren, bis ihr Chef mit einer kleinen Tasche, im Grunde nur ein runder Beutel, zur Tür hereinkommt.

Er sagt, das müsse sie unbedingt für sich behalten. Was sie tun wollten, sei ein Verbrechen gegen Hitler. Er erklärt ihr, dass sie eines von Hitlers Babys töten. Er sagt, sie solle den Mund halten, nicht mehr heulen, sich hinlegen. Mit der Hilfe einer kleinen Taschenlampe entnimmt er dem Beutel diverse Utensilien und präpariert sie auf dem Tisch, die Schatten seiner Hände werden riesengroß auf die Wand geworfen. Sie fragt, woher er die Sachen habe, und er sagt: Von einem ehrbaren Arzt, und nun still, auf keinen Fall Licht anknipsen. Sie liegt in ihrem Zimmer auf dem Bett, während die Gebäude ringsumher in Flammen stehen, die Feuerwehren unterwegs sind, Gebrüll auf der Straße ertönt, Leute vor Angst schreien, die Trauer offen unter dem dunklen Himmel liegt. Ihr Chef setzt ihr die Spritze, es fühlt sich an wie der Stich einer riesigen Biene.

Er befiehlt ihr, sich nicht zu rühren, auf ihn zu warten.

Als er zurückkehrt, liegt sie auf dem Fußboden. Er kommt in Begleitung eines kräftigen Mannes, beide tragen sie die Treppen hinunter wie ein Bombenopfer. Niemandem fällt der Unterschied auf. Sie überqueren die Straße, sie kann nicht stehen, da brennt ein Haus lichterloh, Flammen schlagen aus den Fenstern, der Gestank nach Phosphor und brennenden Möbeln. Sie tragen sie zu einem Auto, sie übergibt sich, das Erbrochene spritzt auf den Anzug ihres Chefs, direkt neben sein Parteiabzeichen. Geld wechselt die Hände. Sie blutet stark. Der Fahrer breitet Zeitungen auf der Rückbank aus. Ein Streit, dann noch mehr Geld. Schließlich hilft ihr der Mann, sich auf die Rückbank zu legen, und fährt los. Ihr Chef steht auf der Straße und holt sein Taschentuch heraus, nicht, um ihr noch einmal zu winken, sondern um den Fleck von der Jacke zu wischen.

Sie nannte mir seinen Namen: Stiegler.

Sitze ich durch dieses Wissen in der Falle? Ich bin ihre Geschichte, ihr Tagebuch, der Bewahrer ihres Albtraums.

Das Licht kroch über den Hügel und schien mir ins Gesicht. Das Knirschen des Kieses unter meinen Füßen klang, als würde ich etwas Verbotenes tun. Ich setzte mich auf eine Steinbank und klappte den Kragen hoch. Die Luft drang in meine Lunge wie durch ein offenes Fenster. Vor mir breitete sich die Bucht aus, ich hörte die Brandung am Strand, der Berg hatte die Form eines Vulkans.

Hier gingen wir sonntags immer spazieren, kein anderer Ort

hatte die Macht, die Welt wieder in Ordnung zu bringen. Für meinen hinkenden Vater war es ein weiter Weg, aber er wusste, dass es meine Mutter glücklich machte. Sie schaute über die blaue Bucht und holte tief Luft. Hinter uns der Hügel voller Stechginster, mit dem steinernen Adler. Dort hörten wir mal einen Hund bellen, und meine Mutter wollte uns einreden, es wäre eine Eule.

Die weite Bucht half ihr, sich in das Land zu verlieben, von dem sie adoptiert worden war. Sie sprach das Wort »schön« aus, als wäre dies der außergewöhnlichste Ort auf Erden. Das Wort diente meist der Beschreibung von Kindern oder Landschaften. Die Augen der Kinder, die Wahrheit ihrer Zeichnungen, die Farbe ihrer Wangen, der golden leuchtende Ginster, der weiße, schaumige Saum am Strand.

Diese Aussicht hielt sie davon ab, wegzulaufen.

Reichte sie, um mich zu halten?

Ich ging auf schmalen Wegen bergab zum kleinen Hafen, wo ich im Sommer oft gearbeitet hatte. Ich saugte den Geruch von Fischen und Seetang in mich auf, das Parfüm der Kundinnen, die Hummer wünschten und auf dunkelblaue Geschöpfe zeigten, deren Scheren mit Gummibändern gefesselt waren, das Kochen färbte sie rot. Kutter liefen ein, Möwen wirbelten im Norden der Bucht durch die Luft, vielleicht über einer Müllkippe.

Als ich wieder zu Hause ankam, war es hell. Helen saß draußen im Auto. Es stand in der Straße, gegenüber vom Möbelhändler. Die Kinder waren bei meiner Mutter, meine Schwester Greta war mit ihnen ins Kino gegangen. Wir hätten den Abend allein miteinander verbringen sollen, stattdessen war ich die ganze Nacht herumgelaufen, und sie hatte mich mit dem Auto gesucht.

Helen, sagte ich, was tust du hier?

Ich öffnete die Autotür. Sie regte sich nicht.

Hast du hier die ganze Nacht gesessen?

Sie stieg aus dem Auto. Sie stand auf der Straße und starrte das Haus an, in dem wir wohnten, als könnte sie es nie mehr betreten, als wäre es ein Teil ihres Lebens, der in der Vergangenheit versunken war. Im gelben Schein der Straßenlaternen wirkte alles falsch. Die Wände eine schaumige Silikonschicht, die Fenster schwarze Plastiksäcke, die Tür ein oranger Schwamm.

Ich führte sie hinein. Ich zog ihr den Mantel aus. Ich entfachte das Feuer und wartete darauf, dass sie sprach.

Sie saß auf einer Seite des leeren Zimmers unter dem Fenster, den Rücken an der Wand, die Knie vor die Brust gezogen. Ich saß auf der gegenüberliegenden Seite. Wir starrten einander an. Draußen hatten die Hausfassaden wieder ihre blasse Farbe, die Blätter der Palme waren von einem matten Grün.

Sie holte tief Luft und sammelte sich. Sie drehte sich zum Feuer um.

Du kannst gehen, sagte sie.

Ich schwieg.

Wir schaffen das schon, sagte sie.

Wer schafft was?

Die Mädchen und ich, sagte sie. Wir schaffen das schon. Ich will nicht, dass du gehst. Ich liebe dich unendlich. Aber ich halte dich nicht auf.

Was sollte ich darauf erwidern?

Du redest nie, sagte sie. Es ist, als lebten wir in unterschiedlichen Ländern. Manchmal weiß ich nicht, wer du bist, ich finde dein Schweigen furchtbar. Wenn ich dich anschaue, weiß ich nicht, was du denkst. Ich habe das Gefühl, als hättest du dich selbst ins Exil verbannt. Ohne Worte verhungern wir. Wenn du nicht sprichst, bist du nicht vorhanden.

Ich bin hier, sagte ich.

Verlass mich nicht häppchenweise, sagte sie. Ich will nicht, dass du mich für den Rest meines Lebens immer wieder verlässt.

Die Fahrgäste im ersten Bus, der in die Stadt fuhr, konnten uns getrennt dasitzen sehen, zwischen uns ein leeres Fußballfeld. Ich sah den grünen Teppich, das Feuer, das Poster eines in Stein gehauenen Storchs, die angelehnte Tür, ihre Knie, ihre bloßen Füße, alles direkt vor meiner Nase.

Ich muss los, sagte sie.

Sie stand auf und ging in die Küche. Ich hörte ihre nackten Füße auf den Fliesen. Ich hörte den Wasserkessel. Hörte, wie sie in die Dusche stieg. Sie musste weitermachen. Jemand musste die Kinder wecken und sie in die Schule bringen. Verabredungen mussten eingehalten werden. Durch den Flur drang das Geräusch des Wassers, der Duft des Shampoos. In der Küche stand eine Teetasse auf dem Tisch, im Toaster steckte noch eine Scheibe Brot. Sie kam aus dem Bad, ein Handtuch um den Kopf gewickelt. Sie butterte den Toast, biss davon ab, nahm einen Schluck Tee, dann rubbelte sie sich das Haar trocken, beugte sich nach vorn dabei, den BH-Streifen auf dem Rücken.

Im Hintergrund lief das Radio. Eine leise Stimme sagte mir, wie spät es war, verkündete die Verkehrsmeldungen, in Kerry war ein Baum umgestürzt.

Ich stand in der Badezimmertür, während sie sich schminkte. Ich wartete immer noch auf ihre Antwort, auf ein Stück der absoluten Wahrheit. Sie schaute in den Spiegel und trug Lidschatten auf, überdeckte den Schlafmangel. Das Handtuch hing um ihren Hals wie bei einem Boxer. Schließlich redete sie über die

Schulter mit mir, schaute dabei weiter in den Spiegel, als spräche sie mit sich selbst. Ihre Stimme klang fröhlich, munter, eine Art Wiedergutmachung, was sie sagte, war eine Art Make-up.

Erinnerst du dich an den Fluss?, fragte sie.

Sie war immer noch auf ihre Augen konzentriert. Sie sprach, als handelte es sich um etwas Praktisches, einen Punkt von einer Liste, die wir an dem Tag nicht vergessen durften abzuhaken.

Erinnerst du dich, sagte sie, als wir von den Inseln zurückkamen, damals, als wir in Galway am Fluss standen? Das braune Wasser schäumte. Als könnte man es in ein Glas füllen und trinken. Das hast du gesagt, erinnerst du dich?

Wollte sie mich ablenken? Die ganze Make-up-Geschichte, der Lidschatten, die nun fast unsichtbaren Sommersprossen auf den Wangen, der Hauch von Lippenstift. Es war ihre Geschichte, die sie da neu erfand. Ihr Leben, die Wahrheit, mit der sie nach außen ging.

Weißt du noch, wie wir auf das reißende Wasser geschaut haben?, sagte sie. Wir haben eine Plastikflasche betrachtet, die vor der Brücke festklemmte. Sie kreiste und kreiste und kam nicht weiter, und wir schauten, bis unser Hirn verschwamm. Ein Junge auf einem Fahrrad hielt an, weil er wissen wollte, was wir anstarrten, und wir zeigten auf die Flasche, die sich im Kreis drehte. Und der Junge verstand nicht, was wir so interessant fanden. Er sah mehrmals abwechselnd uns und die Flasche an, die sich hilflos im Kreis drehte, fragte sich wohl, warum wir so fröhlich ins Nichts starrten.

Sie wandte sich zu mir um und lächelte: Erinnerst du dich daran?

Natürlich, sagte ich.

Ich erinnerte mich daran, wie wir ins vorbeiströmende Wasser schauten, an den Schlamm, das Geräusch, wie wir zwischendurch fast vergaßen, dass das Wasser sich bewegte, und der Fluss dann stillstand, und plötzlich strömte er weiter, lauter als zuvor. An den Jungen erinnerte ich mich nicht. Auch nicht an die Flasche. Nur an das Gefühl, dahingetragen zu werden.

Sie schlang mir die Arme um den Hals. Sie küsste mich und lehnte sich dann zurück, um mir in die Augen zu schauen. Sie fuhr mir mit der Hand unter das Hemd und sprach den Liebesschwur, den ich ihr auf Gälisch beigebracht hatte: *Bolg le bolg*.

Ich hörte, wie das Auto ansprang. Der Geruch nach Toast, ein Hauch Parfüm im Flur, das Radio mit den gleichen Nachrichten. Ich starrte auf die Teetasse, die sie stehen gelassen hatte, und versuchte, die Person zusammenzusetzen, die sie war – ihren Atem, ihr Stirnrunzeln, ihre Fehler, ihre Habseligkeiten, ihre Briefe, die Stange aus Salz, die sie von ihrem Vater bekommen hatte, der geklaute Löffel aus Berlin, eine Galaxie der Erinnerungen, ein Mischmasch-Mensch.

Sie ist Schauspielerin, sagte ich mir. Method Acting. Am Londoner Royal College of Speech and Drama ausgebildet. Sie gehörte zum Ensemble eines kleinen Dubliner Theaters, sie arbeitete nach dem Stanislawski-System, trat in Strindberg-Stücken auf. Sie kann ihre eigene Geschichte erfinden. Sie kann Dinge meisterhaft für sich behalten. Kann Dinge meisterhaft vor sich selbst verbergen.

Ihre Familie stammte aus einem Land der Schauspieler.

Wenn ihre Mutter das Wort »schön« ausspricht, legt sie sich eine Hand aufs Herz. Sie intoniert es fast musikalisch. Wie den Auftakt eines Songs, die Leute halten inne und bewundern die

Schönheit des Wortes an sich. Sie würdigen unisono etwas, das besser und schöner ist als alles, was sie je gesehen haben, wie ein Porzellanobjekt, das nur zu besonderen Gelegenheiten hervorgeholt wird.

All das liegt ihnen im Blut, diese magnetische Qualität, das arglose Lächeln, sie setzen eine ehrliche Miene auf und verbergen das ehrliche Herz. Sie sind Meister darin, Dinge zu erfinden, Meister darin, so ausweichend zu antworten wie im Zeugenstand. Sie tragen die Wahrheit wie einen Mantel, man kann ihn offen tragen, man kann ihn falten und im Pub auf die Fensterbank legen, man kann ihn wieder in den Laden bringen und schwören, man habe ihn nie angezogen, man kann ihn ändern lassen oder bei großer Kälte wie eine zweite Decke auf das Bett legen.

Ihre Großmutter fand nichts herrlicher, als Dinge mitgehen zu lassen, Busfahrkarten, Lebensmittel, ein komplettes Huhn, versteckt unter ihrem Mantel, als wäre sie mit achtzig schwanger, sie erzählte gern, dass sie mit dem Bischof von Donegal verwandt sei, anlässlich der Irish Sweepstakes trug sie bei der Arbeit eine rosa Kindersonnenbrille, ein Glas fehlte, aber egal, mal schauen, wie die anderen reagieren.

Ihre Mutter hat zwei Ölgemälde eines niederländischen Paares im Wohnzimmer hängen, die sie bei einer Haushaltsauflösung in Donegal abgestaubt hat, und sie erzählt in Kanada allen, es seien ihre Vorfahren, in der Fremde kann das ja keiner überprüfen. Da gibt es niemanden, der darauf hinweist, dass die ovalen Gemälde im Goldrahmen King Billy zeigen, also Wilhelm von Oranien, und dessen Frau, denn welche katholische irische Familie gab während der Zeit der großen Hungersnot schon Porträts in Auftrag?

Ihr Onkel in London ist Hausmeister, er machte in der Bank of Ireland Karriere, schmiss dann aber alles hin, um einen Job in der Immobilien-Verwaltung anzunehmen, wie er es nannte. Die Porträts von King Billy und Frau gehörten ihm, er verpfändete sie wegen seiner Mietrückstände. Als er nichts mehr hatte, beschloss er, ebenso gut auf Reichtum und materielle Güter verzichten zu können, in seiner Londoner Kellerwohnung hängt nur das Porträt eines kleinen Prinzen, in Wahrheit der Deckel einer Schokoladenschachtel.

Ihre Tante in Wicklow riss sich ein Bein aus, um als Jüdin anerkannt zu werden, nur hatte sie ein Problem, weil ihre Vorfahren allesamt fromme Katholiken aus Donegal waren. Sie schloss sich stattdessen einer Bibelgruppe an, Rosie und Essie berichten, in ihrem Haus singe und zittere man viel, die Hände auf den Kopf gelegt.

Ihr Onkel in Birmingham erzählt gern, er müsse unbedingt was loswerden, das er nie gestanden habe, nicht mal seiner Frau auf ihrem Sterbebett. Er spitzt alle an, offenbart aber nie etwas. Stattdessen erzählt er, einmal Chef und Kollegen samt Frauen zu sich eingeladen, ihnen aber nichts zu trinken serviert zu haben, kein warmes Essen, nur Tee und Marmeladenbrote: Möchte jemand noch eine Scheibe Brot? Nur, um das Unbehagen auf ihren Gesichtern zu sehen, ihre Erleichterung, als er lachte und endlich den Whiskey hervorholte.

Ihr Onkel in Frankreich hatte früher in einer Goldmine in Südafrika gearbeitet, wo er miterlebte, wie man Angestellte demütigte und verprügelte, und diese Gewalt brachte er mit nach Hause zu seiner Familie. Er reist als Vertreter für Sportkleidung durch Frankreich, ein einsamer Job. Er reißt unaufhörlich Witze, seine Sprache wimmelt von poetischen Fehlern, alle lieben ihn, sie halten ihn für lustig, aber keiner lacht wie bei ihm zu Hause, in der Heimat.

Die Tante mit dem Schlüsselbund erzählt allen, sie sei ausgebildete Opernsängerin, sie trillert einen hohen Ton und bremst sich dann mit vornehmem Husten, patscht mit den Handschuhen auf ihre Brust. Sie war Krankenschwester, verlor aber ihre Qualifikation, weil sie eine Auszubildende die Treppe hinunterstieß, zweimal, wie Helen erzählte. Sie ist großzügig, übervorteilt die Leute jedoch, ist gegen Abtreibungen und Scheidungen. Sie ist wirklich gerissen. Sie schneit aus heiterem Himmel herein, schaut sich um, während Helen weg ist, und stellt mir Fragen, wobei sie den Schlüsselbund vor meiner Nase klimpern lässt: Wir haben so unsere Methoden, um deine Zunge zu lösen. Sie mustert mich von Kopf bis Fuß, fragt, welche Hälfte deutsch und welche irisch sei. Sie will wissen, welche Stellung ich im gälischen Keller bekleide, sei ich Geschäftsleiter, und wie laufe es mit den Yogastunden, wie viele Leute könne man in ein Zimmer stopfen, das nicht größer sei als ein Wäschekorb, gebe es da keine Vorschriften? Die Kinder lieben sie, sie bringt ihnen Süßigkeiten mit und stellt ihnen die Fragen, die ich nicht beantworten kann.

Sie ist die daheimgebliebene Ausgabe von Helens Mutter, das, was aus dieser geworden wäre, wenn sie Irland nicht verlassen hätte. Sie haben das gleiche Lachen, die gleiche Sanduhrfigur, die gleiche Art, das Wort »schön« auszusprechen, die gleiche Handtasche, die sie am angewinkelten Arm unter den Busen drücken, damit ja nichts rausfällt. Zwei Schwestern, korrelierend wie zwei Seiten einer Entscheidung, Glück und verpasste Chancen. Nachdem Helens Mutter ihre Ausbildung als Krankenschwester abgeschlossen hatte, versuchte die Tante mit den Schlüsseln, sie mit einem Kopfkissen zu ersticken. Als sie sich ein kanariengelbes Kleid kaufte, erwarb die Tante mit den Schlüsseln das gleiche, und die Leute konnten sie nicht mehr auseinanderhalten. Als sie einen Mann aus Carrick-on-Shannon heiratete, sauste die Tante mit den Schlüsseln los und nahm seinen Bruder zum Mann.

Also – zwei Brüder heirateten zwei Schwestern in Kanariengelb, die einander zu übertrumpfen versuchten. Spiegelbildfamilien in Irland und Kanada, auf der Wette fußend, wer von beiden den besseren Bruder erwischt hatte, wer die meisten Kinder bekäme, welches Land das bessere sei. Ein lebenslanger Konkurrenzkampf zwischen der Schwester, die ging, und der Schwester, die blieb, ein Wettbewerb darum, wer öfter beim Anwalt und beim Arzt war, wer zuletzt lacht, wer die lustigsten Geschichten auf Lager hat.

Die Tante in Irland klimperte mit den Schlüsseln eines Hauses, das sie nie besaß. Ihr Mann verließ sie. Sie zog mehrfach um. Hatte nie eigene Möbel. Unvertraute Küchen, banale Vorhänge, nur Geschirrtücher mit dem Wort »Heim« und Kleeblättern darauf, emaillierte Serviertabletts mit dem Bild eines Häuschens, *Home sweet home*. Sie täuschte ihren Tod vor. Eines Tages fand man sie auf dem Rücken liegend, die Beine gespreizt, ein Fuß halb aus dem Schuh gerutscht. Ein Arm unter dem Couchtisch, ein paar Zeitschriften auf dem Boden, ein Glas Wasser auf den Teppich gekippt. Ihre Locken waren glänzend arrangiert, über ein Auge fallend wie bei einem Mordopfer, die Schlüssel lagen dicht vor ihrer Hand. Als man sich hinhockte, um ihren Puls zu fühlen, sprang sie auf und lachte schallend: Ist der Groschen endlich gefallen?

Ich glaubte ihnen allen.

Sie lebten zwischen Wahrheit und Erfindung, voller Streiche und Witze und theatralischer Übertreibung, und verarbeiteten ihr Leben zu Geschichten.

Ich brach zur Arbeit auf. Ich kaufte die Zeitung bei dem Mann im Bahnhof, konnte aber nichts lesen. Die Fakten drangen nicht zu mir durch. Ich saß den ganzen Tag im Keller, starrte den Stift in meiner Hand an, blickte hin und wieder auf, um die Füße der Passanten zu beobachten, die über mir vorbeigingen. Mittags saß ich kurz im Park der Liebespaare und aß mein Sandwich, die ewig gleichen geschmacklosen zwei Scheiben braunes Brot mit Käse.

Ich nickte wiederholt ein. Wenn das Telefon klingelte, erwachte ich und antwortete mit schlaftrunkener Stimme. Die draußen vorbeigehenden Leute konnten meinen Kopf auf dem Tisch liegen sehen, da hatten alle anderen schon Feierabend gemacht.

Ich kehrte spät heim. Nach dem Abendessen verschwand ich wortlos. Ich bog hinter dem Möbelhaus rechts ab und ging bis zum rotem Backsteinhaus. Audrey öffnete. Sie lächelte und führte mich nach oben ins Wohnzimmer, warf sich auf das Sofa. Sie griff nach einem Buch, las aber nicht, sondern betrachtete mich lächelnd. Sie hatte ein Bein angewinkelt, ihr nackter Oberschenkel war zu sehen. Ich schaute zum Gemälde der Löwen, die zwischen gestürzten Säulen umherstreiften, zur Skulptur des Gehenden, zu den Kissen, auf dem Teppich zu einem Kreis geordnet.

Ihr Hund kam herein, um mich zu beschnüffeln, rollte sich dann auf einer Decke neben dem Fenster ein. Das Schachbrett wurde aufgebaut. John kam mit Bier, und wir begannen zu spielen.

Wir schwiegen.

Seine rechte Schulter zuckte. Unbewusst, als wollte er etwas abschütteln. Das verlieh ihm etwas Schuldiges. Vielleicht auch etwas Heimatloses. Eine dieser fahrigen Bewegungen, die Schauspieler in Stücken von Beckett vollführen. Eine Marotte, die sie hochsensibel wirken lässt, introvertiert, fröhlich, wenn sie auf Friedhöfen ihre Sandwiches futtern, sie sollten es mal mit einem Tag im Keller der toten Sprache versuchen.

Audrey stand auf, um ans Telefon zu gehen.

Sie hatte begonnen, Yogastunden zu geben. In direkter Konkurrenz zu Helen. Sie wollte Helens Platz einnehmen. Sie wollte Helens Stimme. Sie sagte mit ihrem Londoner Akzent alles, was auch Helen sagte, zählte auf, wozu Yoga gut sei, etwa zum Abnehmen, bei Rückenschmerzen, Müdigkeit, Migräne, bei Krämpfen während der Regel, Schlaflosigkeit, alles, was das Herz begehrte. Sie notierte den Namen, nannte Details, die Zahl der Stunden, Bezahlung im Voraus, bringen Sie Handtuch und leichte Kleidung mit, am besten Leggings.

Sie legte auf und verschwand in die Küche oder ins Schlafzimmer, schwer zu sagen.

Der Hund stand auf und trottete hinterher.

Ich war zerstreut. Ich traf erbärmliche Entscheidungen. John hob den Blick vom Brett und sah, wie ich mit den Schultern zuckte. Ich wollte ihn nicht nachäffen. Je länger er mich ansah, desto stärker zuckte ich mit den Schultern.

Hätte ich bloß die Fähigkeit, zu sagen, was ich denke. Hätte ich bloß den geschnitzten Mund mitgebracht. Ich hätte ihn auf das Schachbrett legen können, genau in die Mitte, zwischen meine Figuren, der offene Mund auf John gerichtet: Ich bin nicht da, um Schach zu spielen. Ich will etwas kaputtschlagen. Ich bin gekommen, um euch loszuwerden.

Er stand auf, um Bier aus der Küche zu holen.

Als ich allein war, stand ich auf. Ich entdeckte das Telefon auf einem kleinen Holztisch, auf dem eine Bibliothekslampe mit grünem Schirm stand. Daneben ein Notizblock mit dem soeben notierten Namen und Telefonnummer. Neben dem Stift lag ein Brieföffner. Ich packte ihn wie einen Dolch in einem Shakespeare-Stück. Ich griff nach dem Kabel, das Telefon und Buchse verband, und begann, es durchzuschneiden. Es war, als würde ich den wabbeligen Schwanz einer Ratte kappen. Der Brieföffner war zu stumpf. Es dauerte eine Ewigkeit und quietschte, als wäre das Tier in meiner Hand lebendig, wollte nicht sterben. Es gab ein leises Klingeln von sich, jemand rief wegen der Anzeige an und änderte auf den letzten Drücker die Meinung. Vielleicht ein Journalist mit einer neuen Story, die überhaupt nicht brannte.

War das meine einzige Art, zu kommunizieren? Indem ich den Brieföffner benutzte? Ich wusste ja nicht mal, ob das, was ich tat, von Bedeutung war. Würde man es bemerken? Würde es etwas bewirken? Vielleicht ging es mir nur um eine symbolische Geste, die Unterbrechung des Kontakts, die Aufkündigung einer verräterischen Freundschaft.

Als ich mich umdrehte, stand der Hund hinter mir. Er war lautlos ins Zimmer gekommen. Er stand einen halben Meter hinter mir, mit sowohl freundlichem als auch feindseligem Blick, als erwartete er etwas von mir, vielleicht eine Erklärung für das, was ich gerade tat.

Der silberne Dolch blitzte im Licht, das durch das große Fenster fiel. Ich sah mein Spiegelbild. Ich wurde von mir selbst beobachtet, in einem großen Raum stehend, eine Waffe in der Hand, mit einem Hund als Zeugen. Ich konnte hören, wie sie in der Küche sprachen. Ihr Buch lag noch aufgeschlagen auf dem Sofa. Ihr Ellbogen hatte eine Mulde im Kissen hinterlassen. Die Figuren auf dem Schachbrett waren mitten im Spiel stehen geblieben. Ich kam nicht mehr zu meinem Stuhl, denn der Hund stand im Weg. Also legte ich den Brieföffner wieder neben den Notizblock, parallel zum Stift, ohne mich von der Stelle zu rühren. Der Hund behielt jede meiner Bewegungen im Blick, den Kopf zur Seite geneigt. Ich versuchte, einen Schritt zu tun, doch er tat es mir gleich. Ich verharrte kurz in dieser hilflosen Situation. Mir fiel nur ein, quer durch das Zimmer zu zeigen, und schließlich trabte der Hund zu seinem Platz am Fenster. So konnte ich zum Schachbrett zurückkehren. Mein Gesicht war rot, ich biss die Zähne zusammen.

Ich zuckte unaufhörlich mit den Schultern.

John kehrte zurück, wir spielten weiter. Das Zischen, mit dem ein Bier geöffnet wurde, dröhnte in meinen Ohren.

Die Reue stellte sich sofort ein. Es war eine dieser Handlungen, die sich richtig anfühlen, später jedoch für jede Menge Schuldgefühle sorgen. Nur ein gescheiterter Künstler lässt seiner Wut freien Lauf.

Ich begann, an den Krieg zu denken.

Ich konnte die Bilder brennender Häuser nicht ausblenden, dazu rennende Menschen, heulende Sirenen, die Ruinen ausgebombter Häuser. Ich versuchte nach Kräften, all das zu stoppen, aber die Bilder strömten weiter auf mich ein. Ich musste an ein Buch denken, in dem sich ein Londoner Paar während des Blitz liebt, eine Bombe zerstört das Haus, in dem sie sich aufhalten, und sie gehen mit kreidebleichen Gesichtern, nicht so recht wissend, ob sie noch leben. Vielleicht war es aber auch so, dass man sich lebendiger fühlte, wenn man sich im Krieg liebte. Ich erinnerte mich an ein Mietshaus in Berlin, in dem ich damals mit Helen wohnte, im Keller hatten die Leute die Tage, die sie dort bei Bombenangriffen verbrachten, an der Wand markiert. Ich hatte meine Mutter vor Augen, die mit dem Wäschekorb im Garten stand und ein Flugzeug beobachtete, das tief über sie hinwegflog. Die entsetzte Stimme, mit der sie mir erzählte, das Geräusch scheine aus der Erde zu kommen, und man merke erst im letzten Moment, dass es am Himmel ertöne. Ich erinnerte mich an die Fotos von Berlin, die ich in der Bibliothek gesehen hatte, ein offener Mund voll kaputter Zähne, nichts als schreiende Stümpfe.

Ich dachte an die nordirische Stadt, in der eine Autobombe explodierte. Bei einer Kranzniederlegung für die Gefallenen des Ersten Weltkriegs. Ich dachte daran, dass mein Vater den roten Mohn, den man zum Gedenken an die Toten trug, aus unserem Haus verbannte, obwohl sein Vater im Dienst der British Navy gefallen war. Mein deutscher Großvater kämpfte in dem Krieg auf der anderen Seite, zwei Großväter im Krieg, die voneinander nichts ahnten. Ob der Erste Weltkrieg je enden würde? Soldaten fochten in Ypres und an der Somme die gleichen Schlachten unter der Erde aus, bis in alle Ewigkeit, man gestattete ihnen nicht, tot zu sein, sie waren gezwungen, immer wieder zu sterben, jahrein, jahraus. Seine Feinde zu betrauern muss das Schwerste sein. Ich stellte mir einen Tag vor, an dem der Mohn viele bunte Farben hätte. Mohnblumen, in denen sich alle möglichen Nationen mischten, die Farben Großbritanniens, Irlands und Deutschlands, ein Kranz einträchtiger Gegner, zum Gedenken vor das Ehrenmal gelegt.

Ich dachte an eine Geschichte, die ich gelesen hatte: Zwei Liebende irgendwo in Amerika treffen sich heimlich in einer Bar, und auf einmal zieht der Mann neben ihnen ein Kästchen hervor, in dem ein menschliches Ohr liegt. Jede Liebesaffäre führt zu einem stillen Moment der Grausamkeit zurück, der im Dschungel von Vietnam verborgen liegt. Der Mann mit der verschrumpelten menschlichen Trophäe gab dem Liebespaar zu verstehen, wie nahe sie der Unsterblichkeit gekommen waren. Er zeigte ihnen, dass sie noch am Leben waren, zeigte ihnen, wie menschlich wir alle sind, zusammengesetzt aus vielen Körperteilen.

Ich stand auf und sagte, ich fände selbst hinaus.

John lächelte und schüttelte meine Hand, blieb aber sitzen.

Der Hund folgte mir zur Tür, dann wurde er durch ein Schnalzen zurückgerufen, und ich ging die Treppe hinunter.

Ich hörte Audrey erst rufen, als ich schon unten war. Sie lehnte sich oben über das geschwungene Geländer, ein schwebender Kopf, die Haare hingen herab. Ihre Augen schienen Tragik, Kummer, vielleicht auch Bedauern auszudrücken. Als wäre der Handel nur zum Teil erfüllt worden. Der Austausch war unvollständig. Ich floh vor einem ungesagten Versprechen. Ihre Stimme nahm den kürzesten Weg, sie fiel im Treppenhaus in die Tiefe, überschlug sich blitzend wie eine Münze, knallte im Flur auf den Boden und kullerte auf mich zu, kam vor meinen Füßen zum Halten.

Was hast du getan?

Ich antwortete nicht.

Ich hörte, wie sie miteinander sprachen. Das Licht strömte die Treppe herunter. Ihr Gesicht am Geländer wurde durch seines ersetzt. Er rief, ich solle raufkommen. Seine Stimme nagelte mich im Flur fest, mein Vergehen lähmte mich. Das Bellen des Hundes hallte durchs Haus. Ich hörte ihn die Treppe herunterpoltern, er sprang die letzten Stufen und rutschte über den polierten Holzfußboden.

Ich hörte die Tür hinter mir zufallen, ich hörte, wie sie wieder aufgerissen wurde, hörte das Eisentor in meiner Hand scheppern, hörte den Hund über den Kiesweg hetzen.

Ich hörte, wie man meinen Namen rief. Mein Name holte mich ein, sprang in Hundegestalt durch eine Lücke zwischen zwei parkenden Autos, verfolgte mich in hechelndem Galopp bis zur Ecke. Ich rannte weiter. Am Ufer wurde ich langsamer. Die Straßen waren voller Vorwürfe. Der Leuchtturm streckte den lichten Finger aus. Der Strahl suchte die ganze Bucht ab und zeigte am Ende stets auf mich.

Helen lag bei meiner Heimkehr im Bett. Sie fragte nicht, wo ich gewesen war. Ich erzählte ihr nichts. Ein Gespräch hätte unsere Liebe in eine Gerichtsverhandlung verwandelt.

Audrey gab weiter Yogastunden, und sie knöpfte Helen weiter Kundinnen ab. Sie hatte den Ehrgeiz, ein großes Zimmer, eine gute Heizung, hochwertige Kunst, ein Schachbrett auf dem Beistelltisch, Kissen auf dem Fußboden. Keine lauten Busse, die dicht am Fenster vorbeifuhren. Wir sahen sie auf der Straße, sie ging erhobenen Hauptes, der Hund erkannte mich nicht. Bei der Möbelauktion bot sie auf einen Perserteppich, wir hörten, wie ihr Name aufgerufen wurde.

Ich nahm die Mappe, die die Fotos von Helen enthielt, mit zur Arbeit. Sie gingen in die Produktion des gälischen Kellers ein. Ich traf mich mit Grafikdesignern und Druckern, um die Yogabroschüre zu erstellen. Sie müssen die Bewegtheit bemerkt haben, mit der ich über Auflagenhöhe und Papierstärke sprach,

Karton oder laminiert. Wenn sie Vorschläge zur Typo machten, zum Abstand rund um das zentrale Bild, zu den Infos auf der Rückseite, glaubte ich jedes Mal zu ersticken. Ich versuchte, in einem tiefen Kommandoton zu sprechen, aber meine Stimme war stets zu hoch, euphorisch, hyperventilierend, mir fehlten die richtigen Worte. Die von mir beauftragten Leute waren die besten Freunde, die ich je gehabt hatte, ich hätte sie am liebsten umarmt, die Höhe der Kosten war mir egal.

Es war klar, dass die Fotos, die ich auf meinem Tisch ausgebreitet hatte, eine Frau zeigten, die ich liebte und nicht verlieren durfte. Es sollte die beste Broschüre werden, die je in Druck gegangen war. Für mich war sie ein Kunstwerk.

Sie legten mir einen Probedruck vor. Mehrere: Helens Gesicht war zu dunkel, dann zu hell, oder ihre Augen funkelten so dämonisch wie die eines ausgebrannten Rocksängers. Die bemängelten Broschüren lagen auf dem Fußboden, man trampelte auf ihrem Gesicht herum. Nach dem Eintreffen des fertigen Produkts saß ich stundenlang am Schreibtisch, die Broschüre in der Hand. Sie behielt ihren Namen: Helen Boyce.

Monate später lief ich im Untergeschoss des Supermarkts Audrey über den Weg. Sie hatte ihre Tochter Lucinda dabei. Die Londoner Stimme ließ mich aufhorchen. Wir griffen beide nach *crunchy* Erdnussbutter, aber sie entschied sich anders und zog höflich lächelnd die Hand zurück. Sie ertappte mich dabei, wie ich die Waren in ihrem Einkaufskorb taxierte, Tiefkühlpommes, Hundefutter, in meinem Korb lagen Safttüten mit Strohhalm und ein paar intime Produkte, die ich für Helen besorgen musste, das Leben der Einkaufskörbe.

Wir hatten schon gehört, dass John, ihr Mann, mit einer jungen Polin zusammengezogen war.

Hatte ich zur Trennung beigetragen?

Das Haus aus rotem Backstein war verkauft, sie war in eine neu erbaute Vorortsiedlung gezogen. Vielleicht war sie in einem Anfall von Nostalgie zurückgekehrt, um ihre Einkäufe in der Nähe des Meeres zu erledigen, aus Sehnsucht nach den vertrauten Wegen. Ich war der Letzte, mit dem sie gerechnet hatte. Das Licht im Supermarkt war lausig, die Musik schlimm. Sie eilte zu den Reinigungsmitteln, als wollte ich ihr an den Kragen gehen, obwohl ich nur alles Gute wünschen wollte. Die Worte kamen mir nicht über die Lippen. Ich hatte meinen Mund zu Hause gelassen.

Mein Schulterzucken blieb. Ich zuckte grundlos mit den Schultern, wenn ich im Keller am Schreibtisch saß, ich tat es während der Mittagspause in der National Gallery, wo ich die zwei Scheiben Brot mit Käse auspackte. Ich zuckte verstohlen mit den Schultern, während ich das Sandwich unter den Augen eines Museumswärters aß. Ich war oft dort, saß vor einem badenden Akt, einer religiösen Szene, dem Gemälde eines Mädchens aus einem früheren Jahrhundert, das auf dem Boden sitzt und einem Dudelsackspieler lauscht.

Es war eine Schutzmaßnahme. Um Gaffer abzuwehren. Meine Zweifel abzuschütteln, meine Geschichte, meine Sprachen, meine Familie, meine Brüder und Schwestern, unsere verräterischen Gesichter, unsere Gefühle, die uns stets anzusehen waren. Ich schüttelte ab, was uns als Menschen ausmachte, unsere verspäteten Erkenntnisse, unsere Herkunft aus diversen Ländern.

Mit der Zeit verlagerte sich das Zucken in die Beine. Ich konnte nicht stillsitzen, wurde wiederholt von Rastlosigkeit gepackt. Oft irrte ich wie ein Schulschwänzer durch die Stadt, um dem toten Keller zu entfliehen.

Hatte ich das Hinken meines Vaters übernommen?

Ich war so besessen davon, mich von meinem Vater zu distanzieren, dass ich ihm immer ähnlicher wurde. So, wie Iren krampfhaft versuchten, nicht britisch zu sein, so, wie Deutsche versuchten, nicht deutsch zu sein, so, wie Briten unbedingt britisch bleiben wollten, sehnte ich mich danach, alles loszuwerden, was mir von meinem Vater mitgegeben worden war. Ich untersagte es mir, zusammenzuzucken. Ich übte, die Luft nicht durch zusammengebissene Zähne einzusaugen, die Zunge beim Nachdenken nicht in den Mundwinkel zu schieben, nicht zu erschrecken, wenn Blätter über die Straße wirbelten, das Telefon nicht so furchtsam abzunehmen, als würde ich gleich mein Todesurteil hören. Ich war die Summe von Dingen, die ich nicht sein durfte. Ich wollte nicht den Eindruck erwecken, dass ich meiner Herkunft tief verbunden war, sondern wollte lieber der tingelnde Sänger trauriger Songs sein wie damals in Berlin.

So viele Aspekte meiner Persönlichkeit, die ich zu vermeiden suchte.

Ich hatte keine eigene Persönlichkeit.

Ich wurde ein Chamäleon. Die Leere meines chaotischen Wesens führte dazu, dass ich stets die Manierismen der letzten Person nachahmte, der ich begegnet war. Ich eignete mir die Eigenarten anderer an, schlüpfte in fremde Haltungen, alles, um meiner Biographie zu entkommen.

Einen Nachmittag lang war ich der Vertreter der Druckerei, seine Art, mit beiden Augen zugleich zu zwinkern, signalisierte Vertrauen. An einem anderen Tag spielte ich mit meiner Armbanduhr, nahm sie wie der Toningenieur ab und legte sie dann wieder an. Als ich eines Morgens aus dem Zug stieg, hatte der vor mir gehende Mann einen so beschwingten Schritt, dass ich ihm bis zum Zollhaus folgte, voller Sehnsucht, seinen Platz einzunehmen, an seinem Schreibtisch zu sitzen, am Ende des Tages zu seiner Familie heimzukehren. Ich betrat Leben und verließ sie wieder, probierte menschliche Eigenarten aus wie Kleider, konstruierte die Person, die ich sein wollte. Ich jaulte draußen wie die Schattensänger im Aufnahmestudio. Ich stampfte mit dem Fuß auf wie ein Pferd, um zu zeigen, wie sehr ich die Musik liebte. Wenn ich mit Menschen zusammen war, die mit Dubliner Akzent sprachen, ahmte ich diesen ansatzlos nach, um das Gefühl zu haben, dazuzugehören. Ich trug modische Kleider, eine gebrauchte Jacke aus kupferglänzendem Stoff.

Ich bewunderte alle, die lachten. Den Mann, der lachte wie ein Maschinengewehr. Eine Frau, die sich wie eine Waschmaschine drehte, einen Mann, der allabendlich am gleichen Brotstück zu ersticken schien. Die größte Macht hatten Leute, die ihre Zustimmung verweigerten, die einen Witz verdursten ließen, jene, die nie über sich selbst lachten. Mein Lachen war eher wie eine Kapitulation. Ich errötete wie ein Tier, das sich selbst verriet, wurde rot, um meine Angst zu zeigen, meine Schuld, meinen trägen Mund.

Ich versuchte alles, um den Charakter des Landes anzunehmen, in dem ich lebte. Ich brachte mir bei zu reden, ohne etwas zu sagen. Ich übte mich in Freundschaft. Ich entdeckte Tricks, die es mir erlaubten, unbemerkt in Gespräche einzutreten und sie wieder zu verlassen. Ich musste nicht damit prahlen, ein guter Verlierer zu sein. Musste nicht das grandiose letzte Wort haben.

Ich war der Mann, der das Pub früh und stumm verließ. Zu Hause hatte ich mit einer neuen Schnitzerei begonnen. Nun ein Ohr. Aus Mahagoni. Ein viel härteres Holz. Es war nicht einfach, das Ohr anatomisch korrekt nachzubilden. Es dauerte lange, bis ich es neben den geschnitzten Mund stellen konnte. Es hörte alles. Es hörte, was die Leute dachten. Was sie sagen wollten, bevor sie es aussprachen. Leute in vollen Bars überall im Land sprachen nur noch mit gesenkter Stimme. Es hörte Kinder schlafen. Es hörte, wie ein Buch gelesen wurde. Es hörte in weiter Ferne erklingende Musik. Den Wind in den Mooren. Wasser, das am Straßenrand floss. Unterirdische Stimmen.

Warum brauche ich Freundschaft so sehr? Ich bin entweder drinnen oder draußen, werde in den Kreis aufgenommen und dann wieder stehen gelassen. Komme stets an, komme nie an. Trete zu nahe, nicht nahe genug. Merke, dass ich hineinschaue, beobachte, anstatt zu sein. Ich traue der Geschichte eines Lebens mehr als dem Leben selbst. Ich traue dem Möbelstück, auf dem jemand gesessen hat, dem leeren Glas, dem Echo eines Lächelns, dem Eindruck, der mir bleibt.

Die sichersten Orte sind jene, an denen ich allein bin. Ich sehne mich danach, unsichtbar zu sein. Unbekannt. Unerklärt. Unentdeckt. Im Park der Liebespaare. In der National Gallery. Auf den Straßen, in Bewegung. Nichts ist schöner, als allein die Stadt zu durchstreifen.

Ich gehe über die O'Connell Bridge zum anderen Flussufer, dort machte ein Straßenfotograf ein Foto meines Vaters und seines Bruders, die Familie meiner Mutter hoffte, er wäre der größere, rechts stehende Bruder. Vorbei an den Wollspinnereien, die meine Mutter mit ihren Schwestern aufsuchte, wenn diese zu Besuch kamen. Sie stellten den ganzen Laden auf den Kopf, vergruben das Gesicht in handgewebten Decken, atmeten den Wollgeruch wie Gebirgsluft. Die deutsche Aufregung in ihren Stimmen. Wenn sie danach aufbrachen, um das Café mit den besten Scones in Dublin zu finden, nicht die mehligen, nicht die bröseligen, bitte nicht die aufgewärmten Scones vom Vortag, trugen sie zig Päckchen unter dem Arm, alle mit weißem Band verschnürt.

Kann ich den Landmarken meiner Kindheit entkommen?

Zum Beispiel meiner alten Schule mit den Geländern und dem Kellerloch voller Müll und Rattengift, in dem sie meinen Bruder in die Mangel nahmen. Geländer begleiten mich wie ein unguter Gefährte, sie murmeln in mein Ohr. Ich versuche, die Straßenführung zu verändern wie ein Stadtplaner und alle Geländer in Dublin zu entfernen, wie offen die Stadt dann wäre, wie ruhig und vertrauenswürdig und europäisch. Ich schwelge in der Vorstellung, man würde alle Geländer einsammeln und in den Phoenix Park schaffen, um einen Turm daraus zu errichten, ein Denkmal für abgeschaffte Umfriedungen.

Irgendwo beim Zoo mit den alten Schildern, die noch aus britischer Zeit stammen, die mit dem zeigenden Finger. Aus der Ära des Weltreichs, in dem mein Vater aufwuchs, in dem sich mein Großvater freiwillig zur Marine meldete, einer Zeit, in der die Landschaft West Corks ihre Erinnerung noch bewahrte. Ich vermisse das Land aus der Zeit vor meiner Geburt, ich vermisse den Ort, von dem wir stammen, ich vermisse eine unentdeckte Welt.

Dem General Post Office in der O'Connell Street weiche ich, wenn es möglich ist, aus, indem ich eine Parallelstraße nehme, denn so entgehe ich dem Ort, wo der Aufstand sein Ende fand. Ich finde es besser, die Waffen zu strecken. Wenn man gewinnen will, muss man verlieren. Croke Park, das nationale Sportstadion, interessiert mich nicht, bei Wettkämpfen schneide ich nicht besser ab als mein Vater. Menschenmengen geben mir das Gefühl, ausgeschlossen zu sein, oder sie verhindern umgekehrt, dass ich mich ausgeschlossen fühle: Du hast kein Recht, für dich allein zu sein.

Auf der Straße der nationalen Kapitulation lausche ich den Obstverkäufern, die Preise für Orangen und Bananen rufen. Ich stehe zwischen ihnen, an einem Stand kaufe ich einen Apfel, die Frau ist enttäuscht, sie will, dass ich ein Dutzend nehme. Ich betrachte Birnen, einzeln in Papier verpackt, Tabletts mit Tomaten, in schrägen Reihen sortiert, ein handgeschriebenes Schild nennt den Preis für das Dutzend. Auf der anderen Straßenseite wird mit lyrischen Worten für ein Sonderangebot geworben, das Echo hallt vom anderen Ende zurück, ein noch besseres Angebot. Die Händler bieten eine bunte Palette feil: Orangen und Äpfel, Bananen, Zitronen, Grapefruits, außerdem Kartoffeln, Kohl und anderes Gemüse. Jedes Jahr kommt eine neue Frucht hinzu, etwa die Kiwi. Inzwischen sind neue Händler dazugestoßen, die eine Vielfalt nie gesehener Obst- und Gemüsesorten anbieten. Das Geschäft ist aufgeteilt, die traditionellen Händler halten sich an die gewohnte Auswahl exotischer Früchte, während die Neulinge Produkte wie Paradiesfeigen, Zitronengras und Chilischoten anbieten, Dinge, an denen früher kein Bedarf bestand.

An einem der Stände steigt mir ein intensiver Duft nach Erdbeeren in die Nase. Ich weiß noch, dass der ganze Bus danach roch, wenn wir mit meinem Vater morgens auf dem Markt gewesen waren, um Obst für Marmelade zu kaufen, wir stellten die Kisten auf die Sitzplätze, die Fahrgäste lächelten, der Busschaffner nahm sich eine Himbeere. Die Etiketten der Gläser waren mit den Abkürzungen der deutschen Obstnamen beschriftet.

Ich gehe zur zentralen Postsortierstelle, die sich unter einer Biegung der Eisenbahngleise befindet. Ich beobachte, wie die Lkws unter das große Dach des Gebäudes fahren und wieder hinaustuckern. Ich kenne den Laden gut, weil ich mal einen Job bei der Zeitung hatte und hier täglich um Mitternacht einen Postsack abholen musste. Er wurde dann auf einem großen Tisch ausgeleert, Briefe und Postkarten von Lesern aus dem ganzen Land, die an Kreuzworträtsel- oder Finde-den-Ball-Wettbewerben teilnahmen, durchgeknallte Schreiben an den Herausgeber.

Irgendwann suche ich die Prussia Street, einfach nur, weil ich den Namen mag, denn er klingt so verheißungsvoll, als lebten dort Menschen aus einem anderen Teil der Weltgeschichte, vielleicht die langen Kerls aus der Armee Friedrich Wilhelms I. Ich kenne den Weg dorthin nicht, vielleicht brauche ich eine Beschreibung?

Manchmal habe ich das Gefühl, die Stadt zu erfinden. Ich erschaffe Straßen, die es nie gab, eine schmale Gasse mit roten Backsteinhäusern, ohne Autos. Die Wäscheleinen sind gespannt, jede Tür steht offen, Kinder toben auf der Straße, ein Hund bellt mich an. Ich wirke offenbar fehl am Platz, denn die Frauen fragen: Na, hast du dich verlaufen, mein Guter? An der Ecke komme ich am Wrack eines ausgebrannten Autos vorbei, der Lack ist orange, Spiralfedern ragen aus den Sitzen. Man hat eine Madonna mit Kind auf den Giebel am Ende der Häuserzeile gemalt, sie hat rosige Wangen, das Gesicht des Kindes ist groß und wirkt erwachsen, hat stechende Augen. Im Pub an der Ecke drehen sich die an der Bar sitzenden Männer nach mir um, als wollte ich durch ihr Wohnzimmer latschen. Der Barkeeper fragt nach meinem Befinden, und ich frage ihn nach dem Weg zum Rangierbahnhof.

Einer will wissen, ob ich ein Tourist bin.

Ich höre sie lachen.

Auf dem Rangierbahnhof frage ich den Mann, der für das rollende Inventar zuständig ist, ob es möglich sei, ausgemusterte Gleise zu kaufen. Ich erkläre ihm, dass ich gern zwei Meter Gleise und einen Prellbock hätte, dazu einen dieser Signaltürme mit ausklappbarem Wimpel. Ist das zu haben?, frage ich. Es geht um eines meiner verrückten Projekte, ich will etwas vollkommen Zweckloses bauen. Er will wissen, wozu ich die Sachen brauche, und ich sage, sie seien für meine Kinder. Ich wolle ein Haus kaufen und die Gleise im Vorgarten verlegen, sie etwas überwuchern lassen. Er sagt nicht: Machen Sie Witze, Eisenbahngleise im Garten? Er merkt, dass es mir ernst ist, er notiert meinen Namen und meine Adresse, er sagt, er werde sich melden, sobald er wisse, wie viel der Spaß koste.

Meist laufe ich ziellos durch die Gegend. Ich lange nirgendwo an. Die Straßen sind unzuverlässig. Ich bringe nichts zustande. Kann nicht entfliehen. Als ich irgendwann mein Spiegelbild im Schaufenster einer Apotheke betrachte, denke ich: Dublin ist wie etwas, das sich hinter deinem Rücken abspielt.

Am Kanal stoße ich auf ein Haus, das gerade renoviert wird, die Tür steht offen, zig Namensschilder und Klingeln, offenbar ein Mietshaus. Draußen steht ein gelber Container voller Bauschutt – geborstenes Holz, eine schief aufragende Tür, Fensterrahmen, Heizkörper, eine Badewanne, gefüllt mit alten Backsteinen. Erstaunlich, wie viel in einen Container passt. Ein Arbeiter trägt ein Sperrholzbrett nach draußen, das zum Teil blau gestrichen ist, vor dem unbemalten Abschnitt hat wohl etwas gestanden. Er wirft das Brett in den Container und öffnet den Kofferraum eines Autos. Ich sehe, wie er eine Bierdose herausholt und einen Schluck trinkt, der Winkel, in dem er sie ansetzt, verrät mir, wie viel noch darin ist. Er winkt, und ich bilde mir ein, er hätte mich gesehen, aber das Winken gilt dem Lkw, der den Container abholt.

Ich schaue zu, wie der Container abtransportiert wird. Ich höre, wie man die Ketten anbringt. Die Kabine des Lkw wippt in die Höhe, als die Ladearme den Container anheben und über der Ladefläche positionieren, und als er abgesetzt wird, federt das Chassis nach unten. Man wirft ein grünes Netz darüber, und der Lkw fährt ab, er lässt einen leeren Container da. Der Anblick des Wegwerfens reizt mich, ich könnte den ganzen Tag zuschauen, es befriedigt mich, wenn man Dinge wegschafft.

Wegwerfen und wegschaffen, das finde ich großartig.

Als ich den Fluss auf der letzten Brücke vor dem Meer erneut überquere, kommt mir das vor wie eine Wiederholung. Jede neue Reise führt in umgekehrter Richtung über eine frühere hinweg. Die Stadt ist ein Lager mit früheren Versionen meiner Person. Eine bunte Karte meines Weges zur Schule, zur Arbeit, zur deutschen Bibliothek, zur National Gallery, zu den diversen miteinander verbundenen Pubs – diese Karte sähe aus wie eines der Fotos mit Langzeitbelichtung, die Rücklichter bei Nacht als verschwommene rote Linien abbilden.

Mein Weg führt mich durch die Pembroke Street zur Gasse mit dem kleinen Theater. Dem Theater, dessen Ensemble Helen angehörte. Eine kleine Truppe mit Improvisationsschule und nicht mal dreißig Sitzplätzen. Es ist das letzte Gebäude, mit flachem Dach, während der Aufführung von *Fräulein Julie* konnte man den Regen trommeln hören. Der Applaus klang auch wie

Regen. Nach der Vorstellung kam das Publikum bei Tee und Wein zusammen. Das Foyer war so klein, dass man die Ellbogen anlegen musste. Helen lächelte, sie wechselte auf dem Weg durch den Raum mit jedem ein paar Worte. Ich wartete draußen auf sie, sie trug eine schwarze Samtjacke mit einem Saum aus Kunstpelz.

Ich habe das Ende der Stadt erreicht. Weiter geht es nicht. Die Gebäude sind unverändert. Der Verkehrslärm ist der gleiche, die Lichter, die Fenster, die Reihe der Türen, das nächste Pub, die Richtung, die wir einschlugen. Unsere Leben schlichen sich Arm in Arm auf der Straße davon.

Zu spät.

Als ich erwachte, lag Rosie im Flur auf dem Boden. Sie versuchte zu kriechen, konnte sich aber nicht bewegen. Ich stellte sie auf die Beine und brachte sie in das vordere Wohnzimmer zu Helen. Ich rannte los, um die Speischüssel zu holen, konnte sie aber nicht finden. Klapperte schrecklich laut mit den Töpfen herum und kehrte mit einem Plastikeimer zurück, aber es war zu spät, sie hatte sich schon im Bett übergeben. Ich wischte ihr Gesicht mit einem warmen Tuch ab. Ich gab ihr einen Schluck Wasser zu trinken, damit sie den schlechten Geschmack im Mund loswurde. Helen nahm sie in die Arme, sagte, alles sei gut, riet ihr, an etwas Schönes zu denken, etwa an unseren Aufenthalt in dem Schloss bei München, damals war sie noch ganz klein und hatte in einer Korbwiege aus einem früheren Jahrhundert geschlafen.

Ich zog Rosies Bett ab, öffnete das Fenster, stellte ihre Matratze senkrecht hin, damit sie trocknete, der Hund nebenan hatte den Lärm offenbar gehört, denn er bellte. Neue Bezüge, neue Kopfkissen, ich schleppte Essies Matratze ins vordere Zimmer, dort konnten wir alle gemeinsam schlafen, die Plüschtiere wurden auch mitgenommen. Ich machte mich noch einmal auf die Suche nach der Speischüssel, sie stand im Garten, denn sie hatten Parfüm darin gemacht. Eine Schnecke trieb in der Brühe. Ich fischte sie heraus und füllte das Parfüm in den Plastikeimer, dann nahm ich die Speischüssel mit ins Vorderzimmer, für den nächsten Notfall.

Warum erbrach sie sich so oft?

Am nächsten Tag fuhren wir mit den Mädchen nach Glendalough, aber Rosie sprach kein Wort. Sie wollte auch keine Geschichten hören. Sie mochte die Berge nicht, sie mochte den Rundturm nicht, wollte die Seen nicht anschauen. Sie wollte nicht, dass ich sie auffing, als sie auf den niedrigen Ast eines Baumes kletterten. Auf der Rückfahrt wurde ihr im Auto wieder schlecht, und ich hielt sie, während sie sich am Straßenrand krümmte. In einer Tankstelle kaufte ich eine Rolle Haushaltspapier und ein Desinfektionsmittel, das Auto roch wie ein Krankenwagen, wir hielten an einem Pub an, um etwas zu essen, aber niemand hatte Appetit.

Der Barkeeper hinterließ seinen Daumenabdruck auf dem Sandwich.

Zu Hause angekommen, heiterte Helen sie auf, indem sie im Flur neben dem öffentlichen Fernsprecher ein Theater aufbaute und Requisiten aus der Küche holte. Rosie hatte sich wieder gefangen. Es war eine Riesenproduktion, ein Stück über eine Hochzeit im Leuchtturm. Die Haustür stand offen, das Publikum ging an der Pforte vorbei, die oben wohnenden Leute latschten auf dem Weg nach draußen quer über die Bühne.

Helen erlaubte den Mädchen, ihre Kleider anzuziehen, ihre schwarze Jacke mit Kunstpelz. Sachen aus der Zeit, als sie noch keine Mutter gewesen war, Sachen, die wir gut verbargen, auch vor uns selbst, Sachen, die tabu waren. Die Glöckchen, die zerbrochene Schlange, der geklaute Löffel, der weinende Stab aus Salz aus dem kanadischen Bergwerk, der abgeschnittene Zopf aus der Zeit, als sie aufs Internat gekommen war, immer noch heil, um keinen Tag gealtert, ein amputierter Körperteil. Ihr ganzer Carnaby-Schmuck. Die Mädchen waren über und über mit Ketten behängt. Sie setzten die breitkrempigen Sommerhüte auf, die Helen in der Hitze Ontarios getragen hatte, nicht aber in Irland, denn hier wäre das Unsinn, der Wind würde sie stibitzen.

Der hellblaue Rock aus Crêpe de Chine.

Eine komplette Kostümprobe aus geplünderten Erinnerungen. Die Mädchen trugen alles mit künstlerischer Unschuld, in Unkenntnis früherer Bedeutungen, sie liehen sich Helens Leben aus, ihre Vergangenheit, sie schlüpften in ihre Schuhe.

Ich fotografierte sie, in der Tür stehend.

Kinder, die sich als erwachsene Frauen verkleideten. Rosie war das Ebenbild ihrer in Kanada lebenden Großmutter, großes Drama, eine Schulter nach vorn geschoben, die Hände flach auf den Seiten wie eine Tänzerin. Essie wirkte offen und geradeheraus, sie hatte die Finger verschränkt und ähnelte eher meiner Mutter, einer Frau, die jeden nach seiner Meinung fragte. Rosie kam in der Nacht nach unserem Besuch der Berliner Mauer als Sturzgeburt zur Welt. Essie wurde in Dublin geboren, mit einem Muttermal auf der Stirn. Beide sangen mit irischen Stimmen Lieder, die wir aufnahmen, und dann schickten wir die Kassette zum St. Patrick's Day nach Kanada: Magst du einen Apfel?

Immer, wenn ich wieder am Tisch im Keller saß, wurde ich von meinem wahren Charakter eingeholt, durchsichtig und ertappt. Die Schritte der Leute draußen auf der Straße. Meine rastlosen Beine, mein Scherbenmund, der Druck im Kiefer, der bis in die Augenhöhlen spürbar war, als würde jemand mit den Fingern an meiner Kinnlade hängen.

Du musst raus aus dem Keller, sagte Helen.

Ich saß vor dem Commander und erklärte ihm, ich bräuchte mehr Zeit zum Schreiben. Er verstand mein Anliegen und fragte, woran ich arbeitete, und ich wusste es nicht genau, vielleicht etwas über Glas, meinte ich.

Er wollte wissen, in welcher Sprache ich schreibe.

Englisch, sagte ich.

Die Sprache der Straße, meinte er.

Es sei die einzige Möglichkeit, um zur Ruhe zu kommen, erklärte ich, meine Füße seien nicht meine Füße. Auf Englisch würde man mich auf der Straße vielleicht akzeptieren, es sei die Sprache, die den Menschen überall auf der Welt Türen öffne.

Die gälische Wendung für viel Glück bedeutet wörtlich, eine Trophäe zu tragen. Wenn man jemandem alles Gute wünscht, stellt man ihn auf eine bergauf führende Straße. Er sprach davon, das gefangene Tier freizulassen, in der Schattensprache eine Formulierung für jemanden mit viel Durst, zwei Liebende könnten es auch zueinander sagen.

Schreibe wie jemand, der auf einem Fahrrad ohne Bremsen sitzt, sagte er.

Er war umgeben von Zeitungsausschnitten wie von Bergen aus Laub. Er ließ mich nicht gehen. Er öffnete eine Flasche Wein. Wir tranken aus Plastikbechern. Die Tischleuchte flackerte, er versuchte, sie zu reparieren, verbrannte sich aber die

Finger am Messing, er nannte sich selbst einen Dummkopf. Er erzählte noch Geschichten, da hatte sich der Verkehr draußen längst beruhigt. Im Park der Liebenden war es dunkel geworden. Er bat mich um einen Song, und ich sang wie die lebenden Toten.

Danach begann ich, alles zu notieren, was das unaufhaltsame Leben mit sich brachte.

Große Aufregung, als uns Helens Onkel aus London besuchte. Onkel Jerome. Ich notierte, wie wir ihn vom Schiff abholten. Er war über Nacht gefahren. Es war kalt, er trug einen guten Anzug, keinen Mantel, zog die Schultern hoch. Er hatte eine kleine Sporttasche unter dem Arm. Helen hatte schon Frühstück für ihn gemacht, gebratenen Speck und Würstchen und Eier und Blutwurst, Toast und starken Tee. Nach der Überfahrt hatte er kaum Hunger, er reichte ihr eine Flasche Whiskey, und sie schenkte ihm ein Glas ein. Sie schloss die Tür, damit der Qualm nicht durch den Flur bis in ihr Yogazimmer trieb. Ich merkte, wie glücklich sie war, er erzählte ohne Punkt und Komma, er saß im Sessel, in einem Arm Rosie, im anderen Essie, herrlich, wieder zu Hause zu sein, sagte er.

Als Helen acht war, schlich sie sich in Birmingham in sein Zimmer, um etwas von seinem Aftershave zu stibitzen, als Erinnerung an ihn, wenn er weg war.

Er trug Koteletten, schrieb ich. Seine Haare lichteten sich schon, er kämmte sie hinter die Ohren, sie fielen hinten auf den Hemdkragen. Er trug eine blaue Krawatte, in seiner Brusttasche steckte ein Maniküreset, er hatte den Londoner Akzent perfektioniert, damit er unerkannt leben konnte und nur Ire sein musste, wenn es gar nicht anders ging. Er hatte eine lange Nase und vorstehende Zähne, er sprach wie Rick in *Casablanca*, und er war ziemlich altruistisch, eine aus der Mode gekommene Eigenart. In seiner Zeit war es darum gegangen, das Richtige zu tun, das Mädchen ziehen zu lassen, einem anderen diese Freude und dieses Glück zu gönnen, wenn man nichts zu verlieren hatte, war man besser dran.

Er hatte eine Lehrerin von Achill Island geliebt, bildschön, wie es hieß, und sie war verrückt nach ihm gewesen. Sie waren das perfekte Paar, waren verlobt und wollten heiraten. Er war drauf und dran, Bankdirektor in Mulligar zu werden, aber dann, in einem Hotel in Donegal, der Heimat seiner Cousins, setzte er beim Pokern Geld, das ihm nicht gehörte. Das Kartenglück war ihm nicht hold. Die Tochter des Hotelbesitzers merkte, wie unglücklich er war, und kam für seine Schulden auf, und er tat daraufhin, was sich gehörte, und heiratete sie anstelle der Frau, die er liebte. Er verschwand vom Angesicht der Erde, ließ seine Besitztümer, seine Bücher, sein Land, sein Aftershave zurück, schrieb eine Nachricht an die Frau auf Achill Island, die er über alles in der Welt liebte. Er nahm in London eine Hausmeisterstelle an und wohnte mit der Frau, die seine Schulden beglichen hatte, in einer Souterrainwohnung in Knightsbridge, um ihre Güte zu vergelten.

Seine Verlobte auf Achill Island heiratete jemanden in Dublin. Wie alle Emigranten war er derjenige, der zurückblieb.

Ihm blieb nur der Song, erfüllt von immer wiederkehrendem Schmerz.

Er sang sich um neun Uhr früh das Herz aus dem Leib, die kostbaren Septembertage verstrichen rasch. Er schlief im Sessel ein, und wir ließen ihn allein, zogen seine Schuhe aus, ich nahm ihm das Glas aus der Hand. Als er aufwachte, wollten wir mit ihm am Meer spazieren gehen, doch er blieb gleich im Pub an der Ecke hängen, es war verflixt schwierig, ihn dort loszueisen. Helen packte ihn bei den Armen, als wäre er verhaftet.

Wir hatten kein Zimmer für ihn, also brachten wir ihn bei meiner Mutter unter, er hielt an, um einen Blumenstrauß zu kaufen. Sie begrüßte ihn wie einen Gast aus der alten Heimat. Mein kleiner Bruder Emil stand mit seinem Fahrrad in der Tür, meine Schwester Lotte trug seine Sporttasche nach oben. Greta kochte, aber er aß kaum etwas, nur die Suppe. Dann bekam er einen Schluckauf, Rosie und Essie zählten an den Fingern bis fünfzehn, er bückte sich und trank Wasser, und dann war es wieder gut. Nach dem Abendessen führten sie ihr Ballett für ihn auf, und er versuchte, selbst zu tanzen, auf leisen Sohlen schlurfend wie jemand, der über die Straße eilt.

Er überredete meine Mutter zu einem Whiskey, schrieb ich.

Sie saßen im Wohnzimmer, und vielleicht erinnerte sie das an ihren Vater. Es war der Zigarettenrauch, das Gluckern des Whiskeys, die Verbindung, die sie als Kind zwischen Glück und dem Geruch von Alkohol hergestellt hatte, seinen Worten und seinem Lachen, den Geschichten, die die Leute lange wach hielten. Vor der Weltwirtschaftskrise, bevor der Schreibwarenladen bankrottging, bevor die Familie pleite war und die Leute nicht mehr zu Besuch kamen und es keine Freikarten mehr für das Kino gab.

Onkel Jerome erzählte Geschichten aus London, über den Wohnblock, dessen Hausmeister er war. Er hörte sich die Beschwerden und Meinungen der Mieter an, kümmerte sich um ihre Katzen, ihre Blumen, die ausgesperrten Ehemänner, Briefe von Liebhabern, er war Psychiater und Freund, er half bei Kreuzworträtseln, klärte sie darüber auf, was im Fernsehen lief, gab seine Teebeutel weiter, bekam zu Weihnachten eine Flasche

Whiskey. Er kannte ihre Geschichten, den kurdischen Freiheitskämpfer, den früheren irakischen Diplomaten, die alte Jüdin, die aus Nazideutschland geflohen war. Eines späten Abends stand ein bulgarischer Mieter vor seiner Tür im Nebel und vertraute ihm einen versiegelten Umschlag an, einen Brief ohne Adresse oder Absender, die Polizei fand seinen Pass, Geld, Kleidung, eine Waffe, Fotos, die Frau und Kinder in Sofia zeigten.

Meine Mutter bat mich, Musik aufzulegen.

Ich öffnete den Plattenspieler und legte eines ihrer Lieblingsstücke auf, ein kurzes Klaviervorspiel, dann sang ein tiefer Bass: Fremd bin ich eingezogen, fremd zieh ich wieder aus.

Onkel Jerome erhob sich und forderte sie zum Tanzen auf. Sie schüttelte lächelnd den Kopf.

Dazu tanzt man nicht, sagte sie.

O doch.

Er hielt ihr eine Hand hin. Er verstand nicht, worum es in dem Lied ging, spürte aber, dass der Sänger aus ganzem Herzen sang, und bestand darauf, sie vom Stuhl zu ziehen. Sie musste lachen, weil es irgendwie albern war, in sanften Kreisen durch das Zimmer geschwungen zu werden, zu Worten, die eher zum Zuhören gedacht waren, von Wanderschaft und Liebe handelten, von Erinnerungen an winterliche Reisen, an die Straße, die man beschreiten muss, die Straße, von der man nie zurückkehrt.

Sie wurde zum Mädchen, sie war außer Atem und musste sich lachend setzen. Onkel Jerome verneigte sich mit schwungvoller Geste und bedankte sich auf Deutsch. Er erzählte uns, er sei ein irischer Graf. Wir glaubten ihm. Er stützte sich mit einer Hand auf den Kaminsims und warf lachend den Kopf zurück.

Ich habe meinen Vater nie tanzen sehen.

Tanzen hatte weder einen praktischen Nutzen noch ein Ziel. Mein Vater gestikulierte nie so schwungvoll, er trank nicht, er warf den Kopf nicht zurück, er hielt Reden und sprach mit großer Eindringlichkeit über alles, was verbessert werden musste. Wenn er Musik hörte, starrte er stirnrunzelnd zu Boden.

Um zu beweisen, wie tief seine Gefühle waren, baute mein Vater einen Plattenspieler. Ein riesiger Apparat, er brauchte über ein Jahr dafür. Vier Komponenten, aus Deutschland importierte Teile, die hochwertigste Nadel, in Schweden bestellt und wie ein Schmuckstück in einer kleinen, mit Samt gepolsterten Schachtel verpackt. In einer Ecke baute er einen Lautsprecher, groß wie ein Schrank, dreieckig und mit doppelten Wänden, gefüllt mit im Ofen gebackenem Sand für einen satten Klang und bespannt mit karierter Gaze. Die Leute in unserer Straße merkten bald, welche Wirkung sein Projekt entfaltete. Die Musik, die er auflegte, damit meine Mutter in Irland blieb, war so laut, dass man sie sechs Häuser weiter hören konnte, in unserem Wohnzimmer spielten die Wiener Philharmoniker, kostümierte Tänzerinnen verneigten sich und hakten einander unter. Die Wände wackelten, die Möbel gerieten in Bewegung, Vasen, Nippes, Tischleuchten, die Fotos verstorbener Verwandter, Bilder der Heimatstadt meiner Mutter samt Schreibwarenladen und Papierfabrik, alles glitt in Richtung Zimmerdecke. Der Klang sei so rein, meinte meine Mutter, dass sie höre, wie man die Noten umblättere.

Dieser gigantische Plattenspieler sei die schwungvolle Geste meines Vaters, schrieb ich. Seine Extravaganz, seine Übertreibungen, Ausdruck seiner Liebe, die der Wut so nahe war.

Wir ließen meine Mutter und Onkel Jerome im Schein der Stehlampe im Wohnzimmer allein. Greta erzählte, sie seien erst nach Mitternacht zu Bett gegangen. Onkel Jerome sang ein Lied über Züge, als er die Treppe hinaufging, auf dem Treppenabsatz fiel er auf ein Knie und reckte die Arme, meine Mutter hielt sich lachend am Geländer fest. Lotte zeigte ihm sein Zimmer, sie hatten das Bett schon für ihn bezogen. Es war mein Zimmer, das Fenster blickte auf das Flachdach, auf dem früher die Bienenstöcke gestanden hatten. Er schlief in meinem Bett, in der Ecke saß das Heizungsrohr, ein Chagall-Poster hing an der Wand, und da waren die Bücher russischer Dichter. Er nahm meinen Platz ein. Er holte die Angst aus den Wänden.

Er hustete ein bisschen, meinte Greta. Er habe noch eine Weile Licht angehabt. Sie hörten ihn im Schlaf lachen und reden, als wäre das Zimmer voller Leute.

Danach hatte alles, was ich tat, diese schwungvolle Extravaganz. Ich begann, Immobilienmakler anzurufen. Wir schauten uns verwahrloste Häuser an, die niemanden zu interessieren schienen. Rosie und Essie stürmten durch leere Zimmer, lauschten auf den Treppen dem Echo ihrer Stimmen. Helen spekulierte über das Leben früherer Besitzer, die ausgeblichenen Vorhänge, die wackeligen Möbel, die Flecken und Gerüche, hinterlassen von Menschen, die am Ende ihres Lebens angelangt waren und durch eine neue Familie ersetzt werden würden.

Ich kaufte ein Haus. Mein Notar versuchte, mich zu bremsen, aber ich wurde panisch und erklärte mich bereit, den verlangten Preis zu zahlen, die Bausparkasse kaufte mir das weit übertriebene Gehalt ab, das ich nannte. Es war eine Zeit des Überschwangs und der Risikobereitschaft.

Als Helen mit ihrer Mutter telefonierte, beschrieb sie das Haus, das wir gekauft hatten, als stünde es in Kanada. Es sei ein Eckgrundstück und habe einen großen Vorgarten, es führen keine Busse vorbei. Eines der hinteren Schlafzimmer habe einen Blick aufs Meer. Rosie und Essie würden den Leuchtturm sehen können, wenn sie zu Bett gingen.

Das Haus stand verkehrt herum auf einem Hang, der Lack der Eingangstür war in der Sonne aufgeplatzt, hinten war es dunkel. Die Elektroleitungen mussten erneuert werden, es gab keine Heizung, keine Vorhänge, keine Steckdosen. Das Dach war nicht isoliert. Wir saßen abends im Auto und betrachteten unsere Zukunft. Wir gingen den Hang hinab bis zur Haustür, wir schauten durch das Fenster in das leere Wohnzimmer, die verblasste Broschüre eines Immobilienmaklers, ein paar tote Fliegen auf der Fensterbank.

In Anfällen maßlosen Überschwangs machte ich mich daran, Helens Job auf eine gute Grundlage zu stellen. Ich sah mich nach vernünftigen Räumlichkeiten für ihre Yogakurse um. Das kleine Vorderzimmer in einer Erdgeschosswohnung war der Größe ihrer Kurse nicht mehr angemessen. Sie hatte viele neue Kunden. Das lag an dem Vertrag mit dem Radiosender, für den sie den Zuhörern jeden Morgen schilderte, wie man sich entspannte und die Schultern kreisen ließ, während man im Verkehr feststeckte.

Ich schaute mir zahlreiche Gewerberäume an und stieß schließlich auf ein Studio in einem Reihenhaus. Es schien ideal zu sein. Es hatte einen Seiteneingang, Umkleideräume, ein Bad, einen Raum für die Garderobe, ein großes Zimmer mit Betonboden. Viele Parkmöglichkeiten. Ich sprach mit dem Eigentümer. Er hieß Bardon. Er wohnte oben und hatte wellige, graue Haare, er verlangte Garantien. Er vertraute mir erst, als ich ihm erzählte, wo ich zur Schule gegangen war. Ich behauptete, einen sicheren Job im gälischen Keller zu haben. Wir wären ideale Mieter, versprach ich, keine Partys, wir würden die Räume nicht bewohnen, sondern nur für Yogastunden nutzen, ruhige Leute, die ein- und ausatmeten, sagte ich. Ich erzählte ihm, ich stammte aus der Gegend, nannte die Adresse meines Elternhauses, meinte, ich hätte in der Nähe meiner Mutter gerade ein Haus gekauft.

Er weigerte sich, die Miete zu verringern. Er wollte, dass ich einen Mietvertrag über drei Jahre unterschrieb, er benutzte den Begriff wasserdicht.

Er versprach, einen Teppich verlegen zu lassen.

Die Räume schienen recht gut geeignet zu sein. Helen hätte einen Holzfußboden vorgezogen, denn trotz Teppich mussten sich ihre Kursteilnehmer auf Handtücher setzen, weil der Betonboden kalt war. Aber es war geräumig. Sie konnten den Sonnengruß machen, ohne dass sich die Hände berührten. Das Problem bestand in der Feuchtigkeit, verschlimmert durch die Heizung. Die Räume stanken nach Schimmel, er kam förmlich zur Tür herein. Helen musste Flur und Zimmer einsprühen, bevor die Leute kamen, die Luft war mit Parfüm und Atem geschwängert. Auf den Wänden bildete sich Kondenswasser. Der Teppich war so dick wie eine Cordhose und mit Gummi beschichtet, und er begann, auf der Unterseite zu schwitzen. Irgendwann rief Helen mich an, um mir zu sagen, dass in einer Ecke etwas wachse. Als ich nachschaute, stellte ich fest, dass ein Teil des Teppichs voller Pilze war. Ich holte den Staubsauger heraus und mähte den Teppich wie einen Rasen.

Ich beschwerte mich bei Bardon, er kam runter und riet mir, ein Fenster zu öffnen, wir hätten den Raum überheizt.

Die Räume waren nicht wirklich geeignet. Wir dachten schon

über etwas Passenderes nach, einen helleren, freundlicheren und günstiger gelegenen Ort.

Ich nahm mir im toten Keller immer öfter frei, ohne dass ich viel geschrieben hätte. Stattdessen suchte ich nach besseren Räumlichkeiten. Helen sprach mit allen möglichen Investoren. Ich mied diese Treffen. Ich legte zu viel Enthusiasmus an den Tag. Meine Worte waren übertrieben idealistisch. Ich schilderte das unternehmerische Potenzial auf ekstatische Art – nannte es gigantisch, unirdisch, gewaltig.

Wir waren leidenschaftlich und zuversichtlich. Ich vertraute Helen, sie vertraute mir, ich glaubte ihr, sie glaubte mir, wir redeten uns besoffen mit unserem Optimismus. Ich tat es, damit sie frei war. Sie tat es, damit ich sprach.

Ich wusste nicht, wie ich die Zukunft einschätzen sollte. Ich hatte einen unrealistischen Ehrgeiz. Ich war in einem absurden Familienunternehmen aufgewachsen: Meine Kindheit, unser deutsch-irisches Zuhause in Dublin, dicht am Meer, war eine maßlose Übertreibung, aufbauend auf überspannten und halbgaren Kalkulationen. Meine Eltern stützten einander mit einem Mut, der dem Land, in das wir uns täglich hinauswagten, nie entsprach. Ihre Erwartungen waren so überkandidelt wie Baupläne für exotische Orte.

Ich verdrängte die gelegentlichen Zweifel, die in meinen Zahnschmerzen zum Ausdruck kamen. Ich rasierte mir den Bart ab. Wenn ich abends die Stadt durchstreifte, spürte ich die kühle Brise am Kinn.

Eines Tages überredete ich mich, wieder zum Zahnarzt zu gehen. Der brach fast in Tränen aus, als ich ihn bat, den toten Zahn zu ziehen. Er nickte in Richtung des Stuhls. Er machte sich abermals an die Untersuchung meiner Zähne. Er bewunderte eine Weile sein Werk, die Krone, die er eingesetzt hatte, es schien, als würde ich ihn auffordern, ein Kunstwerk von unschätzbarem Wert zu entfernen. Er reckte lächelnd den kleinen Spiegel aus rostfreiem Stahl, während er mir zum wiederholten Mal erklärte, der Zahn sei kein Bestandteil meines Organismus mehr. Einem abgestorbenen Zahn könne man genauso wenig etwas anlasten wie einem Möbelstück. Er sei so tot wie ein toter Baum, wie könne der abgestorbene Teil einer Eiche Schmerz empfinden? Was ich fühlte, müsse andere Ursachen haben, vielleicht eine Leerstelle in meinem Leben, vielleicht eine Trauer, die ich nicht verbalisieren könne.

Er soll raus, sagte ich.

Bitte.

Mehr sagte er nicht. Er gab mir eine Spritze und machte sich mit betrübter Resignation an die Arbeit. Als würde er eine Sprache aus meinem Mund entfernen, die er liebte, die wir beide liebten. Er reichte mir den gezogenen Zahn, an dem etwas Blut klebte, und meinte, ich müsse ihn bleichen, wenn ich ihn als Andenken behalten wolle. Er wirkte zurückhaltend, wollte wieder kein Geld nehmen, wofür denn, für etwas, das weg, das verloren war? Ich steckte den Zahn in eine Gesäßtasche. Ich übte ein schiefes Lächeln, um die Lücke zu verbergen. Gelegentlich hatte ich Phantomschmerzen.

Als ich endlich die Schlüssel des Hauses erhalte, ist es Sommer. Helen ist mit den Mädchen in Kanada, ihre Mutter hat die Tickets besorgt. Auf der Rückfahrt von der Kanzlei des Notars lege ich den Arm ins offene Autofenster. Ich trage mein weites weißes Hemd.

Jetzt bin ich am Zug. Mit meinem übertriebenen Schwung, meiner Familien-Extravaganz. Ich schwelge in der Fantasie, anzukommen. In der Fantasie, ein Heim zu haben und nie wieder umziehen zu müssen. Jeden in der Straße kennenzulernen, zu tratschen, im Fernsehen Kochsendungen zu schauen, Leute zum Essen einzuladen, lange aufzubleiben und im eigenen Haus nach Herzenslust zu singen.

Ich parke das Auto auf der abschüssigen Einfahrt. Ich steige aus und schließe die Tür auf. Sobald sie hinter mir zugefallen ist, lausche ich der Stille. Ich bleibe selig in jedem Zimmer stehen und erlaube den Wänden, mich kennenzulernen, gewöhne die Holzdielen behutsam an mein Gewicht. Ich höre sie knarren. Ich spüre das Händeschütteln der Türknäufe. Ich öffne die Fenster. Die staubige Stille der Zimmer gerät in Bewegung, als der Verkehrslärm der Straße eindringt. Ein Windstoß fegt die Broschüre des Immobilienmaklers von der Fensterbank, erweckt das Haus zum Leben. Ich höre meine Füße auf den Treppenstufen. Ich stehe im Schlafzimmer der Kinder und betrachte das Meer, den Leuchtturm, der nachts für sie scheinen wird, Schiffe werden direkt vor ihren Betten vorbeidampfen.

Räume zu füllen gleicht dem Schreiben eines Buches. Ich besorge Möbel bei Auktionen, hole Dinge, die meine Mutter uns vermacht, ich hänge den gläsernen Engel aus Köln neben die Tür. Ich treibe gebrauchte Vorhänge für die Schlafzimmer auf, eine Fußmatte im Sonderangebot für den Flur, einen Korbstuhl für das Badezimmer.

Der geschnitzte Mund liegt auf dem Kaminsims. Eine Stimme, die durch das ganze Haus hallt und ermutigende Worte spricht. Daneben hört das geschnitzte Ohr zu, wie ich arbeite.

Ich habe die Heizung installiert, ich habe das Telefon angeschlossen, ich habe das Haus neu verkabelt, jemand half mir beim Sicherungskasten.

Meine Lunge ist voller Staub. Meine Augen sind gerötet, ich esse ein Sandwich, das nach Lack schmeckt, trinke Tee, auf dem Sägemehl treibt. Ich lerne die Gesichter im Laden für Baubedarf kennen. Ich liebe Baumaterialien mehr als Wörter. Meine Hände vibrieren, wenn ich bohre. Haare, Gesicht und Arme sind bis zu den Ellbogen mit Zement beschmiert, Dichtungsmittel, Emulsion, meine Gedanken bewegen sich unter den Dielen. Irgendwann muss ich lachen, weil ich die Speischüssel benutzt habe, um Gips anzurühren.

# 3

Es war der Morgen ihres Schulkonzerts. Helen zog die beiden an. Ihre grau karierten Uniformen und blauen Strickjacken waren zu groß, denn sie sollten noch ein, zwei Jahre halten. Dann gab es Ärger, weil Rosie nicht die gleichen Zöpfe haben wollte wie Essie, Geschrei in der Küche. Essie floh ins Esszimmer und ließ ihren Zorn am Klavier aus. Zwei wichtige Tasten waren verstimmt, schiefe Töne untergruben ein Stück, das mit Schmackes gespielt werden musste. Das Klavier hatte uns die Tante mit dem Schlüsselbund überlassen, als sie mit ihrer Familie in ein kleineres Haus gezogen war.

Helen wartete vor der Tür.

Sie trug ein pfefferminzgrünes Kleid, ihren blauen Tweedmantel, eine Kunstperlenkette meiner Mutter. Sie legte meist nur einen Hauch Make-up auf, aber an diesem Morgen glich ihr Gesicht einem Schild, sie war unnahbar. Sie sprach kein Wort. Sie aß kaum etwas. Sie gab den Kindern einen Abschiedskuss und sagte, sie werde versuchen, zum Konzert zu kommen, hinterher würden wir etwas Schönes unternehmen.

Ich wünschte ihr viel Glück. Es klang wie ein Lebewohl. Meine Worte begannen, das genaue Gegenteil dessen zum Ausdruck zu bringen, was ich sagen wollte. Wir mochten einander nicht anschauen.

Sie fuhr zu einem Termin mit dem Investor, er brachte seinen Anwalt mit. Sie wollten die Buchhaltung sehen. Sie hatte ein knallrotes Geschäftsbuch unter dem Arm, einen Terminplan mit den gebuchten Kursen, die Einnahmen des geplanten Cafés, Kontoauszüge, die offenen Schulden, eine Liste der Gläubiger. Ich führte ihre Bücher, hätte also dort sein sollen, um erläuternd einzugreifen, aber das hätte vermutlich nichts gebracht. Ich konnte durch die Jalousie ihres Büros sehen, wie sie die Unterlagen auf dem Tisch ordnete, links und rechts, bereit für die Befragung.

Die Aula war voll besetzt. Mein Sitznachbar stammte aus Chile, er erzählte mit weichem Akzent, seine Frau übersetze europäische Handelsabkommen und juristische Dokumente. Alle plauderten, Mütter und Väter, Großeltern, alle reckten sich wie Periskope, um über die Schulter der anderen einen Blick auf ihre Kinder zu erhaschen. Rosie und Essie standen mit den anderen in einer Reihe neben der Bühne. Essie sah mich winken, Rosie sagte etwas zu dem Jungen neben ihr, der lachte und ihr einen Knuff gab, sie knuffte zurück. Der Chilene hatte eine Kamera mit Zoom, seine Tochter war mit Rosie in einer Klasse, er schoss Fotos von den beiden und versprach, sie mir zu schicken.

Die hohe Holzdecke wurde von dicken Balken getragen, zur Straße hin gab es drei Bleiglasfenster, an den Wänden hingen Plaketten, die Seeleuten gedachten, hier versammelten sie sich mit ihren Familien zum Gebet, wenn sie von einer Fahrt heimgekehrt waren. Zwischen den Holzbalken hatte sich ein Luftballon verfangen, dort hingen auch unerreichbare Spinnweben, der weiße Marmorfußboden war schwarz gesprenkelt. Eine Lehrerin klatschte in die Hände, sie hatte Locken, ein rundes, mütterliches Gesicht, und der Lärm flaute ab. Die Schulanfänger waren zuerst an der Reihe, alle winkten, sie waren ihren Müttern wie aus dem Gesicht geschnitten, manchen konnte man ganz genau ansehen, wie sie mit achtzig aussehen würden.

Sie sangen ein Lied über das Glück. Ein Mädchen sang lauter als alle anderen, ein Junge zupfte ständig an seiner blauen Krawatte, ein anderer hielt sich die Augen zu und musste zu seiner Mutter gebracht werden, ein Mädchen, das sich in einem Traum verloren hatte, stimmte plötzlich wieder ein – Glück. Es wurde lange applaudiert, Mütter lächelten einander an, schüttelten den Kopf, eine sprach es aus: hysterisch. Als die Truppe hinausmarschierte, blieb ein Junge auf der Bühne stehen, als hätte er sich verlaufen, er musste an der Hand weggeführt werden.

Als Rosie und Essie auftraten, übersahen sie mich, sie hielten Ausschau nach ihrer Mutter. Ein Mann setzte sich ans Klavier, seine Freundin war die Lehrerin, die den Chor dirigierte, und sie sangen: *Here comes the sun*. Ich hatte den Song wochenlang im Haus gehört, war aber begeistert, sie jetzt im Chor singen zu hören, dass der lange Winter ende und die Sonne wieder scheine; es hat etwas Ergreifendes, wenn Kinder den Erwachsenen sagen, alles werde gut.

Ich machte mir Sorgen um Helen. Die in ihrem Büro befragt wurde, Finanzen erklären musste, auf die sie wenig Einfluss hatte.

Das Konzert endete mit *Happy Birthday*. Der Song enthielt eine lange Liste der Namen aller Kinder, die in diesem Monat Geburtstag hatten. Hinterher gab es Tee und Sandwiches und Kuchen. Man stellte Papierteller auf Tischen ab und vergaß, von welchem man gegessen hatte, manche vergaß man ganz. Ich trank Tee. Ich unterhielt mich weiter mit dem Chilenen, der sagte, er vermisse das schöne Wetter. Er lud mich ein, ihn zu besuchen, er sitze sogar mitten im Winter jeden Abend mit einem

Bier auf der vorderen Veranda und beobachte die vorbeifahrenden Autos, warte auf den Sonnenuntergang.

Wir nannten den Investor nur bei seinem vollen Namen – Maurice Delaney. Er riss bei seiner Ankunft gern einen Witz, damit man sich entspannte, meinte, er könne selbst ein bisschen Yoga vertragen, erzählte manchmal den Witz über den Stotterer, der den nicht stotternden Mann nach Strich und Faden verarscht. Wir lachten, denn auf ihn kam es an, wir wollten ihn bei Laune halten. Er benutzte gern Fliegersprache, vermittelte den Eindruck, ein Pilot zu sein, der alles unter Kontrolle hatte, mächtig beschäftigt, aber entspannt, bis zu einem gewissen Grad geduldig, er hatte die Angewohnheit, auf die Uhr zu schauen, während man sprach. Er klatschte in die Hände, um einen Termin zu beenden. Er machte sich nie Notizen, zog es vor, alles im Kopf zu behalten. Er lächelte sparsam. Er hatte geschwungene Augenbrauen, konnte jungenhaft wirken, zugewandt, und hatte eine ähnlich sonore Stimme wie Leute im Radio, dazu die Art, wie er die Worte aussprach: Nichts wie weg.

Er lud uns nie zu sich ein, kam auch nie zu uns. Wir mussten nicht sozialkompatibel sein, er legte keinen Wert auf Freundschaft, die wäre bei Geschäften bloß im Weg gewesen. Ich fand nie heraus, welche Musik er hörte. Einmal fuhr er mit offenen Autofenstern davon, es lief *The Power of Love*, ich hätte das abgestellt. Er trug ein gelbes Hemd, das ich nie angezogen hätte, aber das war okay, wir mussten uns ja nicht gleichen.

Wir wussten nicht viel über ihn, nur dass er ein guter Geschäftsmann war. Er war in Frankreich und in Irland tätig. Aufgewachsen war er in Singapur, seine Eltern stammten aus Irland, sein Vater war Architekt. Als sie zurückkehrten, ging er in Irland zur Schule, seinen Studienabschluss machte er in Austin und lebte auch eine Zeitlang in Texas. Mehr erfuhren wir nicht. Sein Privatleben kam nie zur Sprache, es ging mich auch nichts an.

Nachdem das Geschäft eingetütet war, nahm er mich eines Tages zur Seite und erklärte, wie sehr er meine Ehrlichkeit schätze, er benutzte den Begriff Partnerschaft. Er sagte, während er mich auf dem Parkplatz neben dem Café kurz am Ellbogen hielt, er bewundere mich dafür, dass ich zu Hause blieb und mich um die Familie kümmerte, anstatt Helen alles aufzubürden, wie es viele andere Männer täten. Das sei der Flugplan für jedes erfolgreiche Geschäft, meinte er. Er sprach von Mann zu Mann, und ich hatte den Eindruck, gewürdigt zu werden.

Sie sind ein anständiger Mann, sagte er.

Vielleicht versuchte er herauszufinden, warum ich mich damit begnügte, ein anständiger Mann zu sein, was ich davon hatte, oder war es eine Warnung, wollte er mich ermahnen, auch ja ein anständiger Mann zu bleiben?

An jenem Morgen im Büro wurde der Investor ärgerlich. Er hatte keine Zeit, um Witze zu reißen. Er ignorierte die Platte mit Gebäck, die Helen auf ihren Schreibtisch gestellt hatte. Der Anwalt nahm höflichkeitshalber einen mit Sahne gefüllten Doughnut, er war ein älterer Mann mit sanften Augen, kam aus Kilkenny. Sein Anzug war voller Puderzucker, er hatte Sahne im Gesicht. Helen reichte ihm eine Schachtel mit Tüchern.

Die Informationen lagen auf dem Tisch, Kontoauszüge, unbezahlte Rechnungen, die vielen Zahlen im Geschäftsbuch glichen wirren Teeblättern, die Helen nicht zu deuten vermochte. Ich hatte mich eine Woche darübergebeugt, damit sie besser aussahen. Ich verdankte meine Kenntnisse der Buchhaltung dem Job im gälischen Keller, wo Musik und Sprache keinen Preis hatten und die Summe, die am Ende unter dem Strich stand, nur im Hinblick auf das zählte, was verloren gegangen war.

Unsere Schätzungen waren unrealistisch. Selbst wenn das Café den ganzen Tag rappelvoll wäre und die Yogastunden die ganze Nacht stattfänden, würde es sich nie rechnen. Es war kein gewinnträchtiges Geschäft. Helen hatte persönlich für ein Mietverhältnis von neunundneunzig Jahren gebürgt, sie hatte sich Geld geliehen, um ihren Anteil am gemeinsamen Kapital aufbringen zu können. Wir waren bis über beide Ohren verschuldet. Wenn ich ihr etwas riet, dann nicht auf der Basis tragfähiger wirtschaftlicher Prinzipien, sondern auf der Basis meiner Erinnerungen an ein Berliner Café, das wir oft besucht hatten.

Maurice Delaney hatte mit dem Tagesgeschäft nichts zu tun, seine Baufirma übernahm bloß die erforderlichen Umbauten der Räumlichkeiten. Größere Investitionen wurden auf Kredit getätigt – die modernste italienische Kaffeemaschine, die Möbel, die Beleuchtung, das Lautsprechersystem, die Duschen, die Sauna, Liegestühle in den Umkleideräumen, von Lampen gerahmte Spiegel wie in einer Theatergarderobe. Über der Tür hing ein prachtvolles Neonschild, dessen Entwurf mich viel Zeit gekostet hatte: Das Fitness Café. Alles in allem sah es am Ende prima aus, die Leute meinten, es habe Klasse.

Jede Zahl wurde abgeklopft, jedes Detail der Kontoauszüge genau untersucht. Sie schienen nicht nur die Buchhaltung unter die Lupe zu nehmen, sondern auch die Gültigkeit unserer Leben, alles, wofür wir standen, welche Art von Menschen wir waren. Die Zahlen sagten weit mehr über unsere Weltanschauung aus als über die noch recht kurze Geschichte unseres Betriebs. Nach ein paar raschen Berechnungen, die er im Kopf anstellte, meinte der Investor, unsere Bücher seien ein Witz. Ob wir unser Geld verschleuderten, wollte er wissen, ob wir unseren Kuchen an die Dubliner verschenkten, Yogastunden für lau gaben. Die Geschäftsbücher wimmelten nur so von Widersprüchen.

Mensch, sagte er, Sie haben ja nicht mal den Architekten bezahlt.

Helen erwiderte, sie habe um Stundung gebeten.

Da riss ihm der Geduldsfaden. Sei es denn so schwer, anständig Buch über die Finanzen zu führen? Das könne ja jedes Mädchen in einer staatlichen Schule besser.

Ist doch so einfach wie Kloputzen, rief er.

Helen konnte nichts entgegnen.

Das ist nicht bloß inkompetent, das ist betrügerisch.

Maurice, bitte, sagte der Anwalt.

Er legte dem Investor eine Hand auf den Arm, vielleicht, um ihn daran zu erinnern, wie gut er dastand, mit all seinem Immobilienbesitz, da musste er nicht so heftig mit Helen ins Gericht gehen, musste sie nicht als Kriminelle hinstellen.

Sie war total fertig.

Sie erwartete wieder ein Kind. Es zeigte sich allmählich, ihre Brüste waren größer, sie ging langsamer, sie telefonierte viel mit ihrer Mutter. Ihre Schwangerschaft wirkte wie ein Verrat, ein Verrat an geschäftlichen Grundsätzen. Dieser wagemutige Familienpakt, den Helen und ich geschlossen hatten, als die Nachmittagssonne mitten auf den Fußboden des Wohnzimmers fiel. Wir kehrten der Welt genauer Kalkulationen den Rücken. Ich kündigte mitten in der Rezession meinen sicheren Job im gälischen Keller, um ein Buch zu schreiben, während sie, wieder schwanger, das Geschäft führte. Wir verschlossen die Augen vor der Wahrheit, als sollten Buch und Baby gleichzeitig das Licht der Welt erblicken, um uns zu retten.

Ihr Notizbuch strotzte nur so von Beweisen dafür, dass die Mutterrolle sie nicht daran hinderte, das Geschäft zu führen. Sie war glänzend organisiert – die Angestellten, der Dienstplan, Auslieferungen, die Sanierungsarbeiten in den Duschen, dann brauchte sie jemanden, der herausfand, warum die Spiegel stets beschlugen, ein Entfeuchter musste beschafft werden. Aber auch die Kinder hatten etwas hineingekritzelt, sie hinterließen überall ihre Spuren; nicht Helen hatte die Telefonnummern in gigantischen Ziffern oder das falsch geschriebene Wort Vagina notiert.

Unfassbar, sagte der Investor.

Helen riss eine Hand vor den Mund. Sie würgte kurz, und dann erbrach sie sich. Eine dünne Suppe ergoss sich auf die Belege und Bücher. Die Speischüssel war nicht zur Hand. Ein trüber Brei aus Toast und Himbeermarmelade und Tee bildete wolkige Flecken auf den Blättern. Vermischte sich ohne jede mathematische Logik mit den konfusen Zahlen, die Summen begannen, sich aufzulösen.

Der Investor sah auf, als hätte sie sich absichtlich auf die Bücher erbrochen, um alles zu verschleiern. Die Zwillingsbrücken seiner Brauen schossen in die Höhe. Er kaufte ihr diesen Kotzanfall nicht ab. Für ihn war das bloß ein cleverer Trick, um von der katastrophalen Geschäftsbilanz abzulenken, er wich zurück, den angewinkelten Arm wie einen Schild gehoben.

Er besann sich erst eines Besseren, als sie sich entschuldigte und eine Hand auf ihren Bauch legte. Als die beiden begriffen, dass sie schwanger war, war ihre Hilflosigkeit mit Händen zu greifen. Der Anwalt flitzte los, um ein Glas Wasser zu holen. Für den Investor war ein neues Baby zu viel des Guten. Das hätten

Sie mir gleich sagen müssen, meinte er. Er seufzte über den vergeudeten Tag.

Helens Freundin Martina erwartete ihn. Sie saß im Café an einem Tisch und las die Zeitung. Den Espresso hatte sie längst geleert. Auf einem Teller lagen die restlichen Krümel eines Schokoladenkuchens. Sie trug eine abgewetzte blaue Lederjacke. Auf ihrem T-Shirt prangte der verblasste Name einer Rockband. Sie trug Segeltuchslipper, die nicht für eine rasche Flucht gedacht waren, ihre Nägel waren schwarz lackiert, sie hatte ihre Haare mit einem Stück Seil aufgebunden.

Sie stammt aus Kerry, ist alleinerziehende Mutter. Ihr Sohn ist etwas jünger als unsere Mädchen. Der Vater ist ein Spanier, ein Bauarbeiter, den sie in London kennengelernt hat, wie Helen mir erzählte, er schaute sich das Baby im Krankenhaus an, dann machte er sich aus dem Staub, und Martina kehrte nach Dublin zurück. Sie ist eine tolle Sängerin. Sie probierte es mal in einer Band, bekam ein paar Auftritte in London, verdiente aber nicht viel dabei.

Maurice Delaney setzte sich zu Martina an den Tisch, sie stand nicht für ihn auf. Sie machte ein Klipp-Klopp-Geräusch mit der Zunge. Wie es Kinder machen, um Huftritte zu imitieren. Sie legte ihm eine Hand auf den Arm, sie brachte ihn zum Lachen, sie fuhren in seinem Auto davon.

Vermutlich ähnelte er mir mehr, als ich zugeben mochte. Von seinen Hemden, seinem Musikgeschmack und dem Auto mit dem Armaturenbrett aus Walnussholz abgesehen, dachte er vielleicht ebenso unstrukturiert wie ich, ärgerte sich über seine menschlichen Schwächen, war zwischen Wunsch und Besitz hin-

und hergerissen, verlockt von Dingen, die man nicht besitzen konnte. Vielleicht bildete er sich irrtümlich ein, dieser Augenblick würde ihn in den Mittelpunkt der Welt rücken, obwohl er in Wahrheit nichts unter Kontrolle hatte, er war offenen Auges mit diesem verrückten Geschäftsplan geködert worden.

Die irrsinnigen finanziellen Unterlagen lagen noch auf dem Schreibtisch, sie verdeutlichten auf beängstigende Art, wie trügerisch das Leben sein kann. Wenn man sich so viele Zweifel erlaubte, wurde alles zu Kotze. Vielleicht dämmerte ihm, dass er Helen, anstatt sie anzubrüllen, dafür hätte danken sollen, dass sie ihn ihrer besten Freundin vorgestellt hatte. Das Geschäft mochte faul sein, aber ihm hatte es großes Glück gebracht. Hätte er das nicht als Dividende sehen können?

Er ist verrückt nach Martina. Ihr lässiger Lebensstil reizt ihn, sie hat kein Geld, arbeitet Teilzeit als Rezeptionistin. Die Tatsache, dass sie alleinerziehende Mutter ist, gibt ihm das Gefühl, sie retten zu können. Er mag ihren exzentrischen Kleidungsstil, ihre Art, mit dem Taxifahrer zu reden, die Fragen, die sie dem Portier vor dem Shelbourne Hotel stellt. Am späten Abend klingt ihre Stimme rauchig. Beim Essen bestellt er den teuersten Wein, sie trinkt ihn direkt aus der Flasche. Ihre mütterliche Gelassenheit, gepaart mit Szene-Prinzipien. Sie besucht Open-Air-Rockkonzerte mit ihrem fünfjährigen Sohn auf den Schultern, sie schleppt immer eine Notration Proviant in ihrer Tasche mit sich herum, setzt sich auf eine Parkbank, um Cracker und Käse zu essen, zerteilt einen Apfel mit dem Taschenmesser in Schiffchen.

Martina ist eine gute Zuhörerin. Sie bringt den Schelm in ihm zum Vorschein. Er verplempert fröhlich Zeit und steht einfach so vor den Toren des Trinity College herum, er liebt den

Geruch der Straßen. Er muss ständig an ihre weiße Haut denken, das Tattoo eines Geckos auf ihrer linken Schulter. Ihr Lächeln ruft ihm ins Bewusstsein, dass er nur dieses eine Leben hat, eine so große Liebe findet er vielleicht nie wieder.

Helen schloss die Mädchen mit stürmischer Zuneigung in die Arme. Sie durften ihren Bauch anfassen, sie hatte ihnen Sahnedoughnuts mitgebracht. Wir konnten nicht darüber sprechen, was der Investor gesagt hatte, das sollten sie nicht hören, wir mussten sie beschützen. Die Ängste würden Einzug in ihre Träume halten, meinte Helen immer, wenn ich ehrlich mit ihnen sein wollte – sie sollen Kinder bleiben.

Wir fuhren zum kleinen Hafen und aßen im Auto ein Schinkensandwich, die Sahnedoughnuts, schlürften Drinks mit Strohhalmen, lauschten einem Song im Radio, den Helen aus ihrer Kindheit in Birmingham kannte. Die Möwen hatten sich wartend auf dem Pier aufgereiht. Eine landete auf der Kühlerhaube, und die Mädchen kreischten, sie schlitterte mit ihren gelben Gummifüßen über den Lack, dann hob sie wieder ab.

Zu Hause wichen wir einander aus, indem wir arbeiteten. Wir machten Krach, bohrten, schmirgelten, schmissen die Waschmaschine an. Ich hörte, wie sie sich im Bad übergab. Ich hielt ihren Arm, aber sie winkte mich weg – schon gut, danke. Ich fand eine Möglichkeit, die Lautsprecherkabel unter den Dielen zu verlegen, damit die Leute nicht darüber stolperten. Meine Gedanken waren auf Heizungsrohre fixiert, auf das Kabelnetz, die unter dem Putz liegenden Steckdosen. Es gab mir das Gefühl, wichtig zu sein und gebraucht zu werden, ich dachte nur noch in geraden Linien.

Wir lebten in einem Zustand der Korrektur.

Die Mädchen saßen am Tisch und malten Bilder, sie hatten die Keksdose mit den Buntstiften ausgeleert. Essie malte das neue Baby, das in einem Boot eintraf, Rosie ließ es von einem anderen Planeten kommen, ein schwangeres Raumschiff flog am Mond vorbei, das Baby winkte. Sie falteten die Bilder zusammen und steckten sie in einen Umschlag, den wir unter die Fußbodendielen schoben, ein Brief an die Zukunft.

Helen brachte sie nach oben ins Bett. Sie beobachteten, wie der Abend über dem Meer anbrach. Der Leuchtturm warf seinen Lichtstrahl in das Schlafzimmer, auf ihre Gesichter, auf Helens Bauch. Sie hatten die Ellbogen auf die Fensterbank gelegt, und ich konnte hören, wie sie die Sekunden zwischen den Lichtstrahlen zählten. Unten an meinem Klapptisch sitzend, versuchte ich, den Teufelskreis des Scheiterns zu durchbrechen, und schilderte die Landschaft unter den Fußbodendielen, die Geborgenheit unterhalb des Zimmers. Licht fiel in Streifen durch die Ritzen zwischen den Dielen, die Rohre dehnten sich, die Kabel pulsierten, die Fundamente glichen riesigen Händen, die alles hielten. Nichts bewegte sich, nur eine Spinne, die über den Brief mit der Handschrift der Mädchen trippelte.

Dort unten gab es alles, es wartete geduldig im Zwischenraum unter den Dielen, es lagerte auf der Granitkruste, in den Mulden des Quarzes, im Grundwasserspiegel, in der tiefen Vergangenheit im Mittelpunkt der Erde.

Nur so konnte ich diese finanzielle Unsicherheit vergessen. Indem ich in mein Gedächtnis eintauchte. Jeden Tag ließ ich ein paar Stunden lang mein Leben hinter mir und schrieb alles auf, woran ich mich erinnerte.

Ein Haus in Deutschland mit vier Stockwerken, brauner oder

grauer Fassade, Gesichter in den Fenstern, irgendjemand wirft einen Schlüssel herunter. Die Architektur ist mir vertraut. Ich kenne die Zahl der Stockwerke, den Geruch nach Schweinebraten im Treppenhaus, den hinter einer Tür bellenden Hund. Ich verbinde diesen Ort mit glücklichen Zeiten im Leben meiner Eltern, beide lachen Tränen über irgendetwas.

Das Haus steht in der Heimatstadt meiner Mutter. Dort besuchten wir die Tante, deren Mann nicht sprach, er war acht Jahre in russischer Kriegsgefangenschaft gewesen. Als er nach der Entlassung in einer Kleinstadt an der ostdeutschen Grenze eintraf, wurde er auf dem Bahnsteig von einer Blaskapelle empfangen. In einem der Zimmer hatte er mit der Produktion von Fliegen begonnen, wir durften uns jeder eine aussuchen. Mein Bruder Gerd besaß die Fliege noch. Ein anderer Onkel, der auch im Krieg gewesen war, schrieb sein Leben immer wieder neu und wünschte sich, er könnte die Geschichte im Nachhinein ändern, er erzählte ständig, wie man Fehler vermeiden konnte, wie man eine Fahrradkette ölte, wie man ein Butterbrot aß. Ich dachte an die Tante, deren Mann in amerikanische Kriegsgefangenschaft geraten war, nach einem Gefecht, in dessen Verlauf eine Granate wie ein Überschallmaulwurf unter ihm durch die Erde geschossen war. Er erzählte mir mal, er könne den Geruch der Erde nicht vergessen, er hob einen Brocken auf, um sie zu beschnuppern.

Ich schrieb die Geschichte meiner Tante nieder, die in Salzburg in einem Haus unterhalb der Festung wohnte, sie hatte ihren Mann per Ferntrauung geheiratet, er stand auf der Krim neben einem Vorgesetzten und sagte Ja, sie sagte im Beisein eines Anwalts Ja, dessen Kanzlei sich in der Straße befand, wo Mozart gelebt hatte. Ihr Mann kehrte nicht aus dem Krieg zurück, sie erhielt einen Brief, er bekam noch einmal Urlaub, sie hatten eine Tochter. Nach dem Krieg wurde sie von Leuten besucht, die berichteten, sie hätten ihn in der Gefangenschaft gesehen, und sie wartete weiter auf seine Heimkehr.

Helens Ausweg aus dem Dilemma sind die Anrufe bei ihrer Mutter in Kanada. Das Telefon befindet sich in dem kleinen Frühstücksraum neben der Küche. Sie kann sich auf einen richtigen Stuhl setzen und die Beine hochlegen. Es gibt ein künstliches Gasfeuer, das in Blau und Orange brennt, während sie ihrer Mutter in Kanada erzählt, alles laufe super, mit dem Geschäft gehe es bergauf. Die Kinder würden Schwimmunterricht bekommen, Jazztanz und Ballett machen und zweimal pro Woche einen Malkurs besuchen. Sie sei bei der Hebamme gewesen, sie fühle sich prima.

Sie erzählt, ich hätte die Wand zwischen Wohn- und Esszimmer herausgeschlagen, das Haus sei jetzt voller Staub, draußen stehe ein gelber Container, und das für Wochen. Alles eigenhändig, betont sie. Sie hätte ergänzen sollen, dass es eine tragende Wand war. Unter der Decke verläuft jetzt ein Stahlträger. So viel Platz, sagt sie. Alles ein Raum, obwohl es noch zwei Türen nebeneinander gibt, man kann sich eine aussuchen, und doppelte Lichtschalter. Sie fragt, warum man Häuser mit so kleinen Zimmern und so vielen Türen gebaut hat, ihre Mutter sagt, um es warm zu haben, die Leute hätten sich davor gefürchtet, dass es zieht. Und dass man sie hört.

Ich schließe aus dem Telefongespräch, dass in Kanada Schnee liegt. Der Schnee kommt über den See, das Haus ihrer Mutter bekommt ihn als erstes ab, See-Effekt-Schnee. Die Wellen sind gefroren. Alles ist weiß, die Straßen sind wie leergefegt. Man erkennt die Stadt nicht wieder, die Straßenschilder sind unlesbar, das Gerichtsgebäude mitten auf dem Platz ist ein einziger Eisblock, Bäume recken die weißen Arme. Ein Nachbar kam, um die Einfahrt zu räumen, das Geräusch der Schneeschaufel erweckte den Eindruck, die Welt sei wie das Innere eines Kühlschranks. Die Schneepflüge sind unterwegs, der Schnee an den Straßenrändern türmt sich haushoch, Autos werden verschluckt. Auf den Hauptstraßen wird Salz gestreut.

Ihre Mutter ist die Frau, die einen Blick auf den gefrorenen See wirft, wenn sie ins Auto steigt. Sie fährt durch unvertraute Straßen. Sie stellt sich vor, die Straßen wären nicht miteinander verbunden, sie stellt überrascht fest, dass sie an der Schlittschuhbahn vorbeifährt. Scheinwerfer und Countrymusic aus den Lautsprechern, Schlittschuhläufer, die gegen den Uhrzeigersinn fahren. Manche tragen bunte Skianzüge, manche können rückwärtslaufen, sie hinterlassen handgeschriebene Wirbel auf dem Eis.

Sie fährt auf den zentralen Highway, ein paar Autos stehen verlassen am Straßenrand wie Schneehaufen. Sie biegt auf eine Landstraße ab, die noch nicht geräumt wurde und weiß ist wie ein Feld, sie muss sich an den Pfählen mit den geschwungenen Telefonleitungen orientieren.

Sie möchte, dass der Streit endet.

Es gab ein Zerwürfnis. Zwischen ihrer besten Freundin Nessa und ihr herrscht Funkstille. Haben sie die weite Reise nach Kanada gewagt, nur um einander auszuweichen? Sie gehen zu unterschiedlichen Friseuren, sie schlagen in Geschäften einen Bogen umeinander, winken nicht, reden nicht, sie haben sich zerstritten, obwohl sie so eng waren wie Schwestern.

Alles begann, als Nessa ihre jamaikanische Haushälterin nicht mehr bezahlte, weil diese angeblich nicht gut bügelte. Die Haushälterin besuchte Helens Mutter und bat sie, mit Nessa zu reden. Nessa rauschte zu Helens Mutter, um ihr zu sagen, sie solle sich nicht einmischen. Eines Nachmittags verunglimpfte die wutentbrannte Nessa das blaue Zimmer, dessen Einrichtung aus Birmingham stammte, als Müllhaufen – all diese Krüge, ehrlich, nur eine Bauernfrau stelle Krüge hin. Das Ende vom Lied war, dass Helens Mutter ihrer einzigen echten Freundin sagte, sie solle bleiben, wo der Pfeffer wächst.

Nichts schmerzt tiefer als eine in die Brüche gegangene Freundschaft.

Die weiße Landschaft ist bedeutungslos. Sie fährt durch den Schnee, um ihre Freundin zu besuchen, man kann das wieder in Ordnung bringen wie bei einer Ehe. Sie hat vor, schnurstracks in Nessas Landhaus zu gehen und um einen Drink zu bitten, und dann werden sie über die Sache lachen. Sie gibt Gas, um es über den Bahnübergang zu schaffen, aber das Auto hat seine Mühe. Auf den Gleisen drehen die Räder dann durch, es geht weder vor noch zurück.

Sie steigt aus und lässt die Tür offen.

In der Nähe steht ein Haus, Hunde bellen. Sie ist das Wandern nicht gewohnt, es fällt ihr leichter, Zimmer zu betreten. Man hat einen Weg vom Haus zur Straße freigeschaufelt, der schon wieder halb zugeschneit ist. Sie geht seitwärts, die Arme ausgebreitet, ihre Schuhe schlittern über das harte Eis. Sie bleibt stehen, um zu rufen. Da hetzen die Hunde heran, schwarz und bellend, nicht auf dem Weg, sondern direkt über die Schneeschanze, schlitternd und schnappend, der Speichel fliegt über ihren Rücken. Sie ist ein unbefleckter Pelz, kann nicht wegrennen.

Der Hundehalter tritt vor die Tür, er zieht gerade den Parka an. Er ruft die Hunde zurück. Sie zeigt zum Auto mit den rosa Auspuffgasen, das auf den Gleisen steht.

Muss mir Stiefel anziehen, sagt er. Muss auch Handschuhe anziehen, muss den Klondike holen.

Er hat zwei Bretter unter dem Arm, er kennt das, er kann anhand des Tutens abschätzen, wie weit der Zug entfernt ist. Er zieht einen Handschuh aus, um ihr zu zeigen, dass ihm ein Finger fehlt. Ein Freund hat einen Fuß verloren, ein anderer hustete den gefrorenen Kehlkopf aus. Er beginnt zu buddeln, drückt ihr die groben Bretter in die burgunderroten, dünnen Handschuhe. Sein Atem ist ein Motor. Er legt die Räder frei und tritt die Bretter darunter, weist sie an, wieder ins Auto zu steigen: Sie tragen keinen Hut, Lady.

Im Wegfahren hört sie hinter sich den Zug tuten. Als sie zu Hause anlangt, ist ihr Gesicht eine Maske, ihre Augenbrauen sind weiß, ihr blondes Haar gleicht kristallener Gaze. Sie parkt auf der Auffahrt. Es hat wieder zu schneien begonnen. Sie bleibt reglos hinter dem Steuer sitzen, starrt geradeaus, unfähig, die Tür zu öffnen und ins Haus zu gehen.

Ihre Gedanken sind wie gefroren. Sie ist in ihrem früheren Leben in Birmingham gefangen, in der Zeit vor diesem kanadischen Winter. Sie erinnert sich an die Stadt des Glücks, die Stadt ihrer besten Jahre, voller Singen und Lachen, nicht mit dem Alkohol knausern, Schuhe ins Feuer werfen, die Brüder jagen einander nachts über die Wiese, keinem geschieht ein Leid. Die Stadt der großen Freundschaft, bis Nessa in diese Stadt am See in Ontario auswanderte und alles nur noch Vergangenheit war. Die Stadt der tollen Zeiten wurde zur Stadt unerträglicher Einsamkeit, die Stadt des Nebels kroch die Treppe herauf, und vor der Tür standen Leute mit Flugblättern, England den Engländern lautete ihre Parole, sie warnten davor, Einwanderer könnten in das Viertel ziehen. Sie weiß noch, dass sie ihre Herkunft verleugnete und behauptete, aus London zu stammen.

Ist sie deshalb weggegangen? Hat ihre Familie gepackt und ist ihrer Freundin in die Zukunft gefolgt, als könnten sie ohne einander nicht leben? Und jetzt sind sie da, leben in Rufweite, und die Schneelandschaft dazwischen ist ganz still.

Nachdem sie nach Kanada ausgewandert ist, wurde Birmingham zur Stadt des Blutes. Die Eingeweide der Pubs wurden herausgeblasen, junge Menschen weinten und riefen um Hilfe. Man zählte die Kinder durch und telefonierte die ganze Nacht, Tage, Wochen danach, man las die Namen der Toten in den Zeitungen.

Der erste Sprengsatz explodierte in einer Bar, an der sie auf dem Weg in die Stadt oft mit dem Bus vorbeigefahren war. Sie hatte die jungen Leute hineingehen sehen, sie trugen die neueste Mode, Schlaghosen, hohe Stiefel, mit Fell gefütterte Jacken. Viele der Opfer klemmten unter Balken fest, die von der Wucht der Explosion abgerissen worden waren, manchen waren die Kleider auf dem Leib verbrannt. Vor der Explosion hatte es eine Warnung gegeben, nur leider viel zu spät. Der zweite Sprengsatz explodierte zehn Minuten später in einem Pub, das die Polizei gerade räumen wollte, die Bombe ging vor der Treppe hoch, gleich hinter dem Eingang. Einige Opfer wurden von der Druckwelle durch eine Backsteinmauer geschleudert, sie lagen angeblich alle auf einem Haufen. Überlebende erzählten von der Totenstille, die danach minutenlang geherrscht hatte, bis das Schreien und Weinen einsetzte, bis endlich Leute halfen und die Einsatzkräfte kamen. An jenem Abend gab es einundzwanzig Tote und einhundertachtzig Verletzte.

Die Welt bestand nur aus Distanz.

Sie hinterließ Nachrichten, neben dem Münzfernsprecher in Helens damaligem Londoner Mietshaus klebten Zettel: Ruf deine Mutter an. Sie durchforstete die Zeitungen, manche Namen waren irisch, manche Gesichter wirkten vertraut, es hätten wir sein können. Sie sah die Bilder im Fernsehen, man transportierte die Verletzten ab, auf den Fotos wirkte ihr Blut pechschwarz.

Inzwischen liegt der Schnee dick auf der Windschutzscheibe. Sie steigt aus dem Auto und geht die Stufen zur Veranda hinauf. Die Hitze im Haus entlockt ihr ein Stöhnen. Sie steht in der Diele, als würde sie sich nicht zurechtfinden. Ist sie im falschen Haus, im falschen Land, bei der falschen Familie? Man hebelt die Schuhe von ihren Füßen, als wären sie aus Porzellan. Man schält die dünnen Lederhandschuhe ab, bläst warmen Familienatem auf ihre burgunderroten Hände. Man setzt sie dicht vor den Ofen, sie starrt in die Flammen, ihr ist so kalt, dass sie nicht sprechen kann. Man setzt ihr ein Glas Brandy an die Lippen, nur ein Tröpfchen, damit sie wieder auftaut.

Vor dem Haus saß ein Mann im Auto. Die Mädchen wollten wissen, was er den ganzen Tag dort tat, er starrte geradeaus, als würde er träumen, hatte nicht mal das Radio an, schaute hin und wieder zu den Fenstern des Hauses. Worauf wartete er, und warum weigerte ich mich, an die Tür zu gehen?

Ich war oben und las ein Buch über die ersten Australier, über die Routen in der öden Landschaft, die sie mit Hilfe von Liedern kartiert hatten. Man könnte meinen, dort gäbe es keine Orientierungspunkte, aber sie kannten jeden einzelnen Felsen, jeden Knochen, jede Schlangenhaut, die schwarzen Spuren früherer Feuer. Sie fanden den Weg, indem sie eine Liste von Zeichen sangen, eine uralte Überlieferung, und ich dachte, so ähnlich ist das mit den Leuten, die im Westen Irlands noch die Schattensprache benutzen, sie kennen zu jedem Felsen eine Geschichte, sie konnten sich nach Hause erzählen.

Helen telefonierte lachend. Ihre Mutter erzählte ihr lustige Geschichten über Kanada. Beim Zuhören konnte ich vergessen, dass draußen ein Mann auf mich wartete. Es war, als könnte ihre Stimme das Haus hochheben und uns alle nach Kanada verpflanzen. Es machte mich optimistisch. Ich begann zu glauben, dass es einen Ausweg geben könnte.

Ich schaute aus dem Fenster. Der Mann im Auto war fort. Sein Verschwinden war eine Erleichterung, wie das Ende eines Regens. Ich nutzte die Gelegenheit für einen Spaziergang. Ich überquerte das Gelände einer Mädchenschule, deren Hockeyfeld beleuchtet war, dort hatten die Schüler geschrieben: Miss Foley hat einen Schwanz. Ich ging den ganzen Weg bis zum Golfplatz, dort hatte man ein Problem mit den Kaninchen, das Clubhaus bot einen Blick auf die Berge, ein paar Leute standen an der Bar, es war mollig warm.

Auf dem Rückweg kam ich durch eine Straße, in der die Vorgärten weder Mauern noch Zäune hatten. Keine Tore, dafür eine offene Auffahrt für jeweils zwei Autos. Einstöckige Häuser in ungewöhnlicher Bauweise, Holzverschalungen über dem Backstein, die Haustür an der Seite, Fenster ohne Vorhänge. Man konnte direkt in die Wohnzimmer schauen, die Lampen brannten, es war den Leuten egal, dass man sie von draußen sehen konnte.

Das gab mir das Gefühl, in Kanada zu sein. Während ich an

diesen Häusern vorbeiging und die warmen Räume betrachtete, fühlte ich mich sicher. Ich befand mich in der Stadt am Lake Huron, wo Helens Familie lebte. Ich musste bloß bis zum Salzbergwerk gehen, wo man das riesige Schiff belud, dort war es Tag, die Sonne ging zweimal unter. Das rote Licht auf dem Wasser würde den schmucklosen Rumpf des Schiffes in ein leuchtendes Kupferrot tauchen, die Röhren, die das Salz an Bord beförderten, in ein helles Rosa. Dann über die Eisenbahngleise zur Holzbrücke und zur Mündung des Flusses, man hätte auch vor tausend Jahren leben können.

Ich passierte die Ansammlung von Läden, und als ich um die Ecke bog, sah ich die Lichter in unserem Haus. Es wirkte warm und einladend, aber dann stellte ich fest, dass der Mann zurück war. Er stand plötzlich vor mir. Offenbar hatte er sein Auto versteckt und in der Hecke verborgen auf mich gewartet. Als ich das Tor erreichte, stand er vor mir und nannte meinen Namen. Er bat mich, diesen zu bestätigen. Er drückte mir ein amtliches Schreiben in die Hand. Entschuldigte sich dafür, mich erschreckt zu haben. Er sei verpflichtet, mir dies persönlich zu übergeben, sagte er.

Ich lernte viele Gläubiger kennen.

Manche waren höflich, verständnisvoll, aber unnachgiebig. Andere waren kalt und teilnahmslos, begriffen aber, dass sie nur ihre Zeit vergeudeten, weil es bei uns nichts zu holen gab. Da Helen so viel unterrichtete und das Café führte, übernahm ich die Verwaltung der Schulden. Ich lernte viel über den Menschen an sich, denn Geld brachte den wahren Charakter zum Vorschein. Manche musste man meiden, andere wollten bloß, dass man ihnen zuhörte. Ich bot ihnen meist Kaffee und Kuchen an. Einige wurden schnell laut, was peinlich für Helen war, und ich ging dazu über, sie im Büro zu empfangen. Im Laufe eines Vormittags konnte ich zuerst vom Haken gelassen und danach gehetzt und ausgequetscht werden. Häufig ging es gar nicht sosehr um die Höhe der Schulden, sondern um die menschliche Interaktion, ein Blick in die Augen, die Gesten, die Formulierungen: Reden Sie nicht um den heißen Brei herum.

So erfuhr ich viel über meine Stellung in der Welt.

Die Kaffeemaschine sorgte für die erste schwere Krise. Eines Tages saßen zwei Brüder im Café, sie gaben mir eine Frist bis zum Ende der Geschäftszeit, dann würden sie die Maschine mitnehmen, wenn ich nicht bar bezahlte. Sie waren hundertprozentig im Recht, nur hatte ich keine Ahnung, woher ich das Geld nehmen sollte. Die Kaffeegroßhandelsbrüder. Schwer zu sagen, wer der Ältere war. Ich erklärte ihnen, die Finanzen seien bald geregelt, wir würden uns um ein weiteres Darlehen bemühen, aber das interessierte sie nicht. Sie wechselten immer wieder Blicke, wäre ich mit einem allein gewesen, dann hätte der vielleicht Nachsicht gezeigt, aber zu zweit blieben sie knallhart.

Mir fiel nichts anderes ein, als das Auto zu verkaufen. Ich saugte eine Stunde die Rücksitze, sprühte alles ein, damit das Innere wie neu roch. Ich fuhr von Werkstatt zu Werkstatt und versuchte, einen guten Preis zu ergattern. Man witterte meine Verzweiflung und bot deshalb nicht viel. Sie nehmen einen gigantischen Verlust in Kauf, meinte einer. Es war ein gutes italienisches Auto, weiß, verchromte Zierleisten, mit allem Drum und Dran, grün getönte Scheiben inklusive. Wir hatten damit ein paar tolle Ausflüge nach West Clare gemacht, die Felsen waren blau, die Seevögel silbern, der Schaum am Strand türkisfarbig, alles wurde durch die getönten Scheiben überhöht, unser Land wirkte wie im Kino, fast wie Italien.

Welche Wahl blieb mir? Ich stimmte einem halbwegs passablen Preis zu und übergab den Wagen. Es war schon sonderbar, sich zu verkleinern. Ich tauschte unseren achtbaren Wagen gegen ein winziges, hellgrünes japanisches Auto.

So schnell konnte man absteigen. Die Leute sahen mich in einem Schrotthaufen vorfahren, die Scheiben waren beschlagen, denn die Dichtungen waren hin, dort hatte sich grünes Moos gebildet, die Heizung war kaputt. Man wollte wissen, wo das schöne italienische Auto geblieben war. Ich antwortete scherzhaft, das sei bloß ein Statussymbol gewesen, wir wollten uns verkleinern, das Ersatzauto sei viel ökologischer und sparsamer. Rosie und Essie entdeckten ein Loch im Fußboden, sie konnten unten die Straße vorbeisausen sehen. Das Auto hinterließ einen schwarzen Ölfleck auf der Auffahrt. Mir war anfangs nicht aufgefallen, dass sich die Beifahrertür nicht von innen öffnen ließ, ich musste jedes Mal um das Auto gehen, um Helen ein- und aussteigen zu lassen.

Immerhin blieb uns die Kaffeemaschine.

Wir diskutierten mit dem Investor über die Zukunft des Unternehmens, trafen uns ein weiteres Mal mit dem Anwalt im Büro. Wir hinkten bei den Raten hinterher. Ebenso bei der Miete. Helen war es am wichtigsten, die Angestellten bezahlen zu können. Bei diesem Termin machte ich einen kläglichen Eindruck. Ich war zu stürmisch, schoss über das Ziel hinaus, als wäre das Unternehmen ein Roman. Ich beschrieb ein Hirngespinst, weitere Darlehen, weitere große Investitionen.

Ich hatte meistens das Gefühl, zu zerfallen. Ich wollte schlafen und nie wieder aufwachen. Ich starrte jeden Abend den

Leuchtturm durch das Fenster an, die einzige Atempause während des Amoklaufs meiner Fantasie.

Helen blieb guter Dinge.

Allein das neue Baby zählte. Wir mussten ja von etwas leben. Sie musste sich ein Umstandskleid kaufen. Die Mädchen rannten im Kaufhaus herum, versteckten sich zwischen den Regalen mit Damenbekleidung. Essie ließ einen Ständer kreisen, bis der Schmuck in alle Richtungen flog, die Verkäuferin erschien, um ihn aufzusammeln, sie wollte wissen, ob es meine Kinder seien oder ob ich nur zuschaute. Wir mussten etwas essen. Scampi und Pommes. Sie lächelten das Essen an, als es serviert wurde, das Essen erwiderte ihr Lächeln. Genau das hatte Helen immer zu essen bekommen, bevor sie wieder ins Internat musste, sie schaffte es nie ganz, träumte später von dem, was noch auf dem Teller lag, die nicht gegessenen Scampi.

Eines Abends klingelte es an der Haustür. Eine Frau stand unter dem Vordach, ihre Miene war besorgt. Ich dachte, sie hätte einen Unfall auf der Straße vor unserem Haus gehabt. Es war die Frau des Investors, Marie Delaney. Ich war sehr überrascht, dass er verheiratet war, auf mich hatte er nie so gewirkt, als hätte er ein Familienleben. Die Mädchen schliefen schon. Helen war bei der Arbeit. Ich las einen Roman über einen Mann, der in Amerika mit seiner Familie im Auto sitzt, er findet das Rot des Sonnenuntergangs irgendwie verdächtig, es könnte an der Luftverschmutzung liegen, dann kehrt er heim und denkt über Hitler nach.

Ich bat sie herein. Ich bot ihr Tee an. Sie wollte sich nicht setzen. Sie stand im Flur, die Hand auf den Treppenpfosten gelegt, und starrte mich eine Weile stumm an. Ihr Akzent verriet, dass sie aus Belfast stammte.

Sie wussten es, sagte sie.

Genau das haben die Leute nach dem Krieg zu ihren Eltern gesagt, dachte ich. Sie meinte ihren Mann, Maurice. Man hatte ihn in Paris in Begleitung einer anderen Frau aus einem Hotel kommen sehen, überall gab es irische Augen, es wurde ihr brühwarm von einer Nachbarin erzählt. Sie wollte wissen, was da lief, ihre Fragen verrieten, wie ahnungslos sie war.

Wo wohnt sie?

Wer?

Sie wissen, wen ich meine, seien Sie kein Arschloch.

Martina, sagte ich.

Wie lautet ihre Adresse?

Ich sei nur einmal bei ihr gewesen, erklärte ich, sie lebe in einem Wohnblock in der Nähe des Krankenhauses.

Geben Sie mir ihre Telefonnummer?

Die habe ich nicht, sagte ich.

Wie sieht sie aus?

Ich wusste nur Gutes über Martina zu berichten. Sie war eine tolle Sängerin, sie hatte eine wunderbare Art, mit Kindern zu reden: So einen kratzigen, alten Wollpullover will man nicht tragen, der fühlt sich an, als hätte man ein Schaf um den Hals. Mit Erwachsenen redete sie genauso: Unfassbar, sie wollen wirklich, dass du Tag und Nacht schuftest. Sie verwandelte jeden in ein Kind. Sie war sehr treu, sie schenkte Helen viel Ermutigung.

All das behielt ich für mich. Jedes Wort hätte belastend sein können. Was ich nicht sagte, belastete sie aber auch.

Schauen Sie, meinte ich, die Sache hat mit mir nichts zu tun.

Ich will die Wahrheit wissen, sagte sie.

Da bin ich der Falsche, erwiderte ich.

Sie stand kurz davor, in Tränen auszubrechen. Sie wollte wissen, wie Martinas Wohnung aussehe, ich antwortete, sie sei nicht übel, adäquat war das einzige Wort, das mir einfiel.

Warum lügen alle?

Das Leugnen gehört nicht zu meinen Stärken. Ich wollte meine Unschuld beteuern, ihr erzählen, ich hätte nicht gewusst, dass ihr Mann sie betrog. Sie griff in meine Gedanken und holte ein komplettes Geständnis heraus. Ich ertappte mich bei dem Hinweis, Martinas Wohnung blicke auf die Rückseite des Krankenhauses, man könne die Kirche aus dem Küchenfenster sehen.

Sie hatte die Arme vor der Brust verschränkt.

Ich versuchte, die Wohnung schlimmer darzustellen, als sie war. Meine störrische Fantasie wollte partout nicht ins Schlafzimmer, also lenkte ich sie durch den Flur in das Wohnzimmer mit der Gitarre, der Staffelei mit dem halb fertigen Gemälde, überall Sachen, ein langes Ledersofa, ziemlich abgewetzt, mit einem Teppich darauf. Das kleine Schlafzimmer von Martinas Sohn, er hieß José, auf seiner Tür standen die Namen seiner Schulfreunde und auch unsere wie Graffiti.

Auf Josés Fensterbank stehen Hunderte von Soldaten, erzählte ich, und seine Mutter ist Pazifistin.

War das ein Witz?

Marie konnte ein abschätziges Lächeln nicht unterdrücken, verkniff es sich aber sofort wieder, wollte mehr erfahren.

Im Bad gab es keine Wanne, sondern nur eine Dusche. Der Duschkopf fiel immer wieder ab, Martina bat mich, ihn zu reparieren, als wir sie besuchten, sie plauderte mit Helen im Wohnzimmer. Rosie und Essie spielten mit José in dessen Zimmer auf dem Fußboden. Die Badezimmerkacheln hatten einen Riss, verursacht durch den gegen die Wand knallenden Türgriff, der Duschkopf war rasch repariert.

Wir wussten nicht, dass er noch verheiratet ist, sagte ich.

An diesem Punkt wurde ihr schlecht.

Sie weinte und hustete gleichzeitig. Sie klammerte sich mit einer Hand an das Geländer, presste die andere auf ihren Mund.

Bitte entschuldigen Sie, sagte ich.

Ich hatte den Impuls, die Speischüssel zu holen. Sie hatte während der letzten sieben Tage nur ein oder zwei Croissants gegessen, mehr nicht, und jede Menge Kaffee getrunken. Ihre rote Jacke wurde nur von einer farblosen Flüssigkeit befleckt, sie weinte noch lauter, versuchte erst gar nicht, die Tränen einzudämmen, die über ihr Gesicht liefen. Ich rollte Haushaltspapier ab und wollte es ihr in die Hand drücken, ich begann, ihre Jacke abzuwischen.

Warum hat mir niemand was gesagt?

Ihre Knie gaben nach. Ich beugte mich vor, um sie aufzufangen. Ich roch ihr Parfüm, vermischt mit dem Geruch von Erbrochenem und weiblichem Schweiß, es roch wie ein Fotokopierer, dachte ich. Ihre Jacke war falsch zugeknöpft, fiel mir auf. Sie hatte die Haare hastig zu einem Pferdeschwanz gebunden. Sie hatte sich nicht geschminkt. Ich brachte sie dazu, sich unten auf die Treppe zu setzen. Ich hätte sie gern manches gefragt, woher sie stammte, nach ihrer Familie, wie lange sie schon verheiratet war, ob sie Kinder hatten, aber das kam mir alles zu persönlich vor. Dann erschien ein Nachbar in der Tür, denn ihr Auto stand gefährlich schief auf der Straße, die Handbremse war nicht angezogen, das Licht war noch an, irgendwann wäre die Batterie leer.

Knapp bei Kasse zu sein heißt auf Gälisch, nackt zu sein. Derjenige, der Geld gibt, setzt sozusagen auf die mittellose Person, die die Hose runterlassen muss. In der Sprache meiner Mutter heißt es, dass man Geld schuldet – im Deutschen lädt man Schuld auf sich. Auf Englisch ist man verpflichtet, gebunden, verantwortlich, belastet, säumig. In der Sprache der Straße waren wir Tausende säumig.

Wir waren nackt und schuldig und voller Scham.

Ich musste mich mit jedem einzelnen Gläubiger auseinandersetzen. Ihm die Situation erklären. Einen Vorschlag machen. Wenn es keine finanzielle Lösung gab, ging ich nach Hause und hielt in meinem Tagebuch fest, was sich zugetragen hatte, die Namen, was sie gesagt, was sie angehabt hatten, den Gesichtsausdruck. Nur so konnte ich mich von diesem Zustand, nackt zu sein, befreien. Ich schrieb mir die Gläubiger vom Hals. Am nächsten Tag kamen sie unweigerlich wieder.

Ein Mann erschien, um die Wasserspender abzubauen. Die Frauen hatten die Erfrischung nach den Yogastunden geliebt, denn in manchen Kursen gab es viel Aerobic und Jazztanz, was für viel Hitze und Ausdünstungen sorgte, und sie konnten ja nicht alle ins Café eilen und um Wasser bitten. Neben jeder Maschine stand ein Mülleimer, in dem sich benutzte weiße Becher türmten, manche mit Lippenstiftspuren.

Ich versuchte, den Mann zu überreden, uns noch etwas Zeit zu geben, ich würde ihm das Geld mit der Post schicken. Er wirkte freundlich, sein Akzent verriet, dass er aus der gleichen Gegend stammte wie Martina. Mir kam der Gedanke, ihn zu fragen, ob er sie kenne, aber das hätte wohl nichts gebracht. Er breitete die Arme aus und sagte: Tut mir leid, man hat mir aufgetragen, die Automaten abzuholen. Ich bot ihm einen Kaffee an, doch er hatte keine Zeit. Ich trat zurück, damit er weitermachen konnte.

Aus irgendeinem Grund fluchte ich auf Gälisch: Dann nimm die Scheißdinger doch mit, sagte ich, und möge dein Schwanz immer schlapp sein.

Ich hatte nicht erwartet, dass er mich verstand oder auch nur zuhörte, doch er musste schallend lachen. Er war nicht im Geringsten beleidigt. Am Ende kamen wir ins Gespräch, zwei Schatten-Menschen neben dem Wasserspender, er erzählte, er spiele Akkordeon. Frauen erschienen in Leggings, um sich Wasser zu holen, ihr Hals glänzte vor Schweiß, wir unterhielten uns über den besten Akkordeonspieler, den es auf Erden je gegeben hatte und der nach Amerika ausgewandert war.

Er beschloss, die Wasserspender stehen zu lassen. Er bat mich, ihn auf den Parkplatz zu begleiten. Er öffnete die Hecktür seines Transporters, er war mit Wasserspendern, Wasserschläuchen und anderen Dingen beladen. Er sprang hinein, griff nach einem Kasten und holte sein Akkordeon heraus. Auf dem Tritt vor der Hecktür sitzend begann er, in die Tasten zu hauen. Er wollte eine Melodie spielen, die er vor kurzem aufgeschnappt hatte. Er meinte, dieser Reel sei in einem Schattenort an der Grenze zwischen Cork und Kerry entstanden.

Der Klempner war ein härterer Brocken. Er war ein Bär von einem Mann und hätte mich packen können, als wäre ich ein Stück Seife. Er hatte die Duschen repariert. Bislang war er nur für die Materialien bezahlt worden, und seine Arbeit konnte er schlecht wieder einkassieren. Er stand im Duschraum und unterstellte mir, ihn beauftragt zu haben, obwohl wir pleite gewesen seien. Ich entschuldigte mich und sagte, das stimme nicht, ich bedankte mich für seine exzellente Arbeit und ergänzte, ich habe ihn nur deshalb nicht bezahlen können, weil wir dringend die Hintertür reparieren lassen mussten, es sei eingebrochen worden, viel habe man nicht geklaut, aber ein ziemliches Chaos angerichtet.

Zwei Frauen, in weiße Handtücher gehüllt, verließen die Sauna. Sie nahmen kaum Notiz von uns und plauderten weiter, während sie in den Duschen verschwanden. Er hatte nur Augen für die Kacheln, den Mörtel, die Silikondichtungen und schien sich zu freuen, als das Wasser sprudelte. Er war glücklich über seine Arbeit. Weitere Frauen kamen herein, ich hatte den Eindruck, dass ich in Gegenwart des Klempners unsichtbar für sie war. Schließlich begriff er, dass sie sich umziehen wollten, er warf noch einen gequälten Blick auf seine Arbeit, dann kehrte er ihr den Rücken zu. Ich gab ihm, so viel ich konnte, und er ging zufrieden.

Eines Tages erschien eine Frau, um Geld für Kuchen und Gebäck einzutreiben. Ich konnte nur die Hälfte zahlen, aber sie meinte, das sei in Ordnung. Sie wusste offenbar, dass wir kämpfen mussten, die Leute redeten über uns. Sie nahm das Geld und fragte, ob ich irgendwelche Extras bestellen wolle, sie könne einen neuen Kuchen mit Bananen und Toffee empfehlen. Wir hätten die perfekte Geschäftskombination, meinte sie, Yoga und Kuchen. Sie hatte einen hübschen gälischen Namen, nur klang er nach einem Wort in der Sprache meiner Mutter, das bedeutete, dass man es eilig hatte, und als ich mich bedankte und ihren Namen aussprach, hörte es sich so an, als wollte ich sie rasch loswerden.

Die Leute taten mir oft leid, denn sie kamen von weit her, suchten überall nach einem Parkplatz, nur um zu erfahren, dass es hinter dem Gebäude einen gab, und wozu die Mühe? Für eine

Tasse Kaffee. Manche waren enttäuscht. Erbost. Betrübt. Vielleicht färbte meine Traurigkeit auf sie ab, und sie zogen es vor zu gehen, weil es nicht schön war, Geld aus einem Geschäft zu quetschen, das nichts abwarf. Sie gingen häufig, ohne viel diskutiert zu haben, und erklärten, wiederkommen zu wollen. Der Vertreter der Glaserei, die die mannshohen Spiegel angebracht hatte, sagte, er komme wieder, sobald der Laden besser laufe.

Einige lachten, während sie mir den Boden unter den Füßen wegzogen. Andere bemitleideten mich und gaben dem Land, in dem wir lebten, die Schuld. Sie nutzten die Gelegenheit, um gegen die Regierung zu wettern, die Wirtschaft, die Geschichte, die uns prägte, die Schulen, die Insel, das Wetter. Manchen war es peinlich, und sie sagten, es sei nicht persönlich gemeint. Manche versuchten, mich zu trösten, und es zeigte sich, dass die Melancholie der beste Verbündete aller Missgeschicke auf der Welt ist. Hätte ich ihnen kein Geld geschuldet, dann hätte ich vorgeschlagen, mit ihnen einen trinken zu gehen. Ich fühlte mich ihnen nicht ebenbürtig, mein Lächeln war eine Lüge, ich hatte nicht das Recht, großzügig zu sein. Hatte nicht das Recht, mit ihnen zu reden oder eine Meinung zu äußern, solange dieses Ungleichgewicht bestand. Ich konnte ihnen nicht in die Augen schauen.

Es kam mir so vor, als ginge es weniger darum, finanzielle Rechenschaft abzulegen, sondern eher um eine grundlegende Rechtfertigung als Mensch. Sie, die Gläubiger, waren gekommen, um das Glück zurückzufordern, das ich dem Leben abgeknapst hatte. Was wir der Welt schuldeten. Unsere Träume waren die Sünder. Oh, wie nackt und säumig und schuldig wir geworden waren! Ich entkam den Bildern vom Paradies und der Vertreibung nicht, mit denen ich aufgewachsen war. Es ging um meine Extravaganz, mein flatterndes weißes Hemd, die verschwenderische Liebe, mit der ich mich in dieses Familienunternehmen gestürzt hatte. Man forderte Vergeltung. Jedes Lächeln, jedes Lachen und jede Liebesbekundung mussten zurückgezahlt werden.

Eines Tages bat mich der Mann, der das Neonschild installiert hatte, in sein Büro. Es befand sich in der Stadt. An dem Platz, an dem auch meine frühere Schule stand, in der Nähe des Garden of Remembrance, mit Blick auf das Krankenhaus, in dem Essie zur Welt gekommen war. Als ich das Auto in der Gegend parkte, erfüllten mich verquere Gefühle, von Entsetzen bis zu purem Glück.

Ich war überrascht, so freundlich empfangen zu werden. Er bat mich, Platz zu nehmen, seine Sekretärin kochte einen Tee und brachte einen Teller mit Schokofingern. Er kam kurz auf die ausstehende Rechnung zu sprechen, und ich entschuldigte mich mehrmals, aber damit schien die Sache vorerst abgehakt zu sein.

Die Welt wimmelt von Leuten, die sich entschuldigen, sagte er.

Ich kapierte nicht ganz, warum er mich hatte kommen lassen, wenn er mich so leicht vom Haken ließ.

Ich zuckte oft mit den Schultern.

Er war jüdischer Herkunft. Seine Mutter stammte aus Litauen, er war in Toronto aufgewachsen. Er hatte eine Irin aus Limerick geheiratet und war nach Dublin gezogen, sie war Anwältin, auf seinem Tisch stand ein Foto, das sie mit drei Kindern zeigte. Er wirkte athletisch, war ein Läufer. Helen war ihm begegnet, als er über den Pier gelaufen war, den ältesten Sohn im

Buggy vor sich herschiebend. Der Junge war von Geburt an behindert, er litt an schrecklichen Anfällen. Sie mussten ihn oft festhalten, bis es wieder abflaute. Irgendjemand erzählte mir, man könne ihn nachts mit dem Buggy durch die Stadt laufen sehen, über die Kais und bis in den Phoenix Park.

Er wollte wissen, ob ich Gitarre spielte.

Nein, sagte ich, nur ein bisschen.

Er erkundigte sich nach der Zahl meiner Kinder, ich sagte, ich hätte zwei Mädchen, ein drittes Kind sei unterwegs. Er zeigte auf das Foto seiner Kinder und sagte, sein ältester Sohn sei zwölf, und er müsse sich einer Operation zur Begradigung der Wirbelsäule unterziehen, und sie müssten das in Toronto machen lassen. Diesen Worten entnahm ich, dass er das Geld brauchte. Doch er erwähnte die Schulden nicht. Stattdessen unterhielten wir uns über Kinder und verglichen, was sie plapperten, er erzählte, seine fünfjährige Tochter laufe ständig durchs Haus und sage, alles sei bahnbrechend.

Er lehnte sich auf seinem Drehstuhl zurück und fragte mich, wie weit ich gehen würde, um meine Familie zu beschützen.

Ich lächelte.

Sonderbare Frage, dachte ich.

Er wollte wissen, ob ich für meine Familie sterben würde.

Ich bin ein ganz normaler Vater, antwortete ich.

Sein kanadischer Akzent gefiel mir. Er sprach schnell und hatte keine Geduld für Smalltalk, fragte direkt und verlangte direkte Antworten. Ich bewunderte seine Gabe, die Sprache zu entschlacken, er schwadronierte oder schmeichelte nicht, er konnte eine Frage stellen und im gleichen Atemzug beantworten. Er sprach für sein Gegenüber, wenn es ein Problem gab oder wenn man zögerte.

Er wollte wissen, ob ich bereit wäre, für meine Familie zu töten. Das vermochte ich nicht zu beantworten, doch er drängte mich weiter, ließ nicht locker. Sie müssen doch eine Meinung haben, sagte er. In seinen Augen hätte ich das Recht, jeden zu töten, der es auf meine Lieben abgesehen habe, das rechtfertige allein schon die Geschichte meines Landes. Welches Land?, dachte ich. Kein Land, dem ich mich zugehörig fühlte, lieferte die Rechtfertigung für einen Mord. Das stürzte mich in einen Strudel der Unsicherheit, ich wusste keine Antwort, schüttelte den Kopf.

Würden Sie zur Waffe greifen?

Niemals, so weit würde ich nicht gehen, sagte ich.

Niemals?

Außer, man würde mich provozieren.

Wir lachten beide.

Dabei hätten wir es belassen können. Doch er verfolgte das Thema weiter, als könnte eine solche Situation bald eintreten, als müsste man auf ein so fatales Dilemma vorbereitet sein. Würde ich töten, um meine Familie zu verteidigen?

Nein, sagte ich.

Sie lügen.

Bevor ich jemanden töte, würde ich es vorziehen, mich und die meinen umbringen zu lassen.

Ich glaube Ihnen nicht, sagte er.

Es gab keine Antwort. Es war eine dieser kryptischen Fragen, die man besser den Philosophen überließ, wie die nach der Zahl der Engel, die auf einer Nadel tanzen können. Man konnte das eigene Verhalten unmöglich vorhersagen.

Was würde John Lennon tun?

Der ist tot.

Nein, im Ernst, sagte ich, glauben Sie wirklich, John Lennon hätte seinen Mörder umgebracht, um seine Haut zu retten?

Er holte eine Gitarre hinter dem Schreibtisch hervor und begann, sie zu stimmen. Eine schöne Gitarre, ich kannte Leute, die ihren rechten Arm dafür gegeben hätten. Er verzog den Mund, während er spielte. Er biss auf seine Unterlippe, atmete schwer. Es war ein Song, den jeder kannte: *Imagine*. Einfach, alle Anfänger spielten ihn. Sogar ich hatte ihn nach langer Zeit gemeistert. Ich schaute zu, wie er sich bemühte. Er kannte die Abfolge der Akkorde, er kannte den Text, aber es haperte mit dem Timing, er setzte zu früh ein, sein Fuß tappte einen ganz anderen Takt. Er fragte, ob ich ihm helfen könne. Er reichte die Gitarre über den Schreibtisch, und ich unternahm einen Versuch. Doch ich spielte nicht besser, ich bekam es auch nicht richtig hin. Ich war mir sicher, gelernt zu haben, wie es ging, aber das Wissen war irgendwie verpufft. Ich zählte die Takte, aber es klappte nicht. Ich gab ihm die Gitarre zurück. Wir lachten. Es mangelte uns beiden an Rhythmusgefühl.

Ich war spät dran, als ich die Kinder abholte. Ich hatte das Gefühl, verfolgt zu werden, und schaute immer wieder über die Schulter. Ich hatte es so eilig, zur Schule zu kommen, dass die Leute auf der Straße vermutlich den Eindruck hatten, ich wäre vor jemandem auf der Flucht. Als ich endlich ankam, waren sie die letzten Schülerinnen, die noch da waren.

Wie sich herausstellte, wurde ich tatsächlich verfolgt. Am nächsten Tag holte mich ein Mann ein, dem wir eine hohe Summe für die Installation der Belüftungsrohre in den Decken der Yogaräume schuldeten: Glauben Sie, Sie wären unsichtbar?

Ich war nicht nur am Meer spazieren gegangen, um ihm aus dem Weg zu gehen. Ich fühlte mich nicht wohl, ich kaute wieder auf Granit herum. Das Herumlaufen war die einzige Möglichkeit, dieses Gefühl abzuschütteln. Ich musste in Bewegung bleiben, erinnerte mich dabei an ein Buch, das Rosie und Essie besaßen. In einer Geschichte schlägt ein Junge zwei Krähen mit einem Stock die Zähne aus, darum sind Vögel zahnlos. Ich wäre meine auch gern losgeworden, wollte einen Mund wie eine Krähe haben.

Der Belüftungs-Mann grinste breit, als er mich mit gesenktem Kopf vor der alten Badeanstalt erwischte. Der Scheck, den ich ihm geschickt hatte, war von der Bank nicht akzeptiert worden, weil er ihn zwei Monate hatte liegen lassen, und da war uns das Geld schon ausgegangen. Die Belüftungsrohre waren sowieso nutzlos, sie verschlimmerten die Sache mit den beschlagenen Spiegeln sogar. Helen musste einen dieser langstieligen Wischer besorgen, um sie putzen zu können. Er meinte, das habe nichts mit seinem System zu tun, es funktioniere in allen Büros, in zig Kirchen, wo viele Leute husteten, in schweißgeschwängerten Tanzhallen und feuchten Kellerrestaurants überall in der Stadt, die Liste seiner Referenzen sei länger als sein Arm, erklärte er.

Ich gab ihm einen zweiten Scheck und riet ihm, ihn dieses Mal sofort einzulösen. Er studierte den Scheck, er musterte mich, er betrachtete die Ruine der Badeanstalt. Er könne nur hoffen, dass er gedeckt sei, meinte er, andernfalls werde er mir bis in alle Ewigkeit im Nacken sitzen, und er werde mich finden, selbst wenn ich mich mit den Ratten in den Becken verkröche, in denen man früher in Seetang gebadet habe.

Manche waren sogar noch aggressiver.

Wir konnten es ihnen kaum verdenken.

Der Mann, der die Lautsprecheranlange unter den Decken der Yogaräume installiert hatte, sagte, er werde keine weiteren Nachrichten hinterlassen. Er drängte sich mit der Leiter an mir vorbei und montierte alles wieder ab. Er stieg über die Frauen, die auf dem Fußboden lagen. Sie waren gerade mitten in einer Yogastunde, zwei Dutzend Beine ragten in die Luft, als die Plätschermusik abrupt verstummte. Helen erklärte ihnen, es gebe da ein Problem mit dem Schaltkreis, sie fuhr fort, als wäre nichts passiert, beschrieb tropische Strände, durch Vorhänge fallendes Licht, Megalithgräber. Ich musste abends als Ersatz die billigen gebrauchten Lautsprecher montieren.

Einem anderen Mann platzte endgültig der Kragen, er bedrohte mich und fragte, ob ich wisse, was in Belfast mit den Knien der Leute passiert sei. Er hatte rote Haare und einen schwarzen Bart, und ich dachte, er ist ein Widerspruch in sich, zwei Menschen in einer Person, genau wie ich. Wir schuldeten ihm eine kleine Summe für die Asphaltierung des Parkplatzes, ich hatte ihm zwei Drittel gegeben und gesagt, er bekomme den Rest wie vereinbart nach getaner Arbeit. Er habe Freunde, sagte er. Das konnte ich nicht ignorieren.

Je geringer die Schulden, desto größer der Ärger. Manche versuchten, das Geld von Helen zu bekommen, und danach kamen sie mit doppelter Wucht auf mich zu. Sie kreuzten sogar bei uns zu Hause auf, manche wurden bezahlt, manche gingen mit ehernen Versprechen, einer beschimpfte mich als Mistkerl, einer erschien mit einem Terrier, der in der Tür bellte.

Einer seufzte bloß, als ich ihm erzählte, nicht mal das Geld zu haben, um Sandwiches für die Schulpausen zu kaufen.

Ist ja zum Heulen, entgegnete er.

Ich hatte keine Ahnung, wie er das meinte. Zum Heulen? Er wandte sich ab und spuckte hinter sich aus. In seiner Gestensprache war das vielleicht ein Zeichen für Ekel, aber bei meiner Mutter bedeutete es, dass er einen schlechten Geschmack im Mund hatte, und im Gälischen, dass er den Abstand zwischen sich und dem Rosmarinstrauch messen wollte.

Das größte Problem bestand darin, dass ich nicht einschätzen konnte, wie sie gestrickt waren. Ich wusste nichts über ihre Familien, ihre Mütter, ihren Hintergrund, ihr Privatleben. Ich wusste nur, wie sie hießen, was ich ihnen schuldete, wie hoch ihre Forderungen waren. In manchen Fällen fand ich heraus, dass einer gern segelte oder Rugby spielte, Dinge, in denen ich mich nicht auskannte. Einer sprach über Golf, als wäre der Sport ein Quell der Weisheit. Einer, dem wir Geld für Teile der Büroausstattung schuldeten, redete wie ein Priester und sagte, es sei moralisch unverzeihlich, auch nur eine Schachtel mit unbezahlten Heftklammern zu besitzen, ich liefe Gefahr, meine Seele zu verlieren.

Eines Abends klingelte es wieder an der Tür, aber das waren nur zwei Angehörige der Heiligen der Letzten Tage, die mir eine Broschüre in die Hand drückten.

An einem anderen Abend klingelte es auch, doch als ich die Tür öffnete, war niemand da. Ich bildete mir Geräusche ein, erfand Gläubiger, die gar nicht existierten.

Die exponierte Lage des Hauses und die steil abfallende Zufahrt gaben den Leuten vermutlich das Gefühl, größer zu sein, als sie waren. Wenn ich die Tür öffnete, wirkte ich unterlegen. Ich hatte mich hier verkrochen, in meinen Augen lag dieser Troglodyten-Blick. Ich hatte meine Familie in einen Kaninchenbau gesteckt. Es konnte kein Zufall sein, dass schon eine Kurzgeschichte geschrieben worden war, in der ein Feind in den Bau eindringt. Trotz aller Verteidigungsmaßnahmen wird ein Bollwerk überrannt. Die Tür steht weit offen. Das Grauen hält Einzug, es wird sich häuslich einrichten und stumm mit der Familie am Tisch sitzen. Alles, was ich fürchtete, hauste mit mir im Haus, mein Bau war nicht mehr sicher.

Der unangenehmste Gläubiger hatte nichts mit unserem aktuellen Unternehmen zu tun, sondern mit den zuvor gemieteten Räumlichkeiten, dem feuchten Yogastudio am Meer. Bardon. Der Mann mit den weißen Haaren und dem zerfurchten Gesicht. Anfangs war er höflich. Er erschien gut gekleidet, trug einen Anzug und braune Schnürschuhe. Er stand im Café und bewunderte das Dekor, die lebhafte Atmosphäre der Stadt, die Frauen mit Pferdeschwanz und Schweißbändern, die mit Jogginganzug und bunten Laufschuhen hereinkamen, die Sporttasche über der Schulter. Er mochte das kontinentale Flair des Ladens, das weiche Licht, den Rhythmus der Musik, die Leute, die nach der Stunde Kaffee und Kuchen zu sich nahmen.

Der Parkplatz war voll, er erschien zu Fuß.

Genau genommen schuldeten wir ihm nichts. Wir hatten ein paar Monate vor der Zeit aus dem Mietvertrag aussteigen müssen, weil die Räume so feucht waren, auf dem Teppich stand Wasser, viele Leute waren weggeblieben. Am Tag, als Helen auszog, hatte er schon einen neuen Mieter in der Hinterhand, er strich die Bude nicht mal neu. Moralisch gesehen hatte er kein Anrecht auf Geld. Aber das war egal, er ließ sich nicht erweichen, auch er müsse schließlich Rechnungen bezahlen: Bitte stellen Sie meine Geduld nicht auf die Probe.

Wir versuchten, ihm klarzumachen, dass sich unser Geschäft in schwerem Fahrwasser befand, sobald sich die Lage ein wenig gebessert hätte, wollten wir gern bezahlen, sagte ich, das sei nur fair. Er hatte keine Zeit für solche Redensarten, egal, wo ich sie aufgeschnappt hatte: Was sei fair? Egal, wie oft ich solche Phrasen im Kopf übte, sie klangen stets falsch, er durchschaute jedes Wort. Er warf mir vor, ausweichend und erbärmlich zu sein, er hatte diese Art, eine Augenbraue hochzuziehen, während die andere unten blieb, ein Fragezeichen in seinem Gesicht.

Er könnte unserem Geschäft unermesslichen Schaden zufügen, sagte er, seine Frau könnte in der Gegend verbreiten, dass wir Betrüger seien. Mir fiel keine Möglichkeit ein, das Gespräch in freundliche Bahnen zu lenken, ich wusste zwar, dass seine Frau Marjorie hieß, aber das brachte mir auch nichts, er wollte nicht plaudern.

Dann stand er immer wieder vor unserem Haus. Eines Abends, ich brachte gerade die Mädchen zu Bett, klingelte er an der Tür. Beharrte auf einem Gespräch, drinnen. Ich bot ihm nichts an. Ich fand es beängstigend, dass er zu Fuß gekommen war, als wollte er nicht, dass man sein Auto vor unserem Haus sah. Ich erklärte ihm, ich müsse mich um die Kinder kümmern, aber er wollte im Wohnzimmer warten. Er sah sich um und lobte meine Renovierungsarbeiten. Ich bedankte mich. Er meinte das aber nicht als Kompliment, sondern sah meine Arbeit als einen Beweis dafür an, dass ich zahlen konnte, was wir ihm schuldeten.

Er ging mich in Gegenwart der Kinder an. Er wurde laut. Die Mädchen hatten Angst. Ich sagte zu ihnen, alles sei gut. Ich brachte sie wieder nach oben, und dort beobachteten sie uns durch das Geländer.

Auf dem Tisch im Frühstückszimmer lag etwas Geld, damit

wollte ich jemand anderen bezahlen. Ich erwog, einen Teil der Forderungen Bardons damit zu begleichen, doch er hatte den Kindern Angst eingejagt, und es wäre falsch gewesen, es ihm zu geben. Also sagte ich, wir hätten nichts, wir seien total pleite.

Tut mir leid, sagte ich.

Er wollte nicht gehen.

Ich machte ihn darauf aufmerksam, dass er mich in meinem eigenen Haus bedrohe.

Er dachte darüber nach und wich in den Flur zurück. Ich öffnete die Haustür, und er drehte sich um und stand direkt vor mir. Ich war mir sicher, dass er das Geld sehen konnte, das hinter mir auf dem Tisch lag, doch er starrte mir geradewegs in die Augen.

Du wirst blechen, flüsterte er, du deutscher Bastard.

Er stieß einen Finger gegen meine Brust, dann ging er und ließ die Tür offen stehen. Es dauerte zwei, drei Minuten, bis mich der Druck seines Fingers gegen die Wand taumeln ließ. Ich hatte das Gefühl, als würde eine Hand meine Kinnlade packen und meinen Mund zu einem ovalen Nichts zusammendrücken.

Die Mädchen rannten herunter und schlossen die Tür.

Ich verpasste mir selbst eine Backpfeife. Vielleicht aufgrund des archaischen Glaubens, dass ein Schmerz, den man sich selbst zufügt, das bannt, was man nicht unter Kontrolle hat. Das knirschende Geräusch in meinem Kopf ähnelte dem der Flammen in einer Oper, die wir als Kinder gehört hatten, ich barst vor Gefühlen, Flammen loderten um meinen Mund, jeder Zahn war ein schmelzendes Metallstück. Ich sank auf ein Knie, wie auf den Fotos aus der Jugendzeit meines Vaters, als die Männer ein Taschentuch herausholten und auf die Straße legten, um darauf zu knien, während sie das Abendmahl empfingen. Mein frommer Kopf senkte sich auf den Fuß der Treppe, meine Stimme kroch durch den Flur.

Die Mädchen wollten wissen, was los war. Ich mochte es nicht sagen. Ich versuche, mich an etwas zu erinnern, flunkerte ich. Dann stand ich auf und machte Kakao, jede bekam einen Keks. Ich trug ihre Becher nach oben und stellte sie auf die Fensterbank. Ich setzte mich zu ihnen, und wir zählten, wie oft das Leuchtfeuer hereinschien.

Etwas später klingelte es wieder an der Tür, und ich dachte schon, es wäre Bardon. Es war ein anderer Mann, weit weniger gut gekleidet. Er hielt mir einen Becher mit Blumenmuster und vielen Flecken hin und fragte, ob ich ihm eine Tasse Tee kochen könne. Ich war so froh, dass er nicht erschienen war, um Geld einzutreiben, dass ich ihn hereinbat und in das Frühstückszimmer führte. Ich nötigte ihn, Platz zu nehmen, während ich Wasser aufsetzte, ich holte einen Teller aus dem Schrank und gab ihm zwei meiner Mennonitenkekse. Er lebte in der Nähe des Cafés in einem Wohnwagen. Ich stellte ihm den Tee hin, kein Zucker, nur etwas Milch. Rosie und Essie standen in der Tür. Er lächelte sie an. Sie sahen auch mich lächeln. Sie klammerten sich an den Türrahmen. Ich wollte nicht, dass er das Gefühl hatte, angestarrt zu werden, als hätten wir noch nie jemanden Kekse essen sehen, und so brachte ich die beiden nach oben.

Lassen Sie sich Zeit, sagte ich.

Danke.

Gern geschehen.

Ich ließ das Geld auf dem Tisch liegen, obwohl es in seiner Reichweite war. Ich hätte es Bardon geben können, aber dieser

Mann hatte es eher verdient, dachte ich. Ich nahm einen Schein vom Stapel und klemmte ihn unter seinen Teller, ließ das übrige Geld, wo es war.

Die Mädchen wollten nicht schlafen, sondern aufbleiben, bis Helen heimkehrte. Sie fragten mich immer wieder, was der Mann wolle, ob es da eine Geschichte für sie gebe. Ich erzählte ihnen, dieser Mann sei sein Leben lang unterwegs gewesen, er habe überall im Land gelebt, eines Abends hätte ich ihn auf der Straße singen hören: *I'm a true born travelling man.*

Ich hörte ihn im Flur rufen, als er gehen wollte.

Durchsuchen Sie mich, bot er an.

Schon gut, sagte ich.

Wir hörten, wie die Haustür zufiel.

Sie wollten im Badezimmer schlafen, und ich sagte: Auf gar keinen Fall. Sie wollten Fernsehen gucken: Auf keinen Fall. Sie sprangen von einem Bett aufs andere und riefen: Auf keinen Fall, auf keinen Fall.

Ich war genauso überdreht wie die beiden.

Auf meinem Arm bildete sich ein blauer Fleck, und sie wollten wissen, wie das passiert war. Ich erzählte ihnen, das sei der Daumenabdruck eines Eisbären, dem ich bei einem Spaziergang auf dem Golfplatz begegnet war, sie untersuchten ihn genau, er sah aus wie eine lila Münze. Der Eisbär hatte mich am Arm gepackt, er war in Eile, er fragte mich, ob ich der Vater zweier süßer Mädchen in Pyjamas mit Giraffen und Zebras darauf sei, und sie sahen einander an. Ich zeigte zum Hafen und sagte, er gehe an Bord eines Dreimasters, der nach Brasilien segele. Wir könnten alle mitfahren, unsere ganze Familie, wir könnten sogar die Spielzeuge mitnehmen.

Das funktionierte auch nicht. Sie begannen sofort zu packen.

Ich erklärte ihnen, es sei nur eine Geschichte, aber sie wollten die Augen trotzdem nicht zumachen. Ich hatte den Glauben an meine eigenen Fantasien verloren und fragte mich, was sie sich vorstellten.

Wie viel wussten die beiden?

Lasen sie Dinge auf, die sie nicht benennen konnten? Hatten sie wie ich Angst davor, dass Glas zerbrechen, Züge in Flammen aufgehen, Häuser einstürzen könnten? Träumten sie davon? Manchmal wachten sie nachts auf und schlichen in unser Zimmer, zwei Gespenster-Töchter, die leise im Dunkeln atmeten, Zentimeter von meinem Gesicht entfernt. Meine Liebe, mein Zorn, meine Zähne, meine Panikattacken – meine Unfähigkeit, all dies vor meinen Kindern zu verbergen.

Helen kam spät heim, sie sahen, wie die Scheinwerferstrahlen in unseren Flur fielen, und rannten die Treppe hinunter. Sie trat mit einem Umschlag ein. Sie legte ihn auf den Tisch im Flur und umarmte die Mädchen, sagte, sie würden jetzt einen Kakao und einen Schokokeks bekommen. Hatten sie alles schon, sagte ich. Sie erzählten ihr, im Haus habe ein Mann geschrien. Ein anderer Mann, der in einem Wohnwagen lebe, habe zwei Kekse gegessen, erzählten sie, und ein Eisbär habe meinen Arm gedrückt, dort sei jetzt ein blauer Fleck.

Ich warf einen Blick auf das Schreiben im Umschlag. Noch eine Mahnung. Ein Gläubiger, der sich nicht an die Firma, sondern direkt an Helen wandte.

Ich legte Musik auf, etwas Besseres fiel mir nicht ein. Irgendwas Schnelles. Nichts Ernstes, nichts Schweres, Gedankenvolles. Irgendwas Warmes und Leichtes, was mit Liebe und Scha-la-la. In der Liveaufnahme brachen die Zuhörer in spontanen Jubel aus, als ihre Heimatstadt genannt wurde. Ein riesiges Wesen aus winzigen menschlichen Stimmen erhebt sich mit einem einzigen Schrei. Tausende Herzen stieben auf wie ein Schwarm Stare – woher wissen sie, wann sie alle auf einmal die Richtung ändern sollen?

Die Musik erfüllte das Haus. Sie flog die Stufen hinauf bis unter das Dach. Sie fuhr zur Haustür hinaus, die Straße entlang, vielleicht bis zu den Geschäften. Sie kroch unter die Dielen, wo die Rohre und die Kabel und die Silberfischchen waren, sie kroch zwischen die Schichten von Staub und Erinnerungen.

Helen kam herein. Sie setzte die Mädchen mit einem Kakao und selbstgebackenen Keksen aufs Sofa. Sie trat mitten ins Zimmer und begann zu tanzen.

Ihre Augen waren geschlossen, ihre Schultern spielten, ihre Wirbelsäule war kerzengerade. Sie drückte die Arme durch und winkelte die Hände an. Ihre Hüften wippten, als stünde sie auf einem Schwimmbrett, das durch das Zimmer glitt. Als ich sie betrachtete, kam mir der Gedanke, dass sie von ihrem Bauch aufrecht gehalten wurde, dass sie, wäre sie nicht schwanger gewesen, direkt in den Kamin gefallen oder zum Fenster geschnellt, vielleicht auf die Mädchen mit ihren Kakaos gekippt wäre. Ihr Körper hatte an diese große, runde Fracht angedockt. Ihre Arme und Beine, ihr Kopf, ihr Gesicht, ihr Lächeln, ihre Apfelbrüste, das wilde Rudern mit den Ellbogen, während sie im Kreis durchs Zimmer tanzte – jeder Teil ihrer Person war mit dem werdenden Kind verbunden. Es schenkte ihr Bodenhaftung und Gleichgewicht, es verhinderte, dass sie wild durch die Gegend und davonschwirrte.

Die Treppe war schmal. Helen klammerte sich an den Handlauf. Sie trug die falschen Schuhe. In der zweiten Etage drehte sie sich um und fragte: Noch höher? Es sei die nächste, sagte ich. Auf jedem Treppensatz hing eine nackte Glühbirne, auf den Wänden sah man Handabdrücke. Wir lasen die Namensschilder, eine Frachtkompanie, ein Chiropraktiker, konzessionierte Buchprüfer, die Nationale Schachgesellschaft, es befand sich ganz oben, ein kleines Büro mit Blick über die Stadt.

Wir kannten ihn schon, da war er noch kein Anwalt. Wir hatten ihn durch meinen nach Australien gegangenen Freund kennengelernt. Er hatte einen breiten Schnurrbart und telefonierte gerade, als wir eintraten, er lächelte und bat uns, Platz zu nehmen. Wir warteten. Sein Büro befand sich in einem Eckgebäude mit dreieckigem Grundriss, man konnte die Tauben auf dem Dach hören. Ich schaute durchs Fenster auf die Lichter der Stadt, es wurde früh dunkel, wir konnten den Verkehr auf der O'Connell Bridge sehen. Ein weiter Blick auf die Dächer. Die Lichter, die sich im Fluss spiegelten, verliehen der Stadt etwas Karnevaleskes, der Himmel über dem Phoenix Park glühte orange.

Helen zog einen Schuh aus und schlüpfte wieder hinein.

Wir hörten das Telefongespräch mit, es ging darum, einen Käufer zu finden, das Ding sei tipptopp. Nachdem er aufgelegt hatte, lächelte er: Braucht ihr vielleicht eine Schrotflinte?

Er lachte.

Seine Schultern wippten. Ich kapierte den Witz nicht gleich. Helen war schneller, sie sagte: Na, klar, wir knallen sie alle ab.

Er war ein Fan amerikanischer Countrymusic. Einmal ergatterte er nach einem Konzert in Dublin das Autogramm eines Countrystars, der auf Tournee war. Der Zettel, den er dem Sänger hinhielt, war einmal gefaltet, die eine Seite war leer, auf die andere hatte er geschrieben: Ich schulde dem Besitzer dieses Papiers tausend Dollar. Der Countrysänger lachte mit tiefer Stimme und strich die Summe durch, schrieb stattdessen: Einen Haufen Pferdescheiße. Das Autogramm hing hinter seinem Schreibtisch an der Wand.

Die meisten Details waren schon am Telefon geklärt worden, ich hatte ihm die Akten geschickt. Sie lagen auf seinem Tisch. Ein paar Dinge hatte er bereits geregelt. Er hatte das Darlehen der Bausparkasse für das Wohnhaus umstrukturiert. Er nahm sich des Schreibens an, in dem es um meine elektronische Schreibmaschine ging, sie hatte eine Autokorrekturfunktion, man konnte so viele Fehler machen, wie man wollte; die Firma hatte die Maschine zurückgefordert und einer kleinen Summe für den Vergleich zugestimmt.

Ich liebte die Präzision der juristischen Sprache. Ich bewunderte die Grundregeln der Rechtsdokumentation, die eine knappe und genaue Sprache gewährleisten sollten, weil alles Überflüssige eine Angriffsfläche sein konnte. Ich hatte inzwischen zig Schreiben und Forderungen gelesen, wusste also, welche Schönheit in der Präzision lag. Es gab keinen Grund für Eloquenz, keinen Anlass, interessant zu sein, keinen Bedarf an verspielter Sprache. Da man die Bedeutung leicht verdrehen konnte, musste man jede Doppeldeutigkeit vermeiden und stattdessen rasch und mit möglichst wenigen Worten auf den Punkt kommen. Nur das Nötigste, sparsame Zeichensetzung, keine Adjektive, nichts, was emotional verstanden werden konnte. Ich dachte an diverse knackige juristische Phrasen: gesetzeswidrige Handlung, ohne Alternative, mit sofortiger Wirkung anpassen. Ich fühlte mich annulliert. Leer wie ein leerer Swimmingpool. Einer meiner Lieblingsautoren war ursprünglich Anwalt.

Unser Anwalt meinte, die Banken seien nicht das größte Problem. Er hatte ihnen bereits mitgeteilt, dass wir nicht liquide waren. Um sie hinzuhalten, hatte er sich einen Verwandten ausgedacht, der uns angeblich finanziell unterstützen könnte, was die Banken beruhigte, und nun konnte man ausloten, ob sie geringeren monatlichen Tilgungsraten zustimmen würden.

Schauen wir mal, sagte er.

Gewisse Gläubiger erwiesen sich als härtere Nüsse. Die Firma, die die Promotion für das Café gemacht hatte, stellte sich quer. Und auch die Architektin erwies sich als zäher Brocken, denn es war zu spät, um darauf zu pochen, dass die Rechnung nicht auf Helen, sondern auf das Café hätte ausgestellt werden müssen. Die Architektin trug immer eine Sonnenbrille auf dem Kopf, ihr Mantel hatte einen interessanten Schnitt, er war grün und hatte einen breiten, schwarzen Kragen, der vor der Brust ein Dreieck bildete. Sie hatte den gleichen Nachnamen wie ein Sänger, den ich auf den Aran Islands gekannt hatte, konnte aber nicht mit ihm verwandt sein.

Unser Anwalt meinte, wir sollten ganz beruhigt sein, er würde schon Wege finden, um die restlichen Forderungen zu regeln.

Die Erleichterung war so groß, dass ich am liebsten geweint hätte. Diese Art von Freundschaft war mir neu. Niemand hatte mir jemals ein solches Gefühl der Gelassenheit vermittelt, mich so sehr mit dem Ort versöhnt, an dem wir lebten. Ich blickte durch das Fenster auf die Stadt, die Autos und Busse, die vor den Ampeln warteten, die vertraute Werbung auf den Fassaden, Leute, die die Brücke überquerten. Von hier oben sah ich alles aus einem ganz neuen Blickwinkel, und ich hätte am liebsten gefragt, ob wir in seinem Büro übernachten dürften, wir würden auf dem Fußboden schlafen und die Stadt betrachten, kein Auge zutun. Ich wollte bleiben, um zu beobachten, wie die Leute morgens zur Arbeit gingen, ich wollte nie wieder gehen, nie mehr heimkehren.

Wir unterhielten uns kurz über Kanada. Helen erzählte, fast alle ihre Brüder und Schwestern lebten in Toronto und Ottawa, einer sei Bootsbauer in Halifax, wenn sie im Sommer mit den Kindern dorthin fahre, würden sich alle treffen.

Als wir gehen wollten, kam er, während er die Unterlagen auf seinem Schreibtisch einsammelte, auf einen weiteren Punkt zu sprechen. Er frage das nur am Rande, meinte er, aus Neugier: Wärt ihr bereit, euer Haus zu verkaufen?

Ich sah Helen an, aber sie wich meinem Blick aus.

Ist nur ein Gedanke, sagte er.

Sie ging mir auf der Treppe voran. Ich war mir fast sicher, dass sie weinte. Ich konnte sie nicht bitten, auf dem Treppenabsatz innezuhalten, damit ich es überprüfen konnte. Die Tür des Chiropraktikers stand offen, ein abgewetzter blauer Teppich, ein Mantelständer. In einem anderen Raum klackerte eine Schreibmaschine. Auf einem Treppenabsatz war die Fassung der Lampe kaputt. Helen drehte sich erst draußen auf der Straße lächelnd zu mir um: Ein Glas Guinness für das Baby.

Alles zusammen genommen, die Proben, die Workshops in Method Acting, das Schauspiel-College in London, das kleine Theater in Dublin, Strindberg, Ibsen, Synge und ihre früheren Rollen, kulminierte in diesem Moment. Sie konnte vor mir, vor den Kindern, vor der ganzen Welt den Schatten ihrer Traurigkeit verbergen, sie gab ihn nie preis. Sie arbeitete weiter, ging ans Telefon, unterrichtete Yoga, sie lächelte, gab sich nicht mal einer Erkältung geschlagen. Nichts würde sie davon abhalten, morgens im Radio zu sprechen, um die Menschen in der Stadt aufzuheitern und all jenen, die im Verkehr festsaßen, zu erklären, wie sie sich bei Regen entspannen konnten.

Wir sahen einander nicht mehr in die Augen. Wir hätten uns gegenseitig die Schuld an unseren Schwierigkeiten in die Schuhe schieben können. Offene Worte bedeuteten Verrat. Also machten wir uns gegenseitig etwas vor. Wir konnten uns nur treu bleiben, indem wir so taten, als ob. Sie blieb dem Bild einer Plastikflasche treu, die in einem Fluss kreiselte. Ich blieb den Spuren eines Fuchses in einem Gedicht treu. Unsere Gedanken kreuzten sich nie. Wir saßen lange im Auto und starrten das Haus an, ohne es zu betreten. Das Abblendlicht war ausgeschaltet. Wir hörten keine Musik im Autoradio. Wir schwiegen nur lange. Dann legte sie mir eine Hand in den Nacken. Ich senkte das Ohr auf ihren Bauch, um zu horchen, es klang darin wie in einem Salzbergwerk.

Ich habe eine Idee, sagte ich.

Sie wartete, während ich mich aufrichtete und die Hände aufs Lenkrad legte.

Ich mache wieder meinen alten Job, erklärte ich.

Was?

Sie stellen mich jederzeit wieder ein. Der Commander hat das ausdrücklich gesagt, und er meint es ernst, ich erhalte wieder einen leitenden Posten.

Zurück in den Keller?

Ist kein übler Job, sagte ich.

Ich will nichts davon hören, sagte sie, indem sie sich zu mir umdrehte. Ich fasse es nicht. Erinnerst du dich nicht mehr an unsere Abmachung? Ich bekomme das Baby, und du fängst endlich an zu reden. Sie tappte ungeduldig gegen die Scheibe, und ich eilte um das Auto und öffnete die Tür.

Als Helen mit ihrer Mutter telefoniert, erzählt sie sehr lustig von der Frau, die eine tote Ratte in der Dusche entdeckte und daraufhin ins Café floh, nur in ein Handtuch gewickelt und mit Shampoo im Haar, ständig Herrgott rufend. Man musste sie mit Kräutertee trösten und bot ihr als Entschädigung ein Jahr Yoga umsonst an. Eines Nachts brannte eine Mülltonne vor dem Café und versengte die Tür sowie einen der kleinen Olivenbäume, die in Kübeln wuchsen, davon abgesehen war alles bestens.

Sie erzählt ihrer Mutter nichts von Martina, nur dass diese ihr eine Bluse mit dem Schriftzug Calvados aus Paris mitgebracht hat. José verbrachte ein Wochenende bei uns, während sie weg war. Helen erwähnte die Frau des Investors, Marie Delaney, mit keinem Wort. Sie bekam Martinas Telefonnummer heraus und rief sie oft mitten in der Nacht an: Lass meinen Ehemann in Ruhe.

Mir kam es vor, als hinge der rasante Niedergang unseres Geschäfts auf tragische Art mit dem Auseinanderbrechen der Ehe des Investors zusammen. Sein Abstieg war unser Abstieg. Alles hing mit seiner Liebe zu Martina zusammen, dem Leid seiner Frau und seiner Kinder, die ihn verzweifelt zurückhaben wollten.

Eines Nachmittags war Martina in der Stadt, sie wollte Maurice Delaney vor dem Shelbourne Hotel abholen. Man hatte sein Auto hinter der Kanzlei des Anwalts zugeparkt. Er stand mit Blazer und Krawatte auf dem Bürgersteig, ein Schuljunge, ein Gentleman, ein Finanzier, der auf seine Uhr schaute, suchend den Verkehr betrachtete. Ein schöner Tag, Mittagszeit, kein Wind, auf dem Bürgersteig herrschte reger Betrieb. Der Hotelportier stand im Schwalbenschwanz vor der Eingangstür. Die vor dem Gebäude hängenden Fahnen regten sich kaum. Martina fuhr auf die bogenförmige Zufahrt und hielt an der Bordsteinkante, sie stellte die Musik leiser und nahm ihre Tasche, an der ein jamaikanisches Tuch hing, vom Beifahrersitz, damit er sich setzen konnte. Sie reckte lächelnd den Kopf nach ihm, aber er schien sie nicht zu kennen. Sie rief seinen Namen, hupte sogar leise, wie auf dem Land üblich, doch er wandte sich ab. Er eilte wieder ins Hotel, verschwand durch die Drehtür, als wollte er ihr aus dem Weg gehen. Während sie wartete, begriff sie, wie rasch die Sache vorbei sein konnte.

Dann schrie eine Frau.

Der Belfast-Akzent verriet sie. Es war Marie Delaney, die direkt hinter ihr im Auto saß. Martina wurde vor Entsetzen so bleich, als wäre ihr Make-up schlagartig verpufft, ein Schauder lief ihr über den Rücken. Sie wurde von einer Angst gepackt, die sie seit der Grundschule nicht mehr gekannt hatte, die Angst vor der Brutalität der Lehrer in einer ländlichen Kleinstadt. Als ihr Name ertönte, wurde ihr schwummerig. Sie gab in ihrer Panik Vollgas, die Reifen drehten quietschend durch, Passanten merkten auf. Alle sahen zu, wie sie in ihrem verbeulten roten Auto davonraste, dicht gefolgt von einem größeren Auto mit heulendem Motor.

Der Nachmittag war blind vor Angst. Der Stadtplan Dublins geriet durcheinander, die Abfolge der Straßen stimmte nicht mehr, es blieb keine Zeit für Achtsamkeit. Die Verfolgungsjagd quer durch die Stadt schien sich in einer anderen Welt als jener der Passanten abzuspielen, die in sommerlicher Kleidung über die Straße gingen, ohne auf die Ampeln zu achten, und im letzten Moment zur Seite sprangen. Auf Höhe des Seiteneingangs des Trinity College musste Martina halten, weil Leute die Straße überquerten. Sie sah, wie Marie Delaney hinter ihr auf die Bremse stieg. Während sie standen, sah Martina im Rückspiegel Marie Delaneys Augen. Sie bewegte den Mund. Martina konnte ihre Lippen lesen, als würden sie durch Mimik kommunizieren. Jede flehte die andere an, nachzugeben, vernünftig zu sein, und als sie weiterrasten, fluchten beide.

Sie drehten zwei Runden durch die gleichen Straßen. Sie passierten die Zahnklinik, die Drogerie an der Ecke und die National Gallery, ein geschlossener Kreislauf, der sie stets wieder zum Shelbourne Hotel brachte, als führen sie ein Rennen zurück zum Ausgangspunkt. Auf der Straße mit dem schmalsten Bürgersteig der Welt mussten Fußgänger zurückspringen, als Marie zu überholen versuchte. Martina setzte in ihrem Schrecken alles auf eine Karte und bog in eine Gasse ein, ohne zu wissen, wohin sie führte.

Dublin ist zu klein. Jeder wird gesehen. Alles wird gehört. Man ist ständig auf dem Präsentierteller.

Helens Mutter, auf der anderen Seite des Ozeans lebend, weiß nichts Neues zu berichten, sie erzählt nur, dass man außerhalb der Stadt ein neues Einkaufszentrum errichtet. Sie bringt Helen hinsichtlich der Familie auf den neuesten Stand, ihr Vater habe dem Alkohol entsagt, ebenso der Richter gegenüber, eine Dame trinkt nie allein. Sie kaut durch, was Helens Geschwister so machen, alles Positive wird übertrieben, alles Negative kleingeredet.

Die Promenade am Seeufer werde erneuert, erzählt sie, das Salzbergwerk habe den Besitzer gewechselt, Champion Roads sei abgewandert, ein Schlag für die Stadt.

Und – ihre Mutter hat eine neue Freundin.

Weil Nessa, ihre beste Freundin, nicht mehr mit ihr spricht

und weil die ganze Stadt weiß, dass die beiden Irinnen einen fetten Streit haben, der dem Zerbrechen einer Ehe gleicht, trifft sich Helens Mutter nun mit einer anderen. Sie haben sich beim Friseur kennengelernt. Ihre neue Freundin heißt Vera, sie ist blond und stammt aus Prag.

Vera, erzählt Helens Mutter, habe eine herrliche Geschichte aus ihrer Kindheit erzählt. Sie habe mit neun ihre beste Freundin geheiratet, die Hochzeit hätten sie auf dem Treppenabsatz vor einem großen Spiegel gefeiert, beide in den schönsten Kleidern ihrer Mutter. Beim Einmarsch der Nazis sei ihre Kindheitsfreundin nach New York geflohen, ohne sich von ihr zu verabschieden. Vera blieb in Prag, ihr Vater schloss sich dem Widerstand gegen Hitler an. Nach dem Krieg, als man ihre Familie vertrieb, ging sie nach Toronto, sie suchte in New York vergeblich nach ihrer jüdischen Freundin, und dann heiratete sie einen Millionär, der die Snap-on-Werkzeuge erfunden hatte.

Eines Tages aß Helens Mutter im Restaurant am Platz zu Mittag, als ihre ehemalige Freundin Nessa draußen vorfuhr und das Auto genau vor ihrem Tisch parkte. Nessa stieg aus und ging zum Restaurant, ohne Helens Mutter zu bemerken, vielleicht spiegelten die Scheiben, so dass sie nicht hineinschauen konnte. Nessa erblickte Helens Mutter und Vera erst, nachdem sie eingetreten war. Eine andere Frau, eine neue Freundin, die sie ersetzte, beide an dem Tisch sitzend, der sonst immer für zwei Irinnen reserviert gewesen war. Nessa machte auf dem Absatz kehrt, der Kellner hielt ihr die Tür auf, ging sogar mit nach draußen und öffnete auch die Autotür für sie. Sie schauten zu, wie sie zurücksetzte und sich in den Verkehr einfädelte, der das Gericht langsam umkreiste.

Ich besuchte meine Mutter. Sie saß mit ihrem Tagebuch am Frühstückstisch. Greta half ihr jeden Morgen beim Aufstehen und Ankleiden, und dann ging sie zum Frühstück nach unten, schrieb anschließend Tagebuch. Sie erzählte ihre Lebensgeschichte von Anfang an. Sie begann jedes Mal von neuem, schrieb nicht dort weiter, wo sie am Vortag aufgehört hatte, sondern auf einer neuen Seite. Sie benutzte zu Beginn oft die gleichen Worte: Ich wurde in seltsamen Zeiten geboren. Manchmal änderte sie das zu: Ich wurde in turbulenten Zeiten geboren. Sie begann mit ihrer Kindheit, beschrieb den Schreibwarenladen ihres Vaters am Marktplatz, erzählte, sie sei eine von fünf Schwestern, die mittlere, sie hätten immer im Springbrunnen vor dem Haus gespielt, manchmal hätten ihre Papierschiffchen den Brunnen verstopft, dann sei das Wasser über den Rand gelaufen.

Sie schrieb täglich die gleichen Details nieder, Wort für Wort, ihre Mutter war Opernsängerin, im Vorderzimmer stand ein Flügel, das Erkerfenster bot einen Blick auf den Springbrunnen. In jüngeren Jahren hatte sie viel mehr geschrieben. Sie fragte sich oft, ob es ein Nachteil war, Eltern zu haben, die sich so innig geliebt hatten. Ihr Vater war ein lustiger Bursche, beliebt in der ganzen Stadt, aber niemand hatte Geld übrig, um Papier zu kaufen, mit dem Laden ging es bergab, und ihr Vater musste schließen. Er starb bald danach.

Als ich an dem Morgen kam, beschrieb sie gerade zum x-ten Mal den Tod ihres Vaters, sie kam nie darüber hinaus. Sonst hatte sie immer sauber geschrieben und die vorgegebenen Zeilen eingehalten, nun schlingerten die Wörter nach unten, und dann war sie fertig: Der Duft von Maiglöckchen wird mich immer an seinen Sarg erinnern.

Als wir zusammensaßen, fragte ich mich, ob ich ihrem Vater glich, der vor der Machtergreifung Hitlers bankrottgegangen war. Scheiterte ich wie mein deutscher Großvater, wie mein tragischer irischer Großvater, wie mein Vater mit seiner Liebe und seinem Zorn, wie meine Mutter mit ihrem tiefen Heimweh?

Die Erinnerungen meiner Mutter nehmen immer den gleichen Weg, sie kehren zu den letzten Kriegstagen zurück.

Kurz nach Weihnachten. Sie fährt zu ihrer Schwester nach Salzburg, das Päckchen mit Lebensmitteln hat sie im Koffer versteckt, denn andere Leute würden sicher etwas abhaben wollen, so verzweifelt sind sie. Niemand weiß, wie lange der Krieg noch währt. Eigentlich hätte sie sich in Berlin zum Dienst melden müssen, sie wurde wieder als Sekretärin zum Militär eingezogen, sollte an die Ostfront geschickt werden, mitten in die Abwehrkämpfe gegen die Russen. Sie missachtet den Befehl und fälscht ihre Zugfahrkarte. In der Nähe von Salzburg gibt es einen Ort, der ganz ähnlich heißt wie ihre Heimatstadt. So gelangt sie nach Österreich und kauft dort eine Fahrkarte für die kurze Strecke nach Salzburg. Vom Bahnhof geht sie zum Haus ihrer Schwester, unterhalb der Festung, sie hofft, dort bis Kriegsende unterschlüpfen zu können.

Sie bittet ihre Schwester, sie zu verstecken, aber das ist nicht möglich.

Ihre Schwester versteckt schon jemanden. Eine Jüdin, als Nonne verkleidet, kommt in Abständen, um sich mit um die Mutter ihres vermissten Mannes zu kümmern. Die Frau bleibt ein, zwei Nächte, dann zieht sie in ein anderes Haus, sie schlüpft abwechselnd bei den immer gleichen Leuten unter, meist sind es Familien mit pflegebedürftigen alten Menschen. Die Nonne bricht stets in aller Frühe auf, sie hat einen kleinen Behälter mit

Weihwasser, ein paar religiöse Objekte und ein Gebetbuch dabei, an ihrer Schärpe hängt ein elfenbeinerner Rosenkranz. Die Salzburger Innenstadt betritt sie nie. Sie besucht keine Kirche, kehrt in keinen Konvent zurück, sondern besucht abwechselnd jene Häuser auf dem Berg, in denen Kranke wohnen. Die Schwester meiner Mutter hat keinen Platz für eine zweite Person, die untertauchen will.

Es schneite heftig, erzählte meine Mutter.

Sie winkt ihrer Schwester zum Abschied. Dann geht sie wieder den Hügel hinab, dicke Flocken fliegen ihr ins Gesicht. Schnee auf den Wimpern. Schnee auf den Schultern.

Die Bahnsteige im Salzburger Bahnhof werden von Streifen kontrolliert, jeder wird befragt. Man schaut auf ihre Papiere und stellt fest, dass sie eigentlich in Berlin sein müsste. Man ruft ihren Namen auf dem Bahnsteig aus. Man verhaftet sie als Fahnenflüchtige. Sie wartet stundenlang in einem Raum im Bahnhof, ohne zu wissen, was ihr bevorsteht, sie verschweigt ihre Schwester. Nach Anbruch der Dunkelheit wird sie zusammen mit einem blutjungen Soldaten in einen Güterwagen gesperrt. Der Soldat ist sicher nicht älter als vierzehn. Er ist an seinem Sitz festgekettet. Sie hat Angst davor, mit ihm zu reden, sie hat Angst davor, ihm Brot zu geben, es quält sie, ihm nicht sagen zu können, er solle tapfer sein, alles sei bald vorbei, und dann könne er heimkehren.

Silvester. Glocken läuten. Der Schnee liegt hoch, die Welt ist hell, alles gleicht einem Märchen, das böse endet. Als der Zug langsam den Bahnhof verlässt, erblickt sie die Gehängten, drei Tote, die über dem Schnee baumeln, die schlaffen Füße zeigen nach unten. Ihre Köpfe sind zur Seite gesackt, ihre Arme schlenkern, die Hände sind leer. Um jeden Hals hängt ein Schild, dessen Aufschrift sie nicht lesen kann. Unter ihnen wirft die Straßenlaterne einen goldenen Lichtkreis auf den Schnee, als wäre dieser eine Bühne, die Räder des Zuges kreischen wie ein Orchester, das die Instrumente stimmt.

Der Junge im Wagen sieht es auch, sie schauen einander an, bringen kein Wort hervor.

In Prag wird der Junge aus dem Zug geholt und etwas später mit zusammengeketteten Füßen zurückgebracht. Weitere Soldaten steigen ein, manche von ihnen aneinandergekettet. Meine Mutter lässt man auf dem Bahnsteig warten, der Zug fährt los, sie sieht kurz, wie der Junge aus dem Türschlitz starrt, sie würde gern winken, aber das kann sie sich nicht erlauben.

Es ist so kalt, dass es entscheidend ist, in welche Richtung man den Rücken kehrt, nach Osten oder Westen. Die Luft ist trocken und scharf wie Scherben, die Ohren schmerzen. Sie wird unter Bewachung zu einem Lkw geführt, man hilft ihr auf die Ladefläche. Obwohl alles drunter und drüber geht, obwohl man die Leute unbedingt wieder an die Front schaffen will, damit sie weiterkämpfen können, gibt es noch Raum für Höflichkeit. Der Lkw kämpft sich bergauf. Der Fahrer hat ein Problem, den richtigen Gang zu finden, und es schleift metallisch, das Fahrzeug rutscht zurück, bevor es weiter aufwärtsgeht. Der Fahrer spricht dem Lkw zu, als würde er ein Pferd ermuntern. Kaum zu glauben, dass du weiter bergauf fährst, wir sind ja gleich im Himmel. Dann hält er. Vor einer Burg, die über der Stadt thront. Sie erhascht einen kurzen Blick auf den Fluss, die Brücken, den Schnee, der wie Servietten auf den Dächern liegt. Man führt sie in die Burg, es geht eine Treppe hinab, ein langer Gang mit Türen auf beiden Seiten, man sperrt sie in eine Zelle mit einem Bett und einer Decke.

Helen ging als Letzte. Sie schloss das Café ab, betrachtete den verkohlten Olivenbaum und beschloss, ihn entfernen zu lassen. Sie ging um das Gebäude zum Parkplatz und stieg ein, sie ließ den Motor an, schaltete das Licht ein und setzte zurück. Als sie auf die Straße fahren wollte, erblickte sie einen Mann, der ihr den Weg versperrte. Es war Bardon, sie erkannte die weißen Haare, sein Gesicht, das Lächeln. Sie hielt an und stieg aus. Sie war freundlich zu ihm, aber er wollte nicht nachgeben, sagte, er wolle bezahlt werden, er lasse sich nicht mehr hinhalten.

Sie bat ihn, den Weg freizugeben. Sie sagte, sie müsse zu ihren Kindern. Sie versprach ihm, dass ich mich sofort um die Sache kümmern würde, doch er ließ sie nicht fahren. Er stand da, die Arme vor der Brust verschränkt, dann schob er die Hände in die Taschen, im Stacheldraht auf der hinteren Mauer flatterte eine Plastiktüte, sie glaubte, es wäre ein Vogel.

Sie drohte, die Polizei zu rufen.

Ich komme wieder, sagte er.

Nach ihrer Heimkehr verriet ihr Versuch, mich zu beruhigen, wie aufgewühlt sie war. Sie war blass. Ich fragte sie, ob ihr übel sei. Sie winkte ab und meinte, sie werde schon mit ihm fertig.

Das muss aufhören, sagte ich.

Rosie und Essie sprangen vom Treppengeländer, als glaubten sie, ich hätte sie gemeint.

Ich bezahle ihn irgendwie, sagte ich.

Machst du Witze?, sagte sie. Womit bezahlen? Wofür? Für das feuchte Loch? Für die Pilze, die auf dem Teppich wuchsen, weißt du noch?

Ja, das weiß ich noch, sagte ich.

Er hat uns abgezockt.

Er wird nicht lockerlassen.

Sein Gewissen ist ein Betonblock, sagte sie.

Ich sah ihren Augen an, dass sie nicht weiter darüber reden wollte. Wenn wir über Bardon sprachen, nahm er in unserem Leben noch mehr Raum ein. Und wozu auch? Wir hatten kein Geld. Die Mädchen begannen wieder, am Geländer nach oben zu klettern, Rosie hatte es fast geschafft, dann saß sie fest. Helen musste ihr nach unten helfen, sie tippte auf die Lücken zwischen den Streben, um ihr zu zeigen, wohin sie die Füße setzen musste. Wir kehrten der Haustür den Rücken. Wir sahen nicht das Gesicht, das hinter der strukturierten Scheibe auftauchte.

Der Mann, sagte Essie.

Ich fuhr herum. Es war Bardon.

Eine verschwommene Gestalt, die sich auf der Suche nach der Klingel von rechts nach links bewegte. Die Leuchte über der Tür erhellte sein Gesicht, das dicke Glas ließ ihn kurzsichtig wirken. Er konnte uns nicht sehen, obwohl wir nur ein paar Schritte entfernt waren, reglos im Flur standen, kaum zu atmen wagten. Seine Augen waren schwarz, eines war größer als das andere. Seine Stirn wirkte zähflüssig, er war ein pulsierendes Geschöpf mit weißen Haaren wie Quallenfäden und hatte keinen Mund, wir sahen nur ein strahlendes Lächeln, das von Schulter zu Schulter reichte.

Dann klingelte es an der Tür.

Helen erschrak. Mensch, sagte sie.

Mensch, wiederholte Essie.

Helen pflückte die Mädchen vom Geländer und brachte sie ins Frühstückszimmer. Rosie rannte in letzter Sekunde in den Flur, um eine Keramik zu holen, die sie in der Schule gemacht hatte, einen grünen Teller. Helen schloss die Tür.

Ich wartete, denn vielleicht ging er wieder. Tat so, als wäre niemand daheim, obwohl Licht brannte und unser Auto draußen stand. Seine verschwommene Gestalt wankte. Wenn wir die Tür öffnen, schießt eine Flutwelle herein, dachte ich, Bardon mit riesigen Tentakeln und gierigen Saugnäpfen.

Er klingelte noch einmal. Als ich schließlich öffnete, fuhr er zu mir herum und starrte mich an, sein Gesicht ein Fragezeichen. Seine Augen loderten vor Wut. Er kaute etwas, ein vager Pfefferminzgeruch hing in der Luft.

Okay, sagte ich, Sie bekommen Ihr Geld.

Etwas anderes fiel mir nicht ein, er sollte uns endlich in Ruhe lassen.

Ich ersann einen absurden, spontanen Plan, um mich herauszureden. Ich erklärte ihm, wir hätten kein Geld im Haus. Sinnlos, ihm einen ungedeckten Scheck anzubieten. Er fragte nach den Tageseinnahmen des Cafés, wollte wissen, ob Helen Bargeld mitgebracht habe. Ich sagte, es sei nur der Gegenwert einiger Tassen Kaffee, also fast nichts.

Ich glaube Ihnen nicht, sagte er.

Was halten Sie von dem folgendem Vorschlag, sagte ich.

Ich schien gerade erst das Sprechen zu lernen. In meiner Stimme schwang die Überzeugung des Anfängers mit. Ob er mich zum Haus meiner Mutter begleiten wolle, fragte ich. Ich würde sie dann bitten, einen Scheck über die volle Summe auszustellen. Dann wären wir endlich quitt. Er lächelte. Er hörte das mit Freude. Er willigte ein, ins Auto zu steigen, ich setzte auf der Einfahrt zurück und fuhr den steilen Hügel hinunter.

Unterwegs begann er ein höfliches Gespräch, erkundigte sich, aus welchem Teil Deutschlands meine Mutter stammte. Er sei zweimal in Stuttgart gewesen, sagte er. Könne noch ein paar

Worte Deutsch, etwa Krankenversicherung, Apotheke, Türen schließen, wunderbare Leute, diese Deutschen.

Weder bejahte ich noch verneinte ich.

Ich parkte den Wagen vor dem Haus meiner Mutter und bat ihn, kurz zu warten.

Kann ein paar Minuten dauern, sagte ich.

Guter Mann, sagte er.

Ich stand im Flur. Greta las meiner Mutter im Wohnzimmer etwas vor. Die Tür stand offen. Greta saß auf dem Sofa, sie hatte die bloßen Füße daraufgelegt, meine Mutter saß am anderen Ende des Zimmers auf einem Stuhl, eine Decke über den Schultern. Greta las die Geschichte über den Eigentümer eines Aufnahmestudios, der das Wort Gott aus einem bereits aufgenommenen Text schneiden und durch einen anderen Begriff ersetzen muss: ein höheres Wesen im Himmel. Später wird er dann gebeten, auch das rauszuschneiden und durch eine kurze Stille zu ersetzen.

Ich hörte meine Mutter lachen, sie hatte diese Erzählung viele Male gelesen. Sie stammte von einem Schriftsteller, der aus der gleichen Ecke in Deutschland stammte wie sie. Er hatte im Krieg gekämpft, er war süchtig nach den Drogen geworden, mit denen man die Soldaten aufgeputscht hatte, eine Art Speed, das sie der Realität entfremdete und aggressiver machte. Seine Bücher lasen sich teils wie ein Drogenrausch, er dachte wie ein expressionistischer Maler. Er war fast zur gleichen Zeit nach Irland gereist wie meine Mutter. Er verfasste ein kurzes Reisebuch, das mich an ihre Art, die Welt zu sehen, erinnerte, die Aufregung bei der Ankunft, die Begrüßung, das langsame Verstreichen der Zeit.

Ich lauschte der vorlesenden Greta. Ich wartete auf den Punkt in der Geschichte, wenn der Mann im Aufnahmestudio die Stellen mit dem unerwünschten Wort Gott aus dem Band schneidet und die Schnipsel in eine Streichholzschachtel gibt. Dann folgt ein Sinneswandel. Am Ende wird er gebeten, Gott doch wieder in den Text einzubauen, und am Ende hat er eine Schachtel voller Stille.

Wie konnte ich meine Mutter bitten, meine Schulden zu begleichen?

Die Geschichte hatte mich offenbar zur Besinnung gebracht. Ich verließ das Haus, ohne sie zu stören. Ich ging zum Auto und stieg ein.

Ich setze Sie zu Hause ab, sagte ich.

Haben Sie den Scheck?

Sie bekommen ihn gleich, sagte ich.

Guter Mann.

Während der Fahrt zum Meer entschuldigte er sich dafür, Helen direkt konfrontiert zu haben. Sie ist eine prima Frau, sagte er, sehr ehrlich, sehr auf Draht.

Auf Draht?

Sie sei sehr entschlossen, erklärte er. Im Grunde seien wir anständige Menschen. Es falle ihm nicht leicht, mit ihr über Geld zu reden. Doch er habe nun mal eigene Verpflichtungen. Seine vier anderen Liegenschaften würden nicht allzu viel abwerfen. Miete zu bekommen sei wie Zähne ziehen, meinte er. Ganz zu schweigen von all den Unkosten, er habe zwei Söhne, beide seien auf dem College. Sie verpulvern das Geld, sagte er, ist wirklich eine Plage, sie satt zu kriegen.

Da ich kein Geld hatte, um ihn zu bezahlen, kehrte ich zu der Illusion zurück, mich irgendwie hinauswinden zu können. Ich ertappte mich dabei, in einem selbstgerechten, mahnenden

Tonfall zu sprechen und ihm Vorwürfe zu machen. Ich warf ihm mit pseudojuristischen Formulierungen vor, Helen bedroht zu haben, eine Mutter zweier Kinder. Er habe sie, eine schwangere Frau, auf illegale Art daran gehindert, nach Hause zu ihrer Familie zu fahren. Er habe sie auf dem Parkplatz festgehalten, das grenze an Freiheitsberaubung, das sei fast eine Entführung.

Er lachte.

Sie haben ihr den Weg verstellt, sagte ich.

Ich wollte bloß mit ihr reden, sagte er.

Sie haben nicht das Recht, sie aufzuhalten, sie gegen ihren Willen als Geisel zu nehmen.

Er lachte noch einmal.

Na, kommen Sie, sagte er und wurde allmählich wieder wütend, ich habe nur mit ihr gesprochen, ist doch nicht meine Schuld, dass sie sich so aufgeregt hat.

Aufgeregt?

Sie ist direkt auf mich zugefahren, sagte er.

Was?

Sie wollte mich überfahren, sagte er.

Das ist doch erstunken und erlogen, sagte ich.

Sie hätte mich fast umgebracht, hat aber im letzten Moment gehalten, weil sie sich aus der Fahrertür übergeben musste.

Ihr war übel wegen Ihnen?

Die Hormone, sagte er. Sie war außer sich.

Ich raste wortlos zum Hafen. Mein Kopf war wie leergefegt. Meine Zähne sirrten. Jeder Selbstzweifel war verflogen.

Bardon wurde mulmig, und er fragte: Wohin fahren Sie?

Ich stieg auf die Bremse, und das Auto hielt quietschend auf dem Pier. Als wäre mir erst im letzten Moment eingefallen, wie schnell es in den Abgrund gehen kann, wie leicht die Grenze zum Wahnsinn verschwindet. Ich zog die Handbremse an und schaltete den Motor aus. Es war kaum zu glauben, wie still der Hafen war, die Boote schaukelten, ein Reiher flog kreischend auf. Die Fenster des Yachtclubs reflektierten einen rötlichen Schein, der sich auch im Wasser spiegelte.

Es war der kleine Binnenhafen, wo früher die Kohle aus England angelandet worden war, wo die Wellhornschnecken-Boote vertäut waren. Wo nachts stundenlang die Liebespärchen sitzen und Radio hören und manchmal das Auto nicht mehr anspringt. Ein privater Ort. Ein Ort der Fantasie. Ein zeitloser Ort am Rand der Welt, wo alles möglich scheint, wo man die falsche Wahrheit einfach abschalten, zur Wahrheit hinter der Wahrheit zurückfinden und über Sterne und Planeten und Orte im Universum reden kann, die tagsüber unerreichbar sind. Wo Liebende sich der Gefahr aussetzten, unsterblich wurden und trotzdem wieder aufwachten, wenn die Sonne aufging, die Luft war zu sauerstoffhaltig, es stank nach Diesel und Fisch, dazu das schlürfende, hohle Geräusch, mit dem das Wasser in die Löcher des Piers strömte und wieder hinausfloss.

Warum hatte ich ihn hierhergebracht? An diesen heiligen Ort der Liebe und des Vergessens? Als würden wir hier ein langes Gespräch führen, von Mann zu Mann. Ich würde ihm die Meinung sagen, ganz offen, ihn warnen, ihm sagen, er solle sich von Helen fernhalten – seinetwegen war ihr schlecht geworden, seinetwegen hatte sie geweint. Da war er, der große Protest. Ich konnte mich gegen Bardon wehren. Konnte mich gegen alles wehren, was mit der Welt nicht stimmte.

Doch mein Schweigen siegte. Ich stieg aus und stellte mich mit verschränkten Armen an den Rand des Piers. Ich hörte, wie er versuchte, die Tür mit der Schulter aufzustoßen, wie er fast unverständlich fragte, ob das die Kindersicherung sei. Das Auto wackelte, als er ein paar weitere Versuche unternahm. Er bekam Angst und klopfte gegen die Windschutzscheibe.

Machen Sie die Tür auf, rief er, wie es sich für einen guten Mann gehört!

Ich drehte mich um und ging zur Beifahrertür, um ihn herauszulassen. Ich war ein durch und durch höflicher Mensch. Ich konnte nicht anders.

Entschuldigung, sagte ich. Defektes Schloss.

Warum diese Entschuldigung? Diese Unfähigkeit, ein schlechter Mensch zu sein. Alles Schlechte war schon vor mir geschehen. Für mich war nichts Schlechtes mehr übrig. Ich hatte kein Recht, die Geschichte zu wiederholen. Der Übeltäter in mir war ausgelöscht. Das Schlechte inspirierte mich zum Guten. Ich musste besser sein. Besser als besser. Mehr als schuldbewusst. Nie wieder. Ich hatte das Bedürfnis, schwach zu sein, weich, mich an die aufgerollten Taue und Fischernetze zu lehnen und demütig die Arme auszubreiten. Der Verlierer in mir gewann die Oberhand. Der Sieger in mir ergab sich dem Anteil, der voller Reue war. Der Kämpfer in mir war fehl am Platz. Der Geschäftsmann in mir erlag traurigen Liedern über Menschen, die fortgingen. Der Versager in mir wollte jene Menschen ersetzen, die nie ankamen.

Das Weiche hatte meine Wut untergraben. Wie Kerzen und Schokolade, der Geruch eines Streichholzes, das in einem Raum entzündet wird, Holzspielzeug, Geschenke, die man genauso sorgfältig öffnet, wie sie eingepackt wurden, die Sprache meiner Mutter, Dinge, über die ich nur lachen kann, wie etwa der Ausdruck für schlechte Laune: dein Makrelenmund.

Er stand eine Weile auf dem Pier, als wäre er von einer langen Seereise zurückgekehrt, froh, den festen Boden der Heimat unter den Füßen zu haben. Sobald er sich in Sicherheit wähnte, erwachte wieder seine Wut. Sein Mund war wie eine Faust. Er atmete durch die Nase ein und hielt mir eine Hand hin.

Wo ist der Scheck?

Sie schuldet Ihnen nichts, sagte ich.

Wir betrachteten einander wie Unterwassermenschen.

Das werden wir ja noch sehen, meinte er.

Ich konnte die braunen Lederschuhe hören. Er trat im Davongehen nach den Gehäusen der Wellhornschnecken. An einem Poller blieb er stehen und urinierte. Ich sah, wie er ein paar Tanzschritte machte, um die letzten Tropfen abzuschütteln. Er zog den Reißverschluss hoch. Ich sah seinen Kopf über der Kante der Granitmauer, bis er die Straße erreichte, er musste nicht weit gehen.

Ich bedauerte, was ich nicht getan hatte.

Wie kam es, dass die Geschichte uns so geprägt hatte? Für so viel Zwietracht unter den Menschen sorgte? Ging es um Land? Um Geld? Wir blieben auf jeden Fall Rivalen. Er konnte es sich nicht leisten nachzugeben. Ich fand keine Lösung. Die gleiche ausweglose Konfrontation hatte ich mit meinem Vater gehabt. Er glich nun meinem Vater. Jeder Mann war mein Vater. Wir waren gefangen in dieser männlichen Wut. Männer tun, was Männer tun müssen. Sie geben nicht nach. Sie greifen nach der Macht. Sie pissen. Sie schützen ihr Eigentum. Jagen andern Angst ein, um selbst keine haben zu müssen.

Ich blieb im stillen Hafen. Ich interessierte mich plötzlich für den Abfall, der im Wasser trieb, dicke Ölflecken, doppelt vertäute Trawler, das Quietschen der Gummireifen, wenn sich die Bäuche der Boote aneinanderrieben. Ein Turm aus Fischkisten, daneben Ketten und Schellen, Holzpaletten. An der Granitmauer hatte man farbige Pinsel abgewischt.

Ich tuckerte so vorsichtig über den Pier wie ein Fahranfänger. Die Straßen waren leer. Zu Hause parkte ich das Auto unten am Hang. Bevor ich hineinging, saß ich eine Weile stumm da, dachte über all das nach, was sich auf der Welt nicht verändern wollte, all meine Mängel, die ich nicht beheben konnte. Hatte ich nur wieder eine Künstlerkrise? Ich saß in der Falle all dessen, was ich liebte. All dessen, was ich fürchtete. Dazu verdammt, ein Mann zu sein, Vater, Liebhaber, Junge, Sohn zu sein, ein Freund, ein Kämpfer, ein Anhänger, ein Konsument mit messbaren Bedürfnissen. Der Mann, der ich sein sollte.

Helen war schon im Bett, sie hob den Kopf und wartete darauf, dass ich etwas sagte. Ich setzte mich aufs Bett und kehrte ihr den Rücken zu.

Erzähl mir, was passiert ist, sagte sie.

Nichts, erwiderte ich.

Sie sagte, ich solle ins Bett kommen. Ich zog mich aus. Wohlig gab ich mich der Wärme unter der Decke hin. Die Schläfrigkeit saugte mir die Kraft aus den Armen, machte mich schwach, meine Wut verflog. Helen begann, mir aus einem Buch vorzulesen. Ich hörte ihr zu wie ein Kind. Vielleicht war es die Wärme, vielleicht aber auch die herrliche Ironie der Sprache, die mir das Gefühl gab, sicher zu sein, geborgen in der Fantasie. Es war die Geschichte eines Troubadours, der auf seinem Pferd loszieht, um für die Ehre der Frauen zu kämpfen. Der augenfällige Bezug zwischen dem Buch und meinem Leben wurde zu einer absurden Parabel. Da war der Zeigefinger: Schau dich an, der heroische Ritter in seiner lächerlichen lädierten Rüstung. Ich musste über mich selber lachen. Ich erkannte, wie sinnlos und komisch meine Taten waren. Gut möglich, dass Bardon jetzt gerade mit seiner Frau Marjorie im Bett saß, dass sie ihm aus dem gleichen Buch vorlas und er ebenfalls nicht mehr aufhören konnte zu lachen. Wir beide könnten, die Decke bis zum Kinn hochgezogen, genauso gut zusammen im selben Bett liegen und uns kaputtlachen, während uns die schönste Frau auf Erden beschrieben wird.

Höchste Zeit, gegen mein Schweigen anzugehen. Ein neuer Termin beim Zahnarzt wäre Unsinn, er hatte alles getan, was in seiner Macht stand. Er könnte mich höchstens daran erinnern, dass Einwanderer voller Tränen waren, auf meine Zähne tippen und fragen, ob ich die Schattensprache noch benutzte. Mir mein Geisterlächeln zeigen und mir erzählen, der deutsche Entdecker der Röntgenstrahlen habe gern das Skelett seiner Frau betrachtet, wobei sie glaubte, er würde ihren Tod vorhersagen.

Unser Hausarzt praktizierte in einem großen Haus an der Ecke.

Seine Praxis war im kleinsten Zimmer des Hauses. Der Platz reichte gerade für den lederbezogenen Untersuchungstisch, einige Bücherregale, ein Waschbecken und seinen Stuhl. Ich saß auf dem Ledertisch, meine Beine hingen über den Rand wie die eines Jungen mit kurzer Hose. Er horchte meine Brust ab, maß den Blutdruck, untersuchte meine Fingernägel, die Augen, die Ohren, die Zunge. Er sah sich meine Hoden an und fragte mich, ob ich glücklich sei, ob ich mich anständig ernährte, ob ich viel trank.

Ein Rätsel, was die immer wieder auftretenden Zahnschmerzen auslöste. Die Schmerzen folgten keiner Logik, sie wurden stets von einer tiefen Müdigkeit begleitet, dem Wunsch, zu schlafen und nie wieder zu erwachen. Als Auslöser reichte jede Art von Lärm, Cornflakes, Alufolie, raschelndes Laub, die Fernsehnachrichten. Der Lärm der Welt in den Zeitungen. Sollte ich etwa nicht verfolgen, was auf der Welt geschah, mir die Sachen nicht zu Herzen nehmen? Lag es daran, dass ich mich an zu vieles erinnerte? An etwas, das ich mir noch nie in Erinnerung gerufen hatte? Sollte ich großzügiger sein? Die Scherben in meinem Mund als Buße sehen? Als Wiedergutmachung? Wie der deutsche Politiker, der in Warschau das Knie beugte?

Medizinisch war alles in Ordnung. Der Arzt stellte eine Nervenentzündung fest, gegen die man nicht viel tun konnte. Er bezeichnete sie als Neuralgie. Nichts Lebensbedrohliches. Es könne auch an Hausstaubmilben liegen, erklärte er und riet mir, einen guten Staubsauger zu besorgen, es könne mit Dreck zu tun haben. Sei ich im Haus oft handwerklich tätig? Vielleicht gebe es chemische Ausdünstungen, Sägemehl, Sand, der Dreck beim Ausräumen alten Krempels, er bemerkte zwei hart gewordene Placken Bauschaum auf meinen Händen.

Er schlug Akupunktur vor. Zweimal pro Woche hatte ich Nadeln im Gesicht und auf den Händen, ein paar auf den Kniescheiben. Es brachte gar nichts.

Eines Nachmittags flammten die Schmerzen auf, als ich am Fenster stand und beobachtete, wie sich das Licht veränderte, wie die ersten Regentropfen lautlos ans Glas schlugen. Es hing nicht mit meiner aktuellen Stimmung zusammen, nicht mit dem Geld, nein, die Schmerzen kamen wie ein wütender Rächer, wenn ich ruhig und glücklich war und an die bevorstehende Geburt des Babys dachte. Dann rannte ich im Kreis, stürmte die Treppe hinab auf die Straße, ließ die Haustür offen, in meinem

Kopf dröhnten die Druckereimaschinen. Ich legte mich auf dem Golfplatz ins Gras und versuchte, meine Zähne in die Grashalme zu schlagen. Die Leute ragten mit ihren Schlägern über mir auf, sie erkundigten sich, ob ich noch lebte, einer hielt mich für obdachlos. Ich kehrte zurück. Meine Augen hüpften in meinem Kopf herum. Ich wurde nicht mal auf jener Straße langsamer, die mich an Kanada erinnerte, weil man in jedes Haus schauen konnte. Ich rannte ins Bad, legte das Gesicht auf den kühlen Boden, Helens Stimme holte mich wieder in die Gegenwart.

Es wurde viel über Heilung geredet. Neue Worte für Versöhnung fielen – Bündnis, Annäherung, Gedankenaustausch, Dialog, übers Reden reden, Schritte unternehmen, den Blickwinkel ändern, Konfliktlösung, Arrangement.

Es gebe eine neue Therapie, bei der man von anderen Leuten im Raum durch gute Gedanken geheilt werde. Ich solle mir Hilfe suchen, Hypnose ausprobieren, Reinkarnationstherapie. Freunde rieten mir, mich an einen stillen Ort zurückzuziehen, etwa in das Kloster, in dem wir eine Weihnachts-LP in der Schattensprache eingespielt hatten, eine Sängerin mit langen, glänzenden Haaren, begleitet von zwanzig Mönchen; das Album hieß *Virgin's Lament*. Man legte mir nahe, Melonen zu essen. Haufenweise Knoblauch. Empfahl mir, Hefe zu trinken, Sauerkirschsaft, Fencheltee, mehr Fisch zu essen. Ich solle das Leben lieben, jeden Morgen brummen, auf meine Brust pochen, hieß es, regelmäßig schwimmen, Seetangbäder nehmen. Irgendjemand schlug mir vor, den eigenen Urin zu trinken.

Martina war mit Helen vorn im Wohnzimmer, die Tür war zu. Ich saß mit Rosie und Essie und Martinas Sohn José in der Küche. Er trug einen Matrosenanzug. Sie tranken Tee und versuchten, auf Spanisch mit ihm zu reden, sie wollten die Vorhänge zuziehen und das Licht anknipsen. Ich holte die Speischüssel heraus, um einen Kirschkuchen zu backen, meine Mutter hatte mir geraten, die Kirschen zuletzt hinzuzufügen, damit sie nicht im Teig versanken.

Der Investor hatte inzwischen eine neue Wohnung mit Blick aufs Meer gefunden. Er wollte, dass Martina zu ihm zog. Er begann ein neues Leben. Ab und zu kehrte er nach Hause zurück, um Sachen zu holen, seine Lieblingsjacke mit den Silberknöpfen, seine Modelleisenbahn, die unter dem Bett stand, persönliche Kleinigkeiten, die ihm etwas bedeuteten. Seine Frau war verzweifelt. Sie wusste manchmal nicht mehr, wie sie die Cornflakes in eine Schüssel füllen sollte, wo der Kühlschrank stand, sie ließ die Schlüssel stecken, sie verlor ihre Handtasche, sie machte eine Therapie.

Eines Tages veränderte sich Marie Delaney.

Sie hatte ihre Selbstachtung wiedererlangt. Sie lud ihren Mann zu einem späten Frühstück ins Shelbourne Hotel ein. Sie sprach von einem Waffenstillstand, bat ihn, Martina mitzubringen, um vernünftig über die Sache zu reden. Sie war zeitig dort. Ihr Bruder Laurence war aus Belfast gekommen, um ihr beizustehen. Sie saßen am Tisch am Erkerfenster, die Sonne schien in den Raum. Sie bestellte eine Etagere mit Croissants und Toast, Marmelade, frischen Scones, Tee und eine Kanne Kaffee. Sie war wieder sie selbst. Sie trug goldene Ohrstecker, eine Halskette, die aussah wie polierte Kohlestücke, sie war beim Friseur gewesen.

Als Maurice Delaney und Martina erschienen, waren beide zuerst von der Sonne geblendet. Marie stand auf. Die zwei Frauen gaben sich die Hand, ihr Bruder Laurence wurde vorgestellt. Der Investor küsste seine Frau, ergriff auf jungenhafte Art den Arm ihres Bruders, alle setzten sich. Zuerst schwiegen sie. Der Investor versuchte, die Stimmung aufzulockern, und meinte, was wäre, wenn jetzt ein Flugzeug in Stephen's Green landete, die Enten würden durchdrehen, doch er lachte allein. Martina und Marie saßen einander gegenüber, ohne sich anzuschauen. Sie musterten die jeweils andere abwechselnd mit Argusaugen, die Fingernägel, die Haarfarbe, das Pflaster auf dem Hacken, sie erschnupperten das Parfüm. Martina war nicht ganz so leger gekleidet wie sonst, sie trug normale Schuhe, Messeschuhe, wie sie sie nannte. Es gab einen Moment, in dem die zwei Frauen durch ein Gespräch hätten vergessen können, was sie hierhergeführt und zu Gegnerinnen gemacht hatte. Unter anderen Umständen wären sie vielleicht Freundinnen gewesen, hätten gemeinsam *My Lagan Love* singen können. Jede war in einen anderen Glauben hineingeboren worden. Marie war in Belfast auf eine gemischte Schule gegangen, Martina von Nonnen unterrichtet worden, an einer Klosterschule im Süden, nur für Mädchen und mit strengen Regeln, sie hatte zu Boden starren müssen, nicht hinschauen dürfen, die Augen standen unter Aufsicht.

Du warst in einer Folkband, habe ich gehört, sagte Marie.

So was in der Art, sagte Martina.

Wie Joan Baez?

Eher wie Patti Smith.

Marie bestellte noch mehr Tee und Kaffee und fragte Martina höflich, ob diese ein Frühstücksei wünsche. Martina lächelte und lehnte dankend ab. Niemand aß etwas, bis auf Marie, die einen

Scone verzehrte, wobei sie die Serviette darunterhielt, um die Krümel aufzufangen, ihre Fingernägel schwirrten auf der Stelle wie Kolibris. Sie kam ohne Umschweife zur Sache, richtete die Worte meist an ihren Mann. Sie könne die Affäre mit Martina nicht beenden, sie wolle Liebe und Glück nicht im Weg stehen, sagte sie. Sie wolle ihrem Mann bei dieser Gelegenheit nur klarmachen, wo er stehe.

Sie erwähnte nicht die Familie, das Zuhause, die Kinder, sich selbst oder das Leben, das sie gemeinsam aufgebaut hatten. Sie sprach nicht von den vielen Erinnerungen, dem Fotoalbum der Hochzeit in Lissabon. Nicht von den Flitterwochen in den Alpen, seinen romantischen Worten, ihrer Vermutung, er leide an der Höhenkrankheit. Sie redete nur über Sachliches, über Geschäftliches. Sie legte ihrem Bruder eine Hand auf den Arm. Laurence besaß den Mehrheitsanteil an jedem Unternehmen ihres Mannes, den Bauprojekten, den Bürohäusern am Fluss, die noch im Planungsstadium waren. Laurence zog die Fäden, er sah keinen Anlass, hier etwas zu sagen, er warf die Hände in die Luft.

Er sagte nur: Es muss gerecht zugehen.

Der Investor sah sich vor die Wahl gestellt. Er konnte zu Marie zurückkehren oder seine Beziehung mit Martina fortsetzen. Verließe er seine Familie, dann würde er alles verlieren, was er besaß. Höchste Zeit, sich zu entscheiden. Maries Belfaster Akzent war so weich, dass alles, was sie sagte, vernünftig klang. Zu guter Letzt kam sie auf das Fitness-Café zu sprechen. Helens Name fiel nicht, aber Marie unterstrich, dass sich ihr Mann, sollte er diesen, wie sie es nannte, kleinen, schmutzigen Seitensprung mit einer Folksängerin beenden und heimkehren, aus dem Yogaprojekt zurückziehen müsse.

Entscheide dich, sagte sie.

Eine heikle Situation. Das erinnerte mich an *Der Prozess*. Kafka hatte die Idee zu diesem berühmten Buch im Foyer eines Berliner Hotels, wo er von zwei Frauen befragt wurde. Seine Verlobte hatte eine Bekannte mitgebracht, die als Mittlerin fungieren sollte. Sie wollten wissen, warum er immer nur Ausflüchte machte, wieso er sich nicht entscheiden konnte, ob er heiraten wollte oder nicht, was für ein Mann er war. Auf der Zugfahrt nach Berlin entschied er sich mindestens ein Dutzend Mal anders. Eine Tasse Kaffee hätte ihm die Entscheidung eventuell erleichtert, aber er trank nie Kaffee. Er schaffte es schließlich, mit seiner Verlobten kurze Flitterwochen in einem Kurort zu machen, doch es gab weder Heirat noch Ring.

Maurice Delaney stand vor der Entscheidung seines Lebens. Er saß in der zentralen Lounge des Dubliner Shelbourne Hotels, sein Blick zuckte zwischen Frau und Geliebter hin und her, beide warteten auf die Antwort. Er zog in seinem Selbstmitleid die Augenbrauen hoch, wirkte wie ein Junge, der zum ersten Mal kapiert, dass man im Leben nicht alles zugleich haben kann. Man hatte ihn in eine rationale Ecke gedrängt, er war den Tränen nahe, wog seine ökonomischen Interessen gegen die menschlichen Instinkte ab, er musste sich zwischen Tasche und Herz entscheiden.

Im Raum herrschte eine bedrückte Stille.

Eine Gruppe von Menschen, reglos am Tisch vor dem Fenster sitzend, als wären sie seit dem Osteraufstand dort, also bald hundert Jahre. Martina war es, die schließlich eine Entscheidung traf. Sie sah ihm in die Augen. Sie stand auf. Sie griff wortlos nach ihrer bestickten Handtasche, drückte den Rücken durch, wandte sich ab und ging durch den großen Raum zur Tür. Ein weiter Weg. Sie musste zahllose Tische umrunden, die Leute rückten näher an den Tisch, um ihr Platz zu machen.

Er hätte ihr noch folgen können.

Sie ging ins Foyer, passierte die zu den Zimmern führende Treppe, die Lüster, die Speisekarte des Restaurants, die wie ein kostbares Ausstellungsstück auf einem Ständer ruhte, Menschen, die zum Mittagessen strömten. Das Klackern ihrer Absätze auf dem Marmor sorgte für einen quälenden Abgang. Sie zwang sich, den Portier anzulächeln. Sie ging durch die Drehtür, ohne groß drücken zu müssen, weil gerade Leute hereingekommen waren, ein paar kurze Schritte, dann wurde sie auf die Straße entlassen. Sie stand ein oder zwei Minuten auf dem Bürgersteig, groß und aufrecht, ohne Mantel, eine hellrote Strickjacke locker über den Schultern. Sie hatte genug Selbstbewusstsein, sich nicht umzudrehen. Wollte nicht der Versuchung erliegen, einen Blick über die Schulter zu werfen, um die anderen reglos am Fenster sitzen zu sehen, sondern winkte einem Taxi und stieg hinten ein.

Der Kirschkuchen war fertig, er kühlte auf einem Backblech ab. Die Kirschen versanken trotz allem im Teig. Helen stürmte aus dem vorderen Wohnzimmer. Sie ließ die Tür offen, und ich sah Martina, sie hatte die Hände vors Gesicht geschlagen. Helen holte ein Glas Wasser und eine Schachtel mit Papiertüchern, die Speischüssel wurde nicht gebraucht. Sie stand umgedreht auf dem Abtropfblech wie ein Geschöpf aus rostfreiem Stahl mit rundem Rücken, das sich unendlich langsam bewegte, ein paar Zentimeter pro Jahr.

Frühling. Die Kirschen blühten sehr früh. Aus irgendeinem Grund hatte ich an jenem Morgen den Eindruck, dass man uns winkte. Ich konnte niemanden sehen. Es war eine irrige Wahrnehmung. Unsichtbare Leute an den Fenstern, unsichtbare Leute auf der Straße, die uns winkten, während wir zum Gericht gingen. Das gab mir das Gefühl, als würden wir von hier verschwinden.

Helen trug ihren blauen Mantel, den sie über dem Bauch nicht schließen konnte, sie hatte Rückenprobleme. Kurz bevor wir aus dem Haus gingen, zog sie andere Schuhe an.

Wir standen in der Gasse vor der Mauer des Gerichts, einem alten Gebäude aus rotem Backstein, die Seitentür war der Haupteingang. Draußen standen kleine Menschentrauben, rauchende Männer, nervöse Angehörige, uniformierte Gerichtsdiener, die ihre Dienstmütze abgesetzt hatten. Eine Frau mit dunklen Rändern unter den Augen rief einem Mann durch die Gasse zu, er solle Zigaretten holen – und ein Mars, ich bin am Verhungern –, das Echo ihrer Stimme war zu hören, sie hatte einen schlimmen Husten. Vor der Tür stand ein Kinderwagen ohne Baby.

Zwei Gerichtsdiener kamen durch die Gasse, einer führte einen Mann mit Gipsarm und narbigem Gesicht in Handschellen. Der Mann sah mich drohend an, ich schaute sofort weg, dann gingen sie hinein.

Bardon stand mit seinem Anwalt ein paar Meter von uns entfernt. Sein Mantel von Crombie war offen, er trug eine weinrote Krawatte und ein gestreiftes Hemd mit Zuckerstangen-Design. Zwischen den anderen Wartenden in der Gasse wirkte er fehl am Platz, oder andersherum: Durch seine Anwesenheit sah die Tür zum Gerichtsgebäude eher aus wie ein Theatereingang vor der Uraufführung eines neuen Stücks.

Unser Anwalt ging zu den beiden, um zu schauen, ob auf den letzten Drücker eine gütliche Einigung möglich wäre, biss aber auf Granit und kehrte zu uns zurück. Dann gingen alle hinein.

Unser Fall wurde aufgerufen.

Bardon sprach gut und ruhig, seine Worte beschworen das Bild eines vernünftigen Mannes herauf, der sich in dieser Situation wiederfand, obwohl er nichts mehr verabscheute, als jemanden vor Gericht zu schleifen. Er habe viel Geduld gezeigt und seiner ehemaligen Mieterin immer wieder Gelegenheit gegeben, die Schulden zu begleichen, doch sie habe nie gezahlt. Er stehe unter finanziellem Druck, wolle die Angelegenheit jedoch so fair wie möglich regeln, er wünschte, Helen hätte sich irgendwie bewegt, guten Willen gezeigt, und sei es durch eine Geste, dann hätte es sicher eine Möglichkeit gegeben, sich zu einigen. Er habe alles getan, um ihr geschäftlich unter die Arme zu greifen, er habe einen neuen Teppich verlegen lassen und dafür gesorgt, dass die Heizung pünktlich repariert wurde, er sei ihr in jeder Hinsicht entgegengekommen, sie aber habe den Mietvertrag willkürlich und ohne Rücksprache mit ihm gekündigt.

Bei allem Respekt, sagte er wiederholt.

Er wirkte regelrecht staatsmännisch. Wie jemand, der gezwungen war, für den Dienst an der Nation wichtige Pflichten ruhen zu lassen, um diese unangenehme Sache zu regeln, ohne eigenes Verschulden. Seine grauen Haare, die weißen Augenbrauen, sein guter Name. Er wandte sich mit ausgesuchter Höflichkeit an den Richter. Er sei bedroht worden, sagte er, man habe ihn umbringen wollen, er fühle sich nicht mehr sicher.

Unser Anwalt vertrat anschließend Helens Sache. Die Räumlichkeiten hätten sich nach einer Weile als vollkommen unzulänglich erwiesen, die Zustände seien erschreckend gewesen.

Seine Klientin, sagte er, habe keine Yogastunden mehr geben können, sie habe Kunden verloren, ihr sei nur die Wahl geblieben, den Mietvertrag zu kündigen und andere Räumlichkeiten zu suchen.

Ich hätte gern weitere Details ergänzt: die Pilzsporen im Teppich, die Pfützen, die Frauen mit nassen Füßen. Dazu der Gestank in den Zimmern, der Geruch nach Gummi, wir mussten vor jeder Stunde Deo versprühen.

Doch es war überflüssig, jeden Makel auszuwalzen, denn unser Anwalt pochte auf die weit wichtigere Tatsache, dass ein Ort, der dem Wohlbefinden hätte dienen sollen, eine ernsthafte Gesundheitsgefahr dargestellt hatte.

Der Richter fragte, ob die Beschwerden über die Zustände schriftlich festgehalten worden seien, ob es Kontakte mit den Gesundheitsbehörden gegeben habe, all das war nicht der Fall.

Unser Anwalt schloss mit dem schlagenden Argument, dass der Vermieter die Mietvoraussetzungen gebrochen habe. Seine Nachlässigkeit habe Helen gezwungen, sich andere Räume zu suchen, und zwar unter hohen Kosten.

Ich sah Helen im Zeugenstand, es waren nur wenige Minuten, aber ich hatte das Gefühl, als wäre es ein ganzes Leben. Sie wirkte klein, als sie sich an der Holzkante festhielt, sogar noch beim Hinsetzen, als könnte sie das Gleichgewicht verlieren. Das war kein Ort, wo man lächelte. Kein Ort, wo man authentisch war. Das Baby in ihrem Bauch bedurfte ihrer ganzen Konzentration.

Der Richter verlas die Adresse der Räumlichkeiten, benannte Vermieter und Mieterin, dazu die Daten, er reckte den Mietvertrag wie ein Ausstellungsstück, ließ ihn vom Gerichtsdiener an Helen weiterreichen, damit sie daraufschauen konnte.

Ist das Ihre Unterschrift?

Ja, sagte Helen.

Haben Sie diesen Vertrag in gutem Glauben unterschrieben?

Ja, sagte sie.

Was hätte sie auch sagen sollen? Dann begann sie zu sprechen. Sie sprach nachdrücklich, ohne beschämt oder schuldbewusst zu wirken, sie benutzte keine Adjektive, übertrieb nichts. Sie beschuldige niemanden, wolle niemanden schlechtreden, sie verteidige nur sich selbst und ihre Familie. Sie erzählte dem Richter, dass sie ihr Bestes gebe, sie habe zwei Kinder, ein drittes sei unterwegs. Dieser Mann habe kein Recht, sie wegen des Geldes zu verklagen. Juristisch sei er vielleicht im Recht, sagte sie, aber er habe nicht das moralische Recht, etwas zu fordern. Was er tue, sei unehrenhaft. Es sei falsch. Ich würde nicht wollen, dass meine Kinder auch nur einen einzigen Penny annehmen, der nicht legitim ist, sagte sie.

Helen schaute sich um, sah Bardon an, die Gerichtsdiener, die Zuschauergalerie, den Richter. Es herrschte Stille, denn man wartete, ob sie vielleicht noch etwas hinzufügte.

Danke, sagte der Richter.

Er hatte keine weiteren Fragen. Während des kurzen Überlegens, das nicht länger als zwei oder drei Sekunden dauerte, hatte ich den Eindruck, dass weder Geld noch juristische Maßstäbe entscheidend waren, sondern unser Recht auf Glück. Hier wurde unser Leben verhandelt. Unsere Familie. Die Frage, die endgültig beantwortet werden musste, war nicht die nach der Höhe der ausstehenden Miete, sondern die nach der Höhe der Summe, die wir der Welt dafür schuldeten, am Leben zu sein. Für unseren Anspruch auf Ressourcen, auf Luft, auf Wasser, auf den Anteil an Glück und Liebe, den wir der Erde entnahmen.

Helen Boyce – das Urteil ergeht gegen Sie.

Ich sah die irische Harfe, das Symbol des Staates, die über dem Kopf des Richters schwebte. Ich verfluchte ihn und seine Harfe wie ein Verurteilter. Er gab ihr keine Chance. Wie unfair und einseitig das Gesetz ist, es orientiert sich am Ideal des Besitzes.

Ich erhob mich.

Mein Mund stand offen. Eine geräuschlose Stimme. Es war ein Schock für mich, als die echten, hörbaren Worte schließlich wie ein aufgescheuchter Vogel aus meinem Mund flogen wie eine Krähe, die durch den Gerichtssaal segelte.

Helen, rief ich, du warst super, ich liebe dich aus ganzem Herzen.

Mein Ausbruch war beschämend, hoffnungslos unpassend und unwichtig. Die Leute drehten sich nach mir um. Der Richter sah kurz auf, dann begann er, Unterlagen zu sortieren. Der nächste Fall wurde aufgerufen.

Es tat weh, sie zurückkommen zu sehen. Als hätte man das Gericht auf den Kopf gestellt, als wüsste sie nicht mehr, wie sie hereingekommen war, wo war der Ausgang? Sie sah mich nicht. Ich wartete an der Tür, aber sie ging an mir vorbei, als würde sie mich nicht erkennen, sie ließ den Blick über die Gesichter der Leute schweifen, die rauchend in der Gasse standen.

Bardon war schon da und beobachtete uns. Er streckte die Hände aus, eine Geste heuchlerischen Mitgefühls, als wollte er sagen: Da sehen Sie, was Sie ihr angetan haben.

Auf der Rückfahrt gab es nichts zu besprechen, nichts zu sagen, als wir wieder zu Hause waren. Im Haus war es so still, als wären wir von einer Beerdigung zurückgekehrt. Ich holte die Kinder von der Schule ab, sie schienen etwas zu spüren, denn sie stritten sich. Rosie ging ins Wohnzimmer und begann zu kreischen. Essie knallte die Küchentür zu und setzte sich schmollend auf den Fußboden. Helen lag im Bett. Ich vertrieb mir den Nachmittag mit der Reparatur eines Kabels, das unter den Dielen verlief, da gab es einen Wackelkontakt, nur einer der beiden Lautsprecher funktionierte. Ich brachte Helen ein Stück Kirschkuchen, aber abends lag es immer noch auf dem Teller und hatte eine harte Kruste bekommen. Ich bot an, ihr etwas vorzulesen, aber sie sagte, es gehe ihr gut. Danke.

Die Nachrichten, die ich hörte, waren auch schlecht. In Belfast hatte man einen Anwalt ermordet, der Katholiken vertrat. Man hatte ein Kopfgeld auf einen britischen Autor ausgesetzt, der den Propheten Mohammed in einem Roman beleidigt hatte. In Alaska war ein Tanker gekentert, Tausende Tonnen Öl waren ins Meer gelaufen.

Die guten Nachrichten waren kaum zu glauben: Im Norden sollte es bald einen Waffenstillstand geben.

Es war unmöglich, an diesem Abend zu Hause zu bleiben. Eine Erleichterung, draußen zu sein. Ich ging an der Ladenzeile vorbei, anschließend durch die an Kanada erinnernde Straße, wo die Leute ungeniert im Wohnzimmer saßen. Ich ging über das Schulgelände und über den Golfplatz, die Berge zeichneten sich schwarz vor dem klaren Himmel ab. Ich konnte nur daran denken, in Bewegung zu bleiben. Ich ging auf den Hügel mit dem spitzen Turm, Witch's Hat genannt, ein absurdes Stück Architektur aus der Zeit der Hungersnot, und kehrte zurück, wobei ich den Blick genoss, der dafür gesorgt hatte, dass meine Mutter in Irland geblieben war. Unten hörte ich die erste Bahn des Morgens. Auf der einen Seite der Bucht lag ein Tuch aus weißem Licht auf dem Wasser, auf der anderen Seite hing ein

Regenschleier, der vor mir liegende Raum wirkte sowohl endlos als auch winzig, eine grenzenlose Weite in einer kleinen Schachtel.

Ich kehrte auf dem Weg durch die geheimen Gassen zurück, die zwischen den Häusern am kleinen Hafen verliefen und meist keinen Meter breit waren. Als ich die Badestelle erreichte, betrachtete ich eine Weile die Wellen. Einen Felsen, von dem die Leute im Sommer springen, sie knicken elegant an der Taille ein und recken sich, bevor sie eintauchen. Während ich die schäumende Flut anstarrte, verstand ich, was Schwindel bedeutet. Im Buch eines tschechischen Autors hatte ich gelesen, dass nicht die Höhenangst oder der Anblick der tödlichen Tiefe das Erschreckende ist, sondern die Tatsache, dass man sich für oder gegen das Leben entscheiden muss. Kann man sich selbst trauen?

Für einen zweifelnden Menschen ist das Meer eine Wohltat.

Ich fand es nicht so interessant, dass die Wellen über die Felsen hereinrauschten, sondern dass sich das Wasser wieder zurückzog. Eine Welle, die als weiß schäumende Wand in die Höhe schoss, war beeindruckend, aber viel dramatischer war die stürmische Art, auf die sie wieder zurückgesogen wurde, jede Welle strömte viel eiliger zurück, als sie gekommen war. Diese Beschlagnahmung, diese Rückzahlung, dieses ständige Beharren auf der Rückgabe dessen, was aus freien Stücken gegeben worden war, fand ich faszinierend. Egal, wie weit die weiße Schürze des Schaums über die Steinbänke und bis zu den Kiosken vorzudringen vermochte, wo die Leute ihre Kleider gefaltet, Uhren in Schuhen und Geld in Unterhosen versteckt hatten, die Masse des zurückgeholten Wassers schien weit größer zu sein als die auf das Ufer geströmte Menge. Irgendwann hatte ich mich so in diesen Vorgang des Gebens und Zurückholens vertieft, dass ich nur noch das Ablaufen wahrnahm. Während alle anderen schliefen, sah ich, wie die Erde unentwegt beraubt wurde, alles zerrann, der Boden unter meinen Füßen war bankrott.

Die Sonne war schon aufgegangen, als ich zurückkam. Sie frühstückten gerade. Ich erlaubte ihnen, die Schule zu schwänzen. Ich packte einen kleinen Koffer, setzte sie ins Auto, erklärte, es gehe in den Urlaub. Ich half Helen auf den Beifahrersitz, sie wollte nichts von einem Plan hören. Meine Mutter hatte mir etwas Geld zugesteckt. Ich fuhr los, ohne ein konkretes Ziel zu haben, möglichst weit weg. Rosie meinte, es gehe nach Brasilien. Essie sagte, wir führen nach Frankreich. Ich sagte, wir wollten nach Australien.

Helen lächelte.

Ihre Hände lagen auf dem Bauch, wir hatten nur das Allernötigste mitgenommen. Ich dachte nicht daran, dass wir unausweichlich die Westküste erreichen und irgendwann umkehren mussten, weil wir auf einer Insel lebten, es war nur wichtig, in Bewegung zu bleiben. Wir hielten an, um Sandwiches zu essen, wir fütterten ein Pferd mit einem Apfel, wir entdeckten in einer Mauer einen wilden Bienenstock. Das Auto fuhr wie eine Eins, was mich erstaunte, weil der Motor ständig überhitzte. Ich hielt an einer Tankstelle, um Kühlwasser nachzufüllen, die Tankanzeige war im Eimer, sie stand immer auf Voll.

Ich wollte Helen das Haus in Connemara zeigen, in dem ich mal übernachtet hatte, das Haus des Sängers, den ich aufgesucht hatte, des Mannes, der sich geweigert hatte, Geld anzurühren. Ich dachte, seine Lebensweise könnte uns Mut machen. Seine

Sprache wäre Labsal für meinen Mund, sein Gesang würde uns frische Lebenskraft schenken.

Es dauerte eine Weile, bis ich das Haus fand, das letzte in der Straße mit Blick aufs Meer. Die Landschaft war genau wie in meiner Erinnerung, nicht verschandelt, voller Felsen und Seetang. Als wir dort ankamen, war es später Nachmittag, die Sonne sank. Die Fuchsienhecke am Wegrand war überwuchert und blühte noch nicht, das Haus war verlassen, die blaue Tür stand offen. Wir gingen hinein und entdeckten noch ein paar Möbel, den Kamin, ein Bild des Papstes und des Präsidenten. Ich zeigte ihnen das Zimmer, in dem ich übernachtet hatte, das Bett stand noch da, bedeckt von abgefallenem Putz, man konnte die Deckenbalken sehen.

Wir glichen einer Familie, die nach Jahren heimkehrt und feststellt, dass alle Habseligkeiten durcheinanderliegen. Leere Bierdosen auf dem Steinboden, Sprüche auf den Wänden. Vor einem kleinen Fenster mit Blick auf den Ozean lehnte Helen ihren Bauch gegen die geweißelte Wand. Draußen war nur die blaue Weite zu sehen, sonst nichts. In der Küche stand eine Kommode, ein paar Tassen hingen an Haken, es gab ein Buttermesser mit zerbrochenem gelbem Griff, eine braune Glasschüssel, ein paar Stromrechnungen. Ich hob eine auf und zeigte sie Helen, der Name in der Schattensprache – *O'Flaithearta* – letzte Mahnung. Wir lächelten bei der Vorstellung, dass er verschwunden war, Gott wusste, wohin, einem verlassenen Ort war er nichts schuldig, er hatte nur sein Schweigen dagelassen.

Sie streichelte mein Gesicht mit dem Handrücken. Sie küsste mich im Gedenken an alle Menschen, die gegangen waren. Ich wusste nicht, was ihr Blick bedeutete, meinte sie, dass auch wir verschwinden sollten? Sie machte sich einen Spaß daraus. Sie breitete die Arme aus und tanzte auf dem Steinboden im Kreis: Immerhin haben wir eine Bleibe.

Ich erzählte den Kindern, wir würden hier übernachten. Sie ermahnte mich, sie nicht zu erschrecken. Keine Sorge, sagte sie, wir gehen in ein Hotel mit Schaumbad. Wir versuchten es in Galway in ein paar Hotels, alle waren ausgebucht, wir schienen aus dem Nichts gekommen zu sein, eine Familie, die keine Vorkehrungen getroffen hatte. Wir fuhren zum Atlantic Hotel. Dort hatte ich einmal auf Dienstreise übernachtet, ich redete in der Schattensprache mit dem Mann an der Rezeption, mein Mund funktionierte tadellos.

Wir bekamen ein Zimmer auf der Rückseite mit Blick auf den Parkplatz. Das Licht drang wie Feuchtigkeit ins Zimmer. Es gab drei Betten, die Decken waren braun wie Vorhänge, die Laken waren so klamm, als hätte man sie gerade von der Leine genommen. Rosie schlief lang ausgestreckt, einen Arm quer über Essies Gesicht, ich schob ihn zweimal weg, doch er schnellte stets zurück, Essie hatte sich eingerollt und schlief wie ein Murmeltier.

Im dritten Bett lag ein Waschbär, er hatte die Augen offen.

Wir blieben wach.

Helen bat mich, etwas zu singen. Ich meinte, das könnte die Kinder und den Waschbären wecken, dazu die anderen Gäste, nebenan, im Hotel herrschte Stille. Ein Lied konnte man weder leise singen noch flüstern, man musste stets aus voller Kehle singen. Sie erwiderte, nur sie höre zu und natürlich auch das Baby, sie legte meine Hand auf ihren Bauch und ihren Kopf auf meine Brust.

Ich sang in der Geistersprache.

Ein Lied, das von dem Wunsch erzählte, nicht geweckt zu

werden. Sie erkundigte sich nach der Bedeutung der Wörter, und ich übersetzte. Das Geräusch in meiner Brust gleiche dem eines Bootsmotors, sagte sie, es gebe ihr das Gefühl, zu den Inseln zu fahren.

Wir hörten, wie eine Tür zufiel. Irgendjemand teilte uns mit, dass der Morgen noch fern war.

Sie flüsterte. Sie klang fröhlich, als sie von Kanada erzählte. Ich hatte den Plan der Stadt am See im Kopf, wo ihre Familie lebte. Sie erzählte mir, wie die Seen entstanden waren, in Kanada lernt das jeder in der Schule, sagte sie, meine Schwestern könnten dir erzählen, wie das zurückweichende Eis die Seen hinterließ wie Negative von Bergen. Die Getreideheber sehen aus wie geologische Formationen, die zur gleichen Zeit aus der Erde gedrückt wurden, ihre Spiegelbilder reichen tief in den See.

Sie beschrieb ihre Schwestern: Molly, Maggie und die jüngste, Kate. Wenn sie beisammen waren, hätten sie immer jede Menge Spaß. Da bekomme man kaum ein Wort dazwischen, sagte sie. Dann verstummte sie. Ich glaubte zuerst, sie wäre eingeschlafen.

Wenn wir hingingen, sagte sie.

Wohin?

Sie setzte sich aufrecht hin, als würde sie ihre Worte quer durch das Zimmer an den Waschbären richten.

Ich sage ja nicht, dass wir dorthin auswandern sollen, meinte sie. Ich sage nur, wir könnten es erwägen, falls alles den Bach runtergeht und wir abhauen müssen.

Kanada?

Wir könnten uns bewerben.

Du willst dorthin.

Ich will nicht weg, sagte sie. Die Kinder sind glücklich. Sie haben ihre Freunde. Dazu deine Mutter, sagte sie, du kannst nicht weg, ich weiß, du musst um ihretwillen bleiben.

Ich habe doch gar nichts gesagt.

Kann ja nicht schaden, sich zu bewerben, flüsterte sie.

Das bedurfte keiner Antwort. Sie hatte sicher oft darüber nachgedacht und wollte es endlich einmal laut sagen, mitten in der Nacht, um es loszuwerden. Wir sollten für unser Geld etwas Schlaf bekommen, sagte sie und legte sich wieder hin. Ich hatte nicht die Absicht, zu schlafen, ich wollte nicht erst aufwachen müssen, um weiter darüber nachzudenken.

Was sie einschlafen ließ, hielt mich wach.

Ich stellte mir vor, zum Salzbergwerk hinabzusteigen, das träge Wasser, die Reflexion eines Frachtschiffes, der Klang von Stahl, zeitlos. Die am Anlegeplatz wehende kanadische Flagge. Ich wäre ein neuer Mensch, alles müsste neu gesagt werden, ich wäre ein unbeschriebenes Blatt, niemand würde mich verfolgen, niemand würde mir winken, ich wäre nichts schuldig. Meine Kinder würden mit einem neuen Akzent sprechen. Wir würden nach Algonquin fahren, an einer Tankstelle halten, Eiscreme kaufen, Sonnencreme, Mittel gegen Mücken. Ich würde mich stundenlang in Haushaltswarenläden aufhalten. In unterirdischen Einkaufszentren verschwinden. Ich fände mich auf den verschneiten Straßen Torontos wieder, ein ganz neuer Mensch.

Würde ich mein Land vermissen? Welches Land?

Ich dachte an den Ort, an dem wir gerade waren, dieses Hotel in Galway, die leeren Straßen. Ich dachte an die moosigen Mauern, die Steinbrücken, den brausenden Fluss und fragte mich, wie viele Kubikmeter braunen Wassers im Laufe einer Nacht vorbeiströmten, wie lange sich der See schon ins Meer ergoss, ohne sich je zu leeren. Ich dachte an den Regen auf den Inseln, die gegen die Klippen brandenden Wellen, das Baby in ihrem Bauch, das uns retten würde.

Helen fällt es am schwersten, ihrer Mutter am Telefon zu gestehen, dass sie das Fitness-Café aufgeben muss. Sie suche einen Käufer, sagt sie, der es fortführe, es gebe Interessenten. Sie sei jetzt Journalistin, höre ich sie sagen. Ihr sei alles zu viel geworden, sie habe ja auch eine Familie, dazu das neue Baby.

Ich habe ein zusätzliches Telefon am Bett installiert, so dass sie vor dem Einschlafen nach Kanada telefonieren kann, mit vielen Kissen im Rücken im Bett sitzend.

Ich höre sie sagen, sie verbringe die meiste Zeit damit, Artikel für die Sonntagszeitung zu schreiben. Sie führt Interviews mit bekannten Persönlichkeiten, befragt sie zu ihrem Leben. Auf diese Weise lerne sie das Land richtig kennen, sagte sie, durch die verschiedenen Persönlichkeiten und ihre Gewohnheiten, manche seien höflich, andere wollten die Sache möglichst rasch hinter sich bringen, was tue man nicht alles für etwas Publicity. Sie führte ein Interview mit einem Theatermanager, der kein Licht anknipsen wollte, obwohl es allmählich dunkel wurde, sie saßen in seinem Büro, und er erzählte, er habe fünfmal mit Samuel Beckett zu Mittag gegessen, über zwanzigmal mit Pinter, einmal mit Friel. Der Erzbischof servierte ihr ein Stück Apfelkuchen. Der Leiter des Irish Management Institute erzählte ihr, er laufe gern in Unterhose durchs Haus, sie erwähnte das in ihrem Artikel, und es kam zu einem schrecklichen Krach, seine Frau erklärte, sie wollten die Zeitung verklagen.

Sie erzählt ihrer Mutter, ich hätte eine Kurzgeschichte in einer Samstagszeitung veröffentlicht. Die Geschichte beschreibe die Palmen, die aufgrund der milden Winter, für die der Golfstrom sorgt, in Irland gedeihen. Palmen, die nicht einmal echte Palmen sind, entlang der Küste gepflanzt, das Salz in der Luft macht ihnen nichts aus. Man sieht sie vor Hotels, auf Golfplätzen, auf Kirchhöfen, sogar auf Friedhöfen. Sie haben lange, lederige Blätter, die sich oft um die Messer der Rasenmäher wickeln.

Die Geschichte handelt nicht wirklich von Palmen. Sondern von einem Ehepaar, das darüber diskutiert, wo sie mit ihren zwei Kindern leben möchten und wohin sie gehören. Am Ende hat uns die Geschichte nur in weitere Schulden gestürzt. So vieles muss bezahlt werden, das Geld, das ich für die Geschichte bekomme, wird dreimal ausgegeben, zuerst, als der Herausgeber der Veröffentlichung zustimmt, ein zweites Mal, als die Geschichte erscheint, ein drittes Mal, als einen Monat später der Scheck kommt.

Helen erzählt ihrer Mutter, sie habe alles in einer Papprolle verschickt und einen Brief dazugetan, die Neuigkeiten seien ein alter Hut, wenn sie endlich bei ihr einträfen, sie lacht, ein Bild der Mädchen zeige mich auf dem Dach des Hauses.

Ihre Mutter hat nur das Übliche zu berichten, der Krieg zwischen ihr und ihrer Freundin Nessa gerät außer Kontrolle. Ihre neue, aus Prag stammende Freundin wurde zur Feier von Nessas Fünfzigstem eingeladen. Helens Mutter erhielt keine Einladung. Vera zeigte ihr die Karte mit der goldenen Schrift. Ihre beste Freundin aus Irland versucht, ihr die neue beste Freundin aus Prag auszuspannen.

Niemand nimmt Helens Mutter die Butter vom Brot, nicht Nessa, nicht ihre in Irland lebende Schwester mit dem Schlüsselbund, nicht ihre Schwiegersöhne oder Schwiegertöchter.

Sie ist die Irin, die im Haus über dem Salzbergwerk wohnt.

Sie geht in die Bäckerei und sagt zu dem Polizisten, der vor ihr steht und eine Schachtel mit Doughnut Holes kauft, was für ein herrlicher Morgen es sei. Sie sagt, sie wolle die Torte für Nessas Fünfzigsten abholen, das Mädchen hinter dem Tresen erwidert, die solle eigentlich geliefert werden. Helens Mutter wickelt sie mit ihrem Lächeln ein. Sie überredet die Angestellten, die Torte in eine große Schachtel zu tun. Sie möchte nicht, dass man sie in den Kofferraum packt, sondern schaut zu, wie sie vorsichtig auf die Rückbank gestellt wird, die Geburtstagstorte für eine Feier, zu der sie nicht eingeladen ist. Sie fährt los, dreht sich nach der Torte um wie nach einem braven Kind. Sie kurvt um den Platz vor dem Gericht, dort hat die achsenförmige Anlage der Stadt einen Makel, sie nimmt die falsche Ausfahrt und stellt fest, dass sie nach Norden zum Friedhof fährt. Sie passiert den Schrein für die Salz-Madonna und landet schließlich am Hafen, am Salzbergwerk.

So ist Helens Mutter, sie erfindet Straßen. Sie bildet sich ein, es gebe eine Straße, die an den Getreidehebern vorbei zum Strand und zum Eiscafé führt, aber sie irrt sich und fährt stattdessen am Pier entlang. Im Auto duftet es nach frisch gebackener Torte. Es schmerzt sie, ausgeschlossen zu sein, dieser Krieg zwischen Freundinnen tut ihr weh. Sie findet keine Möglichkeit, um zu wenden. Sie zieht die Handbremse an und steigt aus. Sie kennt den Krach, mit dem das Salz verladen wird, aber so nahe war er noch nie, dieses industrielle Kreischen, der Klang von Metall, Salz setzt sich in ihren Haaren fest. Zwischen dem Pier und dem Rumpf des Salzschiffes dümpeln Dinge im Wasser, die sie mit Abscheu erfüllen. Sie bemerkt weder den roten Laster, der hinter ihr hält, noch den Mann mit dem Sifto-Salt-Schriftzug auf der Brust.

Seine sanfte Stimme: Lady.

Was hat eine Frau aus Irland, die sowohl fasziniert als auch angewidert den Müll im Wasser betrachtet, auf dem Pier verloren?

Die Hintertür des Autos steht offen, der Mann entdeckt die Torte auf dem Rücksitz und sagt: Herzlichen Glückwunsch zum Geburtstag.

Sie lächelt und sagt dann scherzhaft: Glauben Sie wirklich, ich wäre schon fünfzig?

Er steigt in ihr Auto und wendet, jetzt zeigt es in die richtige Richtung. Sie fährt durch die Stadt zurück, dann aufs Land, sie rumpelt über die Gleise, auf denen sie im Schnee festsaß. Sie erreicht Nessas Anwesen, fährt auf der geschwungenen Einfahrt bis vor die Veranda, dort stehen keine weiteren Autos. Sie hält und steigt aus. Sie hat es nicht eilig. Sie öffnet die hintere Autotür, holt die Torte heraus, muss ein bisschen balancieren, schließt die Tür mit einem Stoß ihres Popos. Ihre blauen Lederschuhe knirschen auf dem Kies. Die Torte ist ganz schön schwer. Sie stellt sie behutsam auf die Veranda. Zieht einen Handschuh aus, das Blau passt zu ihren Schuhen, auf der Seite sitzt eine Reihe stoffbezogener Knöpfe. Sie legt den Handschuh neben die Torte. Dann tritt sie zurück, voller Bewunderung für ihre Zustellung. Macht kehrt und kehrt mit der gleichen Anzahl knirschender blauer Schritte zum Auto zurück. Sie schnallt sich an, fährt langsam, hinter ihr wirbelt kein Staub auf.

Meine Mutter saß in einem Mantel am Fenster. Sie hatte sich ein sandfarbenes Tuch um den Hals gebunden, auf ihren Knien stand die Handtasche, und ihre Hände lagen flach darauf. Sie saß täglich dort und wartete. Greta weckte sie morgens, sie bestand darauf, sich mit kaltem Wasser zu waschen, Greta machte Frühstück, aber sie aß kaum etwas, verlangte nur mehr Tee. Greta bürstete ihre Haare, half ihr in den Mantel, schlang ihr das Tuch lose um den Hals, stellte die Handtasche auf ihren Schoß.

Alle warten auf das Ende des Krieges.

Sie ist die einzige Frau in der deutschen Garnison in Böhmen, zwei Lkw-Stunden nördlich von Prag. Tschechische Widerstandskämpfer haben die Garnison eingekesselt. Der Morgen ist klar und sonnig. Man schafft eine leere Benzintonne auf den Hof, um Dokumente zu verbrennen. Das Feuer brennt den ganzen Tag, Männer tragen Akten nach draußen und werfen sie hinein. Rußige Papierfetzen fliegen auf wie Vögel, segeln über das Dach und von dort ins Umland, nisten in den Bäumen. Der Gestank verbrannten Papiers hängt in allen Räumen, man kann kein Fenster öffnen, er sitzt in ihren Kleidern, in den Uniformen der Soldaten, ist sogar im Kaffee zu schmecken.

Gegen Abend schwelt das Feuer nur noch. Dann setzt Regen ein, und die letzte Glut erlischt. Ein Klopfen an der Tür. Ein Offizier will mit ihr reden. Er ist höflich, sie kann ihn nicht in ihr Zimmer lassen. Er sagt, da sie die einzige Frau in der Garnison sei, könnte es ihr schlecht ergehen, wenn die Russen kämen, sie seien nur noch eine Stunde entfernt. Bis zur deutschen Grenze seien es etwa zwei Stunden, außerdem seien die Straßen von Fahrzeugen verstopft, die in Richtung Westen unterwegs seien, da komme man vielleicht schwer durch. Er gehe damit zwar ein großes Risiko ein, aber er könne ihr helfen zu fliehen. Er zeigt auf einen Krankenwagen, der neben dem Eingangstor steht. Sie schweigt. Der Wagen steht seit ihrer Ankunft dort, er wurde nie bewegt. Er sagt, man werde den Wagen rufen, und er werde sofort mit dem Strom der Flüchtlinge verschmelzen, er nennt ihr eine Zeit, sagt, sie dürfe kein Gepäck mitnehmen.

Fahnenflucht?

Sie sitzt in ihrem Zimmer und wartet. Als es so weit ist, steht sie auf, nimmt Mantel, Hut und Tuch. Alles andere lässt sie zurück. Sie geht in den Flur, dort brennt kein Licht, sie sieht den Krankenwagen neben dem Tor stehen, es regnet so heftig, dass sich auf dem Hof Pfützen bilden. Sie verharrt kurz am Fuß der Treppe. In diesem Moment an ihre Schwester zu denken, an ihre Familie, an ihr Zuhause ist falsch, nichts davon hilft ihr, sie ist auf sich allein gestellt. Sie hält sich dicht an den Mauern der Gebäude, bleibt unter dem hölzernen Vordach, um nicht nass zu werden. Der Gestank nassen, verbrannten Papiers steigt ihr in die Nase. Als sie die Tür der Kommandantur erreicht, kann sie drinnen Stimmen hören, das Telefon klingelt, Offiziere beugen sich über einen Tisch, der Kommandant telefoniert mit Berlin, die Worte: Bis zur letzten Patrone. Man sieht sie nicht, als sie am Fenster vorbeihuscht. Sie behält den Krankenwagen im Blick. Hinter ihr fliegt die Tür auf, das Licht fällt auf den Hof wie eine suchende, helle Hand. Sie drückt sich mit dem Rücken gegen eine Tür, hält den Atem an, ihr Körper wird so flach wie ein Tuch. Sie ist nur noch ein Strich von Frau, und ihr Herz pocht so laut, dass man es bis in den Boden hören muss und durch die Schuhe wieder hinauf.

Der Kommandant tritt ins Licht. Er raucht unter dem Vordach, starrt in den prasselnden Regen, während hinter ihm heiß diskutiert wird. Man listet die Optionen auf, die Wetterverhältnisse, den genauen Standort der Garnison, den vermutlichen Standort der Russen, erörtert, wie viel Zeit noch bleibt, bis es zum Kampf kommt, mehr als eine Stunde, ein knapper halber Tag.

Sie sieht den Zigarettenstummel in hohem Bogen in den Regen fliegen, wo er sofort erlischt. Der letzte Rauch, den der Kommandant ausbläst, umschwebt ihn wie eine stumme Frage. Er dreht sich um und blickt in ihre Richtung, auf das dünne Stück Pappe, in das sie sich verwandelt hat, sie klebt wie ein Plakat an der Tür. Ihr Gesicht gleicht dem Schwarz-Weiß-Foto einer Frau, die wie gebannt in den Regen starrt. Dem statischen Bild einer Opernsängerin, die Luft holt, damit ihre Stimme auf dem ganzen Hof ertönt, durch die Türen in die Flure schallt, in die Zimmer, unter die Betten, bis in die Zellen im Kellergeschoss, wo die tschechischen Gefangenen sitzen, über die Mauern der Garnison, bis zu ihren tschechischen Freunden in der nahen Stadt, die auf das Ende warten.

Der Kommandant liest sie wie die Details eines Konzerts. Sie wagt nicht einmal zu blinzeln. Ihr Atem ist eine gekappte Stimme. Er geht einen Schritt auf sie zu, als wollte er das Datum des Konzertabends überprüfen, dann wird er hineingerufen, die Tür schließt sich, gedämpfte Stimmen, der Regen fällt wieder im Dunkeln.

Es dauert eine Weile, bis sie sich wieder bewegen kann. Der Krankenwagen ist noch weit weg, die geschätzten zwanzig Schritte kommen ihr vor wie hundert Meter. Sie löst sich lautlos von der Tür und geht den gleichen Weg zurück, die Treppe hinauf zu ihrem Zimmer, sie setzt sich auf das Bett, zieht den Mantel aus. Sie wollte schon einmal Fahnenflucht begehen, auch dieses Mal hat es nicht funktioniert. Sie steht wieder auf und tritt ans Fenster. Sie sieht zu, wie der Krankenwagen langsam abfährt, man schaltet kein Licht an, das Tor öffnet sich, der Krankenwagen verschwindet, das Tor schließt sich wieder.

Nachdem ich die Mädchen zur Schule gebracht hatte, redete ich mit der Direktorin. Sie saß an ihrem Schreibtisch, während ich die Lage schilderte. Ich teilte ihr mit, wir müssten die beiden von der Schule nehmen. Sie legte die Stirn in verwirrte Falten. Stimme etwas nicht mit der Montessori-Pädagogik, mit der Größe der Schule, der Versammlungshalle mit den Bleiglasfenstern, wo Familien früher für die wohlbehaltene Rückkehr der Seeleute beteten? Nein, die Mädchen seien glücklich, erwiderte ich, es sei für sie die beste Schule, aber wir könnten die Gebühren nicht mehr bezahlen. Sie lächelte und meinte, die Mädchen machten sich gut, es wäre ein Jammer, wenn sie wechselten. Vergessen Sie die Gebühren erst mal, sagte sie und riet mir, mir nicht zu viele Sorgen zu machen, das werde sich wieder einrenken.

Ich wusste nicht, wie ich ihr danken sollte.

Ich fuhr nach Hause und begann, die Küche auszuräumen, alles musste blitzblank sein. Helen zog den Mantel an. Wir fuhren wortlos zum Fitness-Café, die Angestellten warteten, sie bat alle in ihr Büro. Sie gab ihnen Päckchen, die sie vorbereitet hatte, jedes mit einer Karte, auf der sie sich persönlich bedankte. Sie wünschte ihnen Glück und Erfolg und gute Jobs und sagte, sie bedauere sehr, dass sie ihnen nicht mehr Sicherheit habe bieten können.

Wir schlossen die Türen.

Nachmittags verputzten die Mädchen eine ganze Dose Mennonitenkekse. Ich schaute in ihre Brotdosen und wollte wissen, warum sie den Kirschkuchen nicht angerührt hatten, sie meinten, er sei voller Ameisen. Ich sah die Ameisen eine nach der anderen herauskrabbeln, sie waren alle wie betrunken vom Zucker. Sie waren unter der Spüle eingedrungen, ich hatte geglaubt, alles abgedichtet zu haben, aber sie fanden immer neue Wege, um an den Kuchen auf dem Tresen zu kommen. Essie erzählte, alle in der Klasse hätten sich geweigert, ihr Pausenbrot zu essen, weil sie glaubten, es wäre auch voller Ameisen, der Lehrer musste ihre Brotdosen draußen vor das Fenster stellen.

Ich erzählte ihnen von meinem Freund in Australien, dessen Kinder grüne Ameisen aßen. Sie kreischten. Sie haben vier Kinder, und sie futtern die ganze Zeit Ameisen, erzählte ich, große, grüne Ameisen, sie schmecken etwas pfefferig, sind aber sehr eiweißhaltig. In dem Brief, den ich erhalten hatte, hieß es, dass sie von Fremantle nach Cairns gezogen waren, und die Familie aß das ganze Jahr draußen, viel Fisch. Er schickte mir eine Liste exotischer Vogelnamen mit bunten Zeichnungen. Er hoffe, schrieb er, es gehe mit dem Schreiben voran, und im Pub sei das Wetter gut.

Nicht zum ersten Mal hatte ich das Gefühl, die Geschichte meines Lebens, das sich von einem Augenblick zum nächsten hangelte, sei Teil eines fortlaufenden Berichts an einen Beobachter in der Ferne. Jedes Detail zählte, wurde dramatischer, glamouröser und tragischer aufbereitet, damit es meinem Freund in Australien gefiel. Ich genoss den Schutz eines imaginären Publikums auf der anderen Seite der Welt, das mir sagte, ich solle mir nicht dauernd den Kopf über unerledigte Sachen zerbrechen: Hau ab und schau nicht zurück.

Am späten Nachmittag ging ich allein zum Café. Der Laden kam mir jetzt noch leerer vor. Die Stühle waren aufgestapelt. Die Lichter waren aus. Ich griff nach einem Textmarker und einem Zettel. Ich schrieb eine Notiz, die Kunden darüber informierte, dass geschlossen sei. Ich klebte den Zettel innen an die Glastür: Wir bedauern die Unannehmlichkeiten.

Mein deutscher Großvater hängte in der Zwischenkriegszeit eine ähnlich lautende Notiz in das Fenster seines Ladens am Marktplatz. Er dankte seinen Kunden für die Treue, die sie seinem Schreibwarenladen all die Jahre gehalten hatten, und entschuldigte sich dafür, ihnen nicht länger zu Diensten sein zu können. Er setzte seine Unterschrift darunter und wünschte alles Gute. Danach dürfte es ihm schwergefallen sein, über den Marktplatz zu gehen. Meine Mutter erzählte mir, sein Freund habe das Kino auf der anderen Seite des Platzes betrieben, sie hätten stets Freikarten für neue Filme erhalten. Von da an blieben die Freikarten aus. Die Leute schienen nicht dabei ertappt werden zu wollen, dass sie mit ihm sprachen, als wäre sein Bankrott ansteckend; er konnte sie nicht mehr zum Lachen bringen, der Humor hatte die Stadt verlassen. Er saß stundenlang im oberen Wohnzimmer und sah zu, wie Leute an dem verstummten Laden vorbeigingen. Vielleicht hatte er sich im Krieg ein Lungenleiden eingefangen. Vielleicht waren es die drohende Gewalt, die politischen Unruhen auf den Straßen, die Parolen, die Agitation, der Groll in den Worten der Leute, die Wut in den Stimmen, die im Rundfunk donnerten. Mit seiner Gesundheit ging es jedenfalls rasant bergab. Er bat meine damals neunjährige Mutter, einen Spiegel an sein Bett zu bringen, damit er sich von sich selbst verabschieden konnte.

Ich fuhr mit der Bahn in die Stadt.

Wieder die Treppen hinauf, vorbei am Chiropraktiker und an der Schach-Gesellschaft. Dann ging ich mit dem Anwalt alle Schulden durch, angefangen mit den größten. Wir hakten sie nacheinander ab, erörterten die Vorgehensweise, die Wahrscheinlichkeit eines Erlasses, Tilgungspläne. Hauseigentümer war ein in Athlone angesiedeltes Konsortium von Investoren.

Sie verlangten von Helen nicht nur die Begleichung der Außenstände, sondern auch die Miete für die nächsten neunundneunzig Jahre. Die Tatsache, dass wir das Gebäude geräumt hatten, spielte für sie keine Rolle.

Uns fällt schon noch was ein, meinte der Anwalt.

Es war spät, als wir mit allem durch waren. Ich fragte ihn, was ich ihm für seine Arbeit schulde, und er lachte und meinte, es wäre wohl das Letzte, was ich bräuchte, auch ihn noch als Gläubiger zu haben. Er erkundigte sich, worüber ich schrieb, und ich antwortete, das sei schwer zu sagen, vielleicht habe es mit dem Krieg zu tun. Mit Liebe. Liebe und Krieg, so was in der Art, sagte ich, aber es war mir sofort peinlich, ich wurde rot, denn allein das Wort Liebe war so altmodisch.

Hört sich gut an, sagte er, also ein Thriller?

Ja, sagte ich.

Auf dem Weg zur Tür gab er mir einen Klaps auf den Rücken, um mich daran zu erinnern, dass ich nichts zu befürchten hatte. Die Leute, denen ich etwas schuldete, müssten sich größere Sorgen machen als ich. Seine Lachen tat gut, ich trug es die Treppen hinunter.

Ich begann im Grogan's.

Ich nahm die Hintertür und ging an den Herrentoiletten vorbei zur Bar, durch die Abtrennung und den vorderen Raum, dort aus der Eingangstür wieder auf die Straße. Ich hatte nicht vor, einen Drink zu bestellen. Ich wollte mich nicht besaufen. Ich wollte nur das Gefühl haben, dort zu sein. Leute sahen auf, weil sie wissen wollten, wer hereingekommen war. Ein Mann drehte sich nach mir um, er hielt mich offenbar für jemand anderen. Eine Frau sah neugierig auf, sie hatte mich vielleicht schon mal gesehen, wusste aber nicht mehr, wo, es kommen immer die gleichen Gesichter abwechselnd in die Bar, zur Hintertür herein und zur Vordertür hinaus.

Die Nacht war warm, die Stadt voller Liebender, Paare zogen von einer Bar zur nächsten. Ich ging durch die Lemon Street. An der Ecke befand sich ein Herrenausstatter, im Fenster hing ein gelbes Hemd, offenbar kaufte der Investor hier seine Kleider. Wie mochte es ihm nach der Rückkehr zu Frau und Kindern ergehen?

Gegenüber hatte jemand in einem Ladeneingang mit Vordach ein Nachtlager hergerichtet. Es war leer. Ein Schlafsack, darüber eine rosa Decke, die Enden eingeschlagen. Als Kopfkissen diente eine aufgerollte Matte. Die Unterlage bestand in dem auseinandergefalteten Pappkarton eines Fernsehers. Auf der Stufe lag ein schmaler Teppichstreifen.

Im Kehoe's Pub lief es genauso ab, hinten hinein, vorne hinaus. Ich ging in die große Bar, vorbei an den Herrentoiletten, zu denen es links eine Treppe hinunterging. Es war ziemlich voll, und ich musste mich durchdrängeln. Irgendjemand sprach mich an, aber wie sich herausstellte, redete er mit der Person hinter mir: Tickets? Das soll wohl ein Witz sein.

Als ich in den vorderen Bereich gelangte, kam eine Frau auf mich zu, in jeder Hand ein Pint Guinness. Einen Moment sah es aus, als wollte sie mir eines geben. Zwei Pints, zwei Arme, zwei Augen, warum hat der Mensch so vieles doppelt? Aus ästhetischen Gründen, zur Beruhigung der Öffentlichkeit, ein Spiegel seiner selbst. Unsere Symmetrie spiegelt sich in der Architektur wider, ein Kloster, das ich in Deutschland besichtigt hatte, hatte zwei Türen zum zentralen Raum, eine zum Betreten und Verlassen, die andere führte nirgendwohin, sie war nur ein optischer Trost.

Als ich das Pub durch den Eingang verlassen wollte, geriet ich in einen Stau, denn es drängten viele Leute herein. Ich wich zurück und schaute mich im Pub um, betrachtete die hölzernen, alten Abtrennungen, die vom Rauch geschwärzte Decke, die Wand mit den Spirituosen hinter dem Tresen. Ich sah das Pint Guinness, das ich hätte bekommen können, der cremige Schaum benetzte gerade die Lippen eines anderen, die dunkle Flüssigkeit rann durch seine Kehle. Dann fand ich endlich eine Lücke und schlüpfte auf die Straße, vorbei am Nebenraum, wo Helen Rosie gestillt hatte.

Ich setzte meine Tour fort.

Das Gleiche im Doheny & Nesbitt's. Dieses Mal zur Vordertür hinein, vorbei am Nebenraum. Ich vernahm das vertraute Stimmengewirr, das Kreuzfeuer der Worte, das Lachen. Hier nahm man kaum Notiz von neuen Gästen. Auf dem Weg durch das Pub nickte mir jemand zu, der an der Bar saß. Eine kaum wahrnehmbare Kopfbewegung, doch ich blieb stehen. Vielleicht kannten wir uns. Worte waren überflüssig, der Winkel der Stirn änderte sich nur ein wenig, dann drehte sich der Kopf wieder in die Ausgangsposition. Er verzog keine Miene. Ich hatte mich getäuscht. Es war ein unbeabsichtigtes Nicken gewesen.

Der Barkeeper hielt kurz meinen Blick, doch ich ging weiter. Hinter dem Pub stehend holte ich Luft. Ich könnte das an einem anderen Abend wiederholen, dachte ich, mit den gleichen Stationen, dann würden mich alle kennen. Sie würden mir alle zunicken, den ganzen Abend reden und mich nach der letzten Runde draußen festhalten.

An dem Nachmittag waren wir im Park, gegenüber vom gälischen Keller. Alle Liebespaare waren an der frischen Luft. Lagen mit ihren Sandwiches im Gras. Rosie und Essie rannten einen kleinen, grünen Hügel hinauf und hinab. Ich hatte einen Blick auf das Gebäude, in dem ich früher gearbeitet hatte, auf die deutsche Bibliothek und die National Gallery. Zu dieser Jahreszeit war das Gras noch etwas feucht, aber die sanften Stimmen der Liebespaare weckten den Wunsch, zu schlafen.

Helen arbeitete noch. Sie war entschlossen, bis zum Schluss so viel wie möglich zu schaffen. Sie hatte ein Interview mit einem Komponisten vereinbart, einem Musikprofessor am Trinity College. Sie musste unbedingt die Abgabefrist der Sonntagszeitung einhalten. Der Komponist sagte, ihm gehe es um experimentelle Musik, er betrachtete sich als Agitator, erzeugte Klänge, die noch nie als Musik gegolten hatten. Er schien nicht zu bemerken, dass sie ein Kind erwartete. Die Wehen mussten bereits eingesetzt haben, als sie mit ihm in seinem muffigen Zimmer saß, umgeben von drei Celli und zwei Geigen und vergilbten Notenblättern. Wenn sie aufhörte, sich Notizen zu machen, und unbehaglich auf dem Stuhl herumrutschte, verstummte er, sie entschuldigte sich, und er redete weiter.

Bei unserer Heimkehr war es später Nachmittag, ich kochte das Essen, und sie saß im vorderen Zimmer, um den Artikel über den Komponisten zu schreiben, solange die Eindrücke frisch waren. Wir saßen am Tisch, als ihre Mutter anrief, um sich nach Neuigkeiten zu erkundigen. Ihr Vater kam ans Telefon und meinte, sie sollte längst in der Entbindungsklinik sein.

Fahr hin, sagte er, sofort.

Die Teller blieben auf dem Tisch stehen. Ich setzte sie ins Auto, die Mädchen sprangen hinein, Essie kurbelte das Fenster hinunter und schrie: Die Fruchtblase ist geplatzt. Ich fuhr wie bei einer Verfolgungsjagd. Ich lieferte mir ein Rennen mit einem Taxi. Sie zählte die Wehen. Ich musste zum Tanken halten, denn ich konnte der Anzeige nicht trauen. Ich tankte ordentlich nach, damit es auch reichte, und musste mich in der Schlange vor der Kasse vordrängeln. Ich rannte hinaus, und sie fragte mich, warum es so lange gedauert habe, sie zerkratzte die Decke mit den Fingernägeln.

Als wir auf die Straße abbiegen wollten, passierte das nächste Malheur. Ein Lkw fuhr über eine Tonne Motoröl, die platzte und ihren Inhalt auf die Windschutzscheibe spritzte. Ich schaltete die Scheibenwischer an, weil ich es für Wasser hielt, aber das Öl wurde bloß auf dem Glas verschmiert. Ich konnte nichts mehr sehen. Ich stieg aus und wischte die Scheibe mit dem Ärmel ab. Ich konnte immer noch nichts sehen. Also musste ich vor der Weiterfahrt etwas besorgen, um die Scheibe zu reinigen.

Es ist da, schrie sie, es kommt.

Sie stemmte die Hände gegen das Armaturenbrett.

Das Öl, sagte ich, ich kann nichts sehen.

Ich rannte herum und suchte nach Papier. Ich fand einen Eimer mit Wasser und Schwamm und putzte die Windschutzscheibe, aber das machte die Sache nur schlimmer, denn das Öl wurde zu einer schmierigen Paste, überall winzige Öltropfen, Öl auf meinen Händen, Öl auf meiner Jacke, Öl auf allen Autos in Dublin, die ganze Stadt war verölt.

Sie heulte in einem fort: Komm schon!

Ich fuhr durch Öl. Konnte nur erahnen, was vor mir lag. Wir gelangten nicht mal in die Nähe der Entbindungsklinik. Wir kamen am allgemeinen Krankenhaus vorbei, es war ein Notfall: Halt an, sagte sie, wir schaffen es nicht.

Ich parkte neben einem Krankenwagen und rannte hinein.

Ein Baby wird geboren, rief Rosie.

Helen lächelte oder ignorierte die Schmerzen. Sie wurde auf einer Rolltrage hineingebracht. Es dauerte keine zehn Minuten, eine Sturzgeburt in der Notaufnahme, Leute mit diversen Verletzungen und akuten Lungenproblemen saßen um uns herum, und alle jubelten. Die Krankenschwestern meinten, das sei zum ersten Mal in zwanzig Jahren passiert. Ich konnte nichts sehen. Sie sagten, es sei ein Junge. Ich hatte Öl in den Augen, man gab mir ein Handtuch.

Es war nicht sosehr eine Taufe, sondern eher eine Heimkehr. Helens Mutter war aus Kanada gekommen, ihre Onkel waren aus London, Birmingham und Frankreich zurückgekehrt. Alle hatten sich in dem Pub versammelt, vor dessen Tür eine Bronzegöttin mit Lampen in den Händen stand. Sie hatten den hinteren Teil des Pubs besetzt, die Mäntel und Handtaschen ringsumher auf Stühlen verteilt, das Baby schlief in einem Tragekorb, und die Leute beugten sich darüber und zogen Babygesichter, sprachen mit Stimmen wie winzige Hände.

Helens Mutter saß am Rand einer rotsamtenen Eckbank, ihr Koffer stand neben der Tür, da sie direkt vom Flughafen hergekommen war, sie drückte Rosie und Essie rechts und links an sich, beanspruchte sie wieder für sich. Sie trug eine goldene Brille mit zart getönten Gläsern. Ihre eleganten kanadischen Kleider verströmten einen Hauch von Wohlstand und weckten den Wunsch in mir, alles zu bezahlen.

Helen stellte mich vor wie jemanden, den man schon immer unbedingt kennenlernen wollte. Ihre Mutter stand auf und gab mir die Hand. Das Lächeln, der magnetische Blick. Sie meinte, ich müsse ein stolzer Vater sein, zwei bezaubernde Töchter und ein Sohn, ihre Stimme offenbarte dem ganzen Pub, was ich fühlte. Ich fühlte mich herzlich aufgenommen.

Danke, sagte ich.

Sie betrachtete meine Schuhe. Meine Haare. Meine beigefarbene Jacke mit dem Kupferglanz. Ich machte einen armseligen Eindruck. Ich konnte sie verstehen, denn da kehrt man in sein Geburtsland zurück und erlebt nur Enttäuschungen. Sie war es gewohnt, am Telefon nur das Beste über mich zu hören, Helen hatte mich zu einer großen Verheißung stilisiert. Nun zeigte sich, dass das eine maßlose Übertreibung gewesen war. Die Fotos täuschten. Ich versuchte, eine lustige Bemerkung zu machen, aber es war schon zu spät, den ersten Eindruck kann man nicht tilgen, sein ganzes Leben nicht.

Ihre Mutter setzte sich wieder, sie unterhielt sich mit ihrer Schwester, der Tante aus der Bibelgruppe. Ich konnte eine Ähnlichkeit erkennen, nur saß die Bibel-Tante leicht geduckt da und redete, als hätte sie Angst, sich anzustecken. Sie sprachen über die Jahre, als sie beide in Dublin als Krankenschwestern tätig gewesen waren, über die strengen Verhaltensmaßregeln und die Hygienevorschriften.

Ich fand einen Samthocker und setzte mich an den Rand, lauschte dem Durcheinander der Stimmen.

Ich sah, woher Helen ihre Art zu lachen hatte. Ihre Mutter bewegte die Schultern auf die gleiche Art. Synchrones Kreisen. Einmal musste ich ganz genau hinschauen, um sie voneinander unterscheiden zu können, denn beide lachten mit derselben Stimme.

Wir bestellten Sandwiches.

Jeder wollte frischen Lachs auf braunem Brot. Das war eine Besonderheit dieser Bar, eine Tradition. Der Barkeeper nahm die Bestellungen entgegen, dann griff er nach einem beigefarbenen Telefon an der Wand hinter der Theke und gab die Bestellung nach oben durch, wo unsichtbares Personal in der Küche das Essen zubereitete. Die Sandwiches schienen an einem fernen Ort von gesichtslosen Menschen gemacht zu werden. Der Barkeeper trug weißes Hemd und schwarze Fliege. Als er ins Telefon sprach, wirkte er wie ein U-Boot-Kommandant, der seiner Besatzung mit entschiedener Stimme einen Befehl erteilt. Vielleicht tat er, was er als Junge gern getan hätte, stellte sich vor, sein Boot würde zu einer ganzen U-Boot-Flotte gehören, die über den Grund der Nordsee glitt. Bald darauf beförderte der Speisenaufzug das Bestellte nach unten, und eine Klingel ertönte, als hätte die Bar die verlangte Tiefe erreicht. Er öffnete die Luke und holte das Essen heraus.

Jedes frische Lachssandwich war eine Wiederholung des vorangegangenen frischen Lachssandwiches, immer zwei Scheiben braunes Brot, immer die gleiche Menge Lachs, immer das gleiche Salatblatt. Auf jedem Tisch stand das gleiche Glas mit Hellmann's Mayonnaise. Man klappte das Sandwich auf und strich die gewünschte Mayonnaisemenge mit einem Messer auf das Brot, legte zuerst das Salatblatt und danach die Brotscheibe wieder darauf und drückte das Ganze dann mit der flachen Hand behutsam zusammen, damit die Mayonnaise alles schön zusammenpappte. Man hielt das Brot fest, während man es durchschnitt, achtete darauf, dass das Salatblatt gleichmäßig auf die Hälften verteilt war und an beiden Enden wie grüne Unterwäsche hervorlugte. Manchmal ließen Leute ihr Messer mit dem Griff nach oben im Mayonnaiseglas stehen.

Der Tag war voller Geschichten.

Sie knüpften dort an, wo sie beim letzten Treffen stehen geblieben waren. Sogar die Hierarchie der Brüder und Schwestern war die alte, sie schauten zueinander auf oder aufeinander herab, sie fielen einander ins Wort, sie übertrumpften sich gegenseitig.

Manchmal verlor ich den Überblick über all die Erzählstränge. Ich fand es bewundernswert, mit welcher Unbeschwertheit sie plauderten, ohne groß auf die Worte zu achten. Wo eine Geschichte begann, schien egal zu sein. Sie sprangen einfach hinein. Die Reihenfolge der Details war wirr, Lustiges stand neben ernsten Neuigkeiten, die Aussage war meist unwichtig. Oft wurden Tatsachen zugleich veralbert und verteidigt. Der Plot konnte zig Wendungen nehmen, in andere Bereiche abschweifen, Dringendes wurde nach vorn geschoben.

Helens Mutter ergriff das Wort und erzählte, dass ihr Vater, damals in Borris, nicht habe zurücksetzen können und deshalb immer nur vorwärts gefahren sei. Das stand in keinem Zusammenhang mit der Geschichte über einen Mann in London, der eine universale Kunstsammlung hatte und eine Totenmaske aus Madagaskar im Wohnzimmer aufbewahrte.

Die zentrale Geschichte war nie die zentrale Geschichte. Was zählte, waren die Berichtigungen. Die Widersprüche. Unbeendetes, das später wieder aufgegriffen werden sollte.

Ich bestellte noch eine Runde.

Helen zog das Messer aus der Mayonnaise und legte es auf meinen Teller.

Sie gaben dem Barkeeper die absurdesten Ratschläge. Sie knüpften Gespräche mit den Gästen an der Bar an. Das ganze Pub wurde zu einem Teil der Familie, sogar die Anwälte, die mit frischen Lachssandwiches an den kleinen, runden Tischen saßen, wurden in die Feier einbezogen. Ein Dichter, der mit einem Buch über Argentinien neben der Tür saß. Der Portier des Gaiety Theatre mit seiner Zeitung auf dem Tresen, der eine schief sitzende Brille trug, sie hatte nur einen Bügel. Ein großer Mann mit ausgeleierten Jackentaschen, der an der Bar stand.

In diesem Moment wurde mir bewusst, dass all meine Sorgen verpufft waren. Nichts davon zählte mehr. Unsere unsichere Zukunft wurde belanglos. Dieses Wiedersehen sorgte dafür, dass ich meine Schulden abhakte. Ich wurde von einem warmen Gefühl mitgerissen, das es mir erlaubte, all meine Verpflichtungen mit einem Lachen abzutun. Endlich konnte ich feiern. Helen stillte. Ihre Mutter brachte Rosie und Essie bei, wie man Papierservietten faltete.

Einer der Onkel stellte mir eine Frage. Es war der Onkel aus Frankreich, Onkel Martin. Er hatte gehört, dass ich ein Buch schrieb, und er wollte wissen, worüber.

Alle verstummten, um die Antwort zu hören.

Man hatte mich kalt erwischt.

Helens Mutter wartete neugierig. Sie neigte den Kopf im gleichen Winkel zur Seite wie Helen. Die Bibel-Tante neigte den Kopf zur anderen Seite. Alle Gäste in der Bar hielten den Atem an, sogar der Barkeeper schien innezuhalten, er hatte die Ellbogen auf den Marmortresen gestemmt, die Klingel blieb stumm.

Helen lächelte ermutigend.

Ich konnte nichts aus dem Ärmel schütteln. Alles, was ich sagen wollte, musste zuerst niedergeschrieben und danach forensisch untersucht, alle Irrtümer, alle Missverständnisse mussten ausgemerzt werden, bevor ich es nach außen weitergeben konnte. Ich war so durcheinander, dass ich das erste Wort sagte, das mir einfiel.

Prag.

Ihre Augen hingen an meinen Lippen.

Prag?

Prag, wiederholte ich, doch mir fehlten die Worte, um es auszuführen.

Plötzlich dachte ich an das Attentat auf Reinhard Heydrich, Gestapo-Chef und Reichsprotektor von Prag. Ich wollte gar nicht über ihn sprechen. Ich wollte auch nicht über ihn schreiben. Er hinderte mich am Sprechen, er drängte sich in den Vordergrund, er stand mir in seiner schwarzen Uniform im Weg. Ich konnte an nichts anderes denken als an den Morgen, an dem sein offener schwarzer Wagen durch die Straßen Prags gefahren war und angegriffen wurde. Sein Tod löste eine brutale Vergeltungsaktion aus, in deren Rahmen im Dorf Lidice ein Massenmord verübt wurde. Der Tag der Ermordung Heydrichs holte mich immer wieder ein, gefolgt vom Tag des Vergeltungsmassakers. Man würde ihn noch oft in Büchern und Filmen töten. Das Dorf, dessen gesamte männliche Bevölkerung ermordet wurde, hatte man dem Erdboden gleichgemacht.

Lasst ihn essen, sagte Helen.

Sie ließen mich vom Haken und redeten endlich weiter. Ich griff nach meinem Sandwich. Ich hob es zum Mund, doch ich konnte nicht zubeißen. Sie kamen rasch auf andere Geschichten. Onkel Damian schilderte, wie ihr Vater eines Tages mit dem Sergeant der Garda im Wohnzimmer stand, denn einer der Jungs war beim Vikar eingebrochen, hatte alle Hähne aufgedreht und das Haus unter Wasser gesetzt. Ihr Vater schaute auf seinen sechsjährigen Sohn hinab und fragte: Rauchst du? Ich lachte und wünschte mir, ich wäre Teil ihrer Geschichte.

Als sie zu unserem Haus zurückkehrten, war es schon dunkel.

Ich kehrte vor ihnen heim und bereitete aufgeregt das Abendessen zu. Helen fuhr, ihre Mutter saß hinten mit dem Baby, ihr Onkel aus London auf dem Beifahrersitz, alle anderen nahmen ein Taxi. Ich rannte hinaus, um das schlafende Baby in Empfang zu nehmen. Dann rannte ich noch mal hinaus, um die Koffer zu holen und nach oben in die Abstellkammer zu bringen. Danach schaute ich aus dem Fenster.

Die Autotüren standen offen. Die Scheinwerfer waren noch an, sie hörten Musik, es war ein Wiener Walzer.

Ich beobachtete sie, während sie lachend vor dem Auto standen, Helens Onkel stützte sich Halt suchend auf die Motorhaube, die anderen gingen Arm in Arm über die Zufahrt. Die Musik verzauberte die ganze Straße. Sie hing in den Hecken, in den rosa Tamarisken, im Rosmarinstrauch, der Garten glich Brasilien bei Nacht. Helen ließ ihre Tasche fallen. Sie bückte sich, um ihre Sachen aufzuheben, wurde aber am Ellbogen mitgezogen. Dann tanzte sie mit ihrem Onkel aus Frankreich, ihre Mutter mit dem aus Birmingham, die Autoscheinwerfer erhellten die Tanzfläche aus Beton, ihre Schatten wurden auf die Wände geworfen, sie reichten bis zum Dach, jedes Kind hatte einen Tanzpartner.

Greta brachte meine Mutter zur Party, aber sie blieben nicht lange. Sie unterhielt sich kurz mit Onkel Jerome. Er bot ihr ein kleines Glas Whiskey an, aber sie fühlte sich unwohl. Sie blieb, bis ich ein Foto von ihr und Helens Mutter gemacht hatte. Zwei Mütter, mit dem wachen kleinen Jungen auf dem Sofa sitzend, das Wort meiner Mutter für »süß« war das, was auch Helens Mutter benutzte, da gab es keinen Unterschied zwischen den Sprachen, sie liebten Babys gleichermaßen.

Bei der Ankunft der Schwester mit den Schlüsseln kam es in

der Haustür zu einem Eklat. Helens Mutter wollte ihre Schwester umarmen, bekam aber eine Ohrfeige. Ihre Goldrandbrille flog durch den Flur. Sie stand da und hielt ihre Wange: Warum denn das? Die Tante mit den Schlüsseln sagte: Weil du nach Kanada abgehauen bist und uns hier verrotten lässt. Minuten später lagen sie sich heulend in den Armen, zusammen auf dem Sofa sitzend, wiedervereinte Schwestern, unzertrennlich, lachend. Ich reichte Helens Mutter die Brille.

Am Esstisch wurde es eng. Rosie und Essie saßen zusammen auf dem Klavierhocker. Wir trieben genug Stühle auf, darunter zwei weiße Gartenklappstühle, damit jeder einen Platz hatte. Wir begannen mit Selleriesuppe, Onkel Damian meinte, das sei die außergewöhnlichste Suppe, die er in seinem Leben jemals gekostet habe, eine solche Suppe hätte man weder Mann noch Frau jemals kredenzt. Danach gab es gefülltes Hühnchen, Bratkartoffeln und Blumenkohl mit Käsesauce. Und wieder priesen sie das Essen: Kein Restaurant in London oder Paris, ja, keines in der gesamten westlichen Hemisphäre könne es mit unserem Menü aufnehmen.

Onkel Jerome meinte: Dieses Essen wünsche ich mir am Tag meiner Hinrichtung.

Ich hatte eine Beilage nach einem indischen Gericht zubereitet, eine Tomatensauce mit Kichererbsen und hartgekochten Eiern, das Lieblingsgericht meiner Mutter, nur konnte sie nicht zum Essen bleiben. Alle kosteten davon, aber es war wohl etwas fehl am Platz zwischen dem Brathuhn und den Bratkartoffeln, und es enthielt viel Kurkuma, das ihre Lippen grün färbte und für lächelnde gelbe Münder auf den Servietten sorgte. Als Nachtisch gab es einen Apple Crumble, sie wollten wissen, wie, um Himmels willen, ich etwas so Köstliches zubereiten könne, ich müsse mehr als nur Äpfel hineingetan haben, vielleicht eine geheime Zutat, Gewürznelken, Rohzucker, etwas Limone?

Onkel Damian begann schon früh zu singen.

Er ergriff Helens Mutter bei den Händen, schaute ihr in die Augen und stimmte *Unforgettable* von Nat King Cole an, änderte allerdings den Text.

*Unremarkable, that's what you are.*

Verblüffend, wie sie einander fröhlich beleidigen konnten, ohne dass jemand beleidigt war. Sie dachten sich die schlimmsten Dinge aus, als wäre die übelste Beschimpfung ein Ausdruck von tiefster Zuneigung. Helens Mutter lachte sich kringelig, während Onkel Damian todernst weitersang: *That's why darling, it's incredible, that you could be so unremarkable, so unexceptional, so average …*

*… and so unforgettably mediocre, too.*

Erst da riss Helens Mutter ihre Hände los und verpasste ihrem Bruder einen Schlag gegen den Kopf.

Während des Essens schenkte ich ständig nach. Räumte die Teller ab, schaute, ob etwas fehlte, etwa Salz für einen Weinfleck. Ich holte den Whiskey, neue Gläser, eine kleine Wasserkaraffe. Sie diskutierten kurz über die politische Entwicklung in Nordirland, und danach wurde es etwas banaler. Onkel Jerome wurde gefragt, wie das Leben wäre, wenn er ohne Nase auf die Welt gekommen wäre, doch er ignorierte das. Die Bibel-Tante wurde gefragt, wie ein Leben ohne Arsch wäre, aber sie überhörte das. Einer ging dazwischen und sagte: Ich danke dem Herrn jeden Morgen dafür, dass ich einen Arsch habe.

Helens Mutter räusperte sich, rief sie zur Ordnung und sagte: Hört mal kurz her, wer möchte einen Irish Coffee? Danach plapperten sie weiter und fielen einander wieder ins Wort, alle redeten durcheinander, an dem einen Ende wurde geschwiegen, am anderen Ende sang jemand ein paar Verse, schallendes Lachen. Helens Mutter wurde gefragt, ob sie eine Pastille wolle: Nein, danke.

Ich stand da, in jeder Hand einen Teller, und lauschte. Die Tante mit den Schlüsseln nahm mir die Teller ab und stellte sie wieder auf den Tisch. Warum dieses besessene Aufräumen und Herumrennen? Sie zerrte mich weg und zwang mich, auf dem Sofa neben ihr Platz zu nehmen, sie müsse mir etwas sagen. Sie ließ meinen Arm nicht mehr los. Helen ging mit dem Baby nach oben. Ihre Mutter ging zu Bett. Ihre Onkel wohnten bei meiner Mutter, der Weg dorthin war nicht weit. Als alle weg waren, saß ich da und sah mich im Zimmer um, betrachtete die leeren Flaschen, die Gläser, die Aschenbecher, alles stand noch am Platz. Das ganze Haus roch nach Brathuhn. Ich prägte mir die Sitzordnung ein, die Abfolge der Geschichten und Lieder und eingeworfenen Bemerkungen und beschloss, erst am nächsten Morgen aufzuräumen, rief mir stattdessen den ganzen Abend in umgekehrter Reihenfolge in Erinnerung, jeden Teller, jede Serviette, jede Gabel.

An allen Wänden Bilder von Häusern. Die Tische standen in unterschiedlichen Winkeln zueinander, es gab ein großes Plakat mit dem Namen der Maklerfirma und der kindlichen Zeichnung eines Hauses samt einziehender Familie. Es gab ein Plakat, das für Darlehensfirmen warb. Ein großes Gruppenporträt der lächelnden Immobilienmakler. Ich sprach mit dem Mann, der uns das Haus verkauft hatte. Auf seinem Schreibtisch stand eine Schale mit Bonbons. Ich sagte, ich wolle draußen kein Schild.

Es war mir wichtig, dass Helens Mutter nichts von unseren Verkaufsabsichten mitbekam. Außerdem war es wichtig, weil der Bankmensch, der uns den Geschäftskredit gewährt hatte, nur ein paar Häuser weiter in der gleichen Straße wohnte, in einer neu erbauten Zeile von Reihenhäusern. Ich wollte nicht, dass er das Schild sah – zu verkaufen –, denn das hätte vielleicht überstürzte Maßnahmen ausgelöst. Unser Anwalt handelte gerade behutsam einen Tilgungsplan aus.

Am gleichen Abend stand ein Paar vor der Tür. Zuerst befürchtete ich, sie wollten Geld eintreiben, und erklärte, wir hätten Besuch. Ich trat auf die Veranda und schloss die Tür hinter mir, damit man uns drinnen nicht hören konnte. Sie baten um Entschuldigung für die späte Störung, aber ihnen sei zu Ohren gekommen, dass wir vielleicht verkaufen wollten, und sie wollten anderen Interessenten zuvorkommen.

Helens Mutter saß mit ihren beiden Schwestern im vorderen Wohnzimmer. Das Feuer brannte. Sie tranken Gin Tonic. Die Onkel waren schon wieder abgereist, es war also ein stiller, erholsamer Abend. Helen sah wieder aus wie ein Schulmädchen, sie trug eine schwarze Samtjeans, ein weites blaues, oben offenes Hemd, praktisch zum Stillen. Martina war auch da. Sie hatte ein Geschenk mitgebracht, Löffel und Schieber aus Silber. Rosie und Essie beugten sich über den Tragekorb, José spielte mit seinen Soldaten auf dem Fußboden.

Martina sang gerade ein Wiegenlied, als an der Tür geklingelt wurde. Das Paar hörte das Lied und lächelte. Martina sang in der Geistersprache, ihre Stimme brachte einen entlegenen Teil der Halbinsel Dingle in die Stadt, und kurz schien es, als gehörte unser Haus zu einem untergegangenen Land der Kindheit. Das Lied erfüllte den Flur und drang bis auf die Veranda, es weckte die Erinnerung an frühere Häuser und Familien, und in den Worten schwang ein uralter Wiegerhythmus mit, der in mir und in dem vor der Tür stehenden Paar für eine tiefe Ruhe sorgte, es ließ den geschäftlichen Anlass ihres Besuches verpuffen. Wir standen auf der Schwelle, versunken in dieser Kindheit, bis das Lied zu Ende war und geklatscht wurde.

Eine Hausbesichtigung sei überflüssig, sagten sie. Sie boten an, die verlangte Summe zu bezahlen. Sie füllten auf der Motorhaube des Autos einen Scheck über eine Anzahlung aus, vorbehaltlich des Gutachtens, das sie abwarten wollten. Sie reichten mir den Scheck, als bezahlten sie dafür, das Lied gehört zu haben, sie wollten in einem Haus leben, das die Worte in den Wänden und im Zwischenraum unter den Dielen barg. Ich war enttäuscht, denn ich hätte sie gern herumgeführt. Ihnen erklärt, was ich alles gemacht hatte, die neuen Rohre, die neuen Stromleitungen, die Entfernung einer Wand, um zwei Zimmer zu vereinen, den Stahlträger, die Lautsprecherkabel, die unter den Dielen bis in die Küche führten, ich hätte gern so vieles erläutert, konnte sie aber nicht hereinbitten.

Ich faltete den Scheck und steckte ihn in das mennonitische Kochbuch. Dann stellte ich das Buch wieder in das Küchenregal und begann, den Tresen aufzuräumen. Ich trocknete die Gläser ab, ließ das Geschirrtuch locker darin kreisen, hielt sie prüfend ins Licht, stellte sie umgedreht in die Regale. Ich tat ein paar Sachen, die ich für das Essen gebraucht hatte, in den Schrank. Dort fand ich noch eine halbe Packung Hafermehl, die ich in die Porridgedose kippte, sie war randvoll, und so konnte ich die Papiertüte wegwerfen. Ich stand eine Weile im Flur und betrachtete die Treppe. Ich hörte Stimmen vorn im Zimmer, schallendes Lachen, Helen erzählte, aber ich konnte nichts verstehen.

Meine Hand lag auf dem Treppengeländer. Auf dem Treppenabsatz warf das Licht die winkenden Schatten der Bäume durch das Fenster auf die Wände. Ich dachte an einige unerledigte Dinge, etwa die gusseisernen Regenrohre hinter dem Haus, die bei einem nächtlichen Sturm abfallen konnten, weil die Schellen, mit denen sie befestigt waren, bald durchgerostet sein mussten. Ich wollte sie eigentlich durch PVC-Rohre ersetzen.

Im vorderen Zimmer saß noch jeder auf seinem Platz. Rosie und Essie hatten jeweils eine Tante für sich, winzige Gesichter, die unter großen Flügeln hervorlugten. José spielte mitten im Zimmer mit einem Schlüsselbund. Helen blickte auf, als ich wieder hereinkam, ich sah ihr an, wie sehr sie sich darüber freute, dass ihre Mutter noch etwas länger bleiben konnte. Ich schaute mich um, aber sie hatten noch genug zu trinken. Ich legte ein Brikett nach. Den unvermittelten Verkauf, der uns das Haus wie durch ein Fingerschnippen abnehmen würde, behielt ich für mich, denn wie so vieles andere konnte ich es nicht in Worte fassen.

Helens Mutter erzählte von Kanada. Wie heftig und unerwartet es im Sommer regnen kann, obwohl man irgendwann auf das Wetter vertraut. Eines Tages, erzählte sie, sei sie vollkommen unvorbereitet in einen Schauer geraten, es sei ganz anders als in Irland, sie habe keinen Schirm dabeigehabt, sie nehme nie einen mit. Sie war gerade auf dem Rückweg vom Friseur am Platz. Ihr Auto stand Meilen entfernt vor der Nova Scotia Bank. Nach einem heißen, schwülen Vormittag sei der Regen wie aus dem Nichts gekommen, erzählte sie. Sie sei klitschnass gewesen, bis auf die Haut, ihre Bluse habe an den Schultern geklebt, sie habe sich die Handtasche über den Kopf gehalten. Dann habe sie in einem Eingang Schutz gesucht.

Direkt vor ihr durchschnitten Autoscheinwerfer den Regen, es wurde laut gehupt. Sie nahm sich vor, nicht zu reagieren, es ging ja um ihre Würde, sie begnügte sich mit dem Schutz, den sie hatte, drückte sich gegen die Tür. Sie konnte im Regen kaum einen Meter weit sehen, ihre Brille war beschlagen, das Wasser lief ihr in die Augen.

Dann, sagte sie, habe sie eine vertraute Stimme vernommen.

Mary, wie siehst du denn aus.

Es war Nessa, ihre frühere Freundin.

Helens Mutter wandte sich ab, tat so, als hätte sie nichts gehört. Sie bettete ihr Kinn gekonnt trotzig auf die Schulter, um anzudeuten, dass sie auf jemanden wartete, der sie abholte: Ich lasse mich doch nicht verspotten. Sie ignorierte das wiederholte Aufblenden und Hupen, es war der blanke Hohn. Diese Frau, einst ihre engste Vertraute auf dieser Welt, freute sich nun diebisch darüber, dass sie in einen kanadischen Sturzbachregen geraten war, mit frisch frisierten Haaren, die nun so flach lagen wie ein Gerstenfeld nach dem Sturm.

Nessa stieg aus. Sie wurde auch sofort klitschnass, der Regen blendete sie, während sie vor der offenen Tür stand und schrie: Steig endlich ein, Mary, verflucht noch mal.

Und das war's. Helens Mutter ging zu ihr und stieg in das Auto. Sie saßen eine Weile wortlos da und starrten in den Regen, man konnte nichts hören, so laut trommelte er auf das Dach. Die Fenster waren so beschlagen wie in einem Bad. Zwei Irinnen, nass bis auf die Haut, nass bis auf den Schädel. Das Wasser tropfte von ihren Ohren, das Wasser lief ihnen in den Nacken, das Wasser stand in ihren Schuhen. Sie schüttelten sich. Sie niesten. Sie gaben einander einen Knuff mit dem Ellbogen. Wieder beste Freundinnen.

In einem Schreiben der Kanadischen Botschaft wurde unser Ersuchen abschlägig beschieden. Die Entscheidung hatte medizinische Gründe. Meine Krankheit gab den Ausschlag. Sie hatten unseren Hausarzt kontaktiert, weil die Röntgenbilder auf eine Erkrankung hindeuteten. Das Gespräch in der Botschaft war gut gelaufen, wie ich fand, wir hatten in der Einwanderungsabteilung mit einem großen Mann gesprochen. Er hatte sehr positiv gewirkt. Helen hatte von ihrer in Kanada lebenden Familie erzählt. Er ging die Details durch, Beruf, sie gab Journalistin an, ich Musikwissenschaftler, drei Kinder, keine finanziellen Rücklagen, aber all das spielte keine Rolle, er teilte uns mit, Kanada stehe Familien stets offen.

Ich wurde aufgrund eines schweren Lungenleidens abgewiesen. Meine Lungen waren voller Sand. Meine Zähne bestanden aus Glas. Auf meiner Stimme lag ein Schatten. Ich wurde noch am gleichen Tag ins Krankenhaus eingeliefert. Jenes, in dem unser Sohn zur Welt gekommen war, wir nannten ihn Donal, nach Helens Vater.

Man führte mehrere Untersuchungen durch. Ich saß in einem Bett im ersten Stock, es stand am Fenster. Eine ganze Truppe von Ärzten rauschte herein. Sie sprachen in der dritten Person über mich, als wäre ich eine Figur in einem Roman, ich musste die Waffen strecken.

Sie gaben meiner Erkrankung einen Namen: Sarkoidose. Es klang, als hätten sie die Krankheit gerade erfunden.

Sie erklärte alles, das Schweigen, das Schulterzucken, die Angst, die Müdigkeit, die Unfähigkeit, mich heimisch zu fühlen, die rastlosen Nachtwanderungen durch die Stadt, den Rückzug aus der Gesellschaft, den Wunsch, nichts zu wissen, sich an nichts zu erinnern, den Wechsel zwischen Ausbrüchen männlicher Aggression und intensiven Schüben der Reue und des Verkriechens. Die Ärzte meinten, man kenne weder die Ursachen noch gebe es eine Therapie. Eine Weile habe man geglaubt, die Krankheit werde durch Kiefernharz ausgelöst, vielleicht durch den Kiefernduft von Reinigungsmitteln, Fußbodenpolitur, den Duftbäumchen, die in Autos an Rückspiegeln hängen, oder den Kügelchen, die in der Kloschüssel das Wasser grün färbten. Das habe man inzwischen aber ausschließen können. Die Krankheit sei nach wie vor ein Rätsel. Man könne sie als Pilz beschreiben, nur habe man bislang keine Sporen nachgewiesen. Sie betreffe meist Lungen und Gelenke, die Nervenenden, Patienten hätten häufig geschwollene Knie und Ellbogen, Kalkablagerungen unter den Fingernägeln oder der Netzhaut. Die Symptome seien vielfältig und oft schwer zu bestimmen, manche Leute würden ohne Diagnose damit leben, die Krankheit bleibe latent. Es sei eine fortschreitende Krankheit, früher oft tödlich, heute mit Cortison beherrschbar.

Mehr wisse man nicht, sagten sie zu mir. Vielleicht habe es mit Wanderbewegungen zu tun, mit Migration, und betreffe hauptsächlich Menschen, die nicht in ihrem Herkunftsland lebten. Weltweit durchgeführte Studien hätten zumindest ergeben, dass vor allem Iren, Afroamerikaner und Juden an dieser Krankheit litten.

Helen besuchte mich mit Rosie und Essie und dem Baby. Ein anderer Patient stellte ihr einen Stuhl hin. Sie holte eine Ananas und ein paar Mandarinen hervor. Die Krankenschwestern aus der Notaufnahme kamen, um sich das Baby anzuschauen, sie nannten ihn den stürmischen Burschen. Die Mädchen wollten den Vorhang um das Bett schließen, aber das war unnötig.

Vielleicht lag es an den Steroiden, sie hatten mich auf eine hohe Dosis eingestellt, der zuständige Arzt erklärte: Wir schlagen hier so richtig zu. Jedenfalls platzte ich vor Freude und Dankbarkeit. Ich durfte zwar nicht nach Kanada umsiedeln, aber ich hätte mich bei den Angestellten der Einwanderungsabteilung gern dafür bedankt, dass sie die Sache mit meinem Mund aufgeklärt hatten. Dass sie das Geheimnis meines Schweigens gelöst hatten. Sie hatten mich erlöst, sie hatten mich aus meinem gescheckten Zustand erlöst. Nun würde ich mit allem fertigwerden. Helen meinte, ich hätte ein Mondgesicht. Rosie und Essie sortierten den Schrank neben dem Bett, als müsste ich für immer bleiben, sie hatten mir karierte Slipper mitgebracht, ich musste lachen: Slipper?

Nachdem sie gegangen waren, betrachtete ich den kleinen Hügel, den meine Füße unter der blauen Decke bildeten. Ich musste unwillkürlich an eine Berliner Bar denken, die Helen und ich oft besucht hatten. Wir liebten sie, obwohl sie Helen zu verraucht war. Sie befand sich in einem dreieckigen Eckhaus. Einmal hörten wir dort einen kubanischen Mundharmonikaspieler, der einen Ton eine Ewigkeit halten konnte, er hatte ein unglaubliches Lungenvolumen, wie einer der Perlentaucher, die fünf Minuten oder länger unter Wasser bleiben, er war danach nicht mal außer Atem. Nach einem Solo klemmte er die Mundharmonika wie eine Zigarre in den Mundwinkel, klatschte einen Takt und sang aus voller Brust.

Mein Lungen-Neid.

Ich hörte den Teewagen nicht.

Einen Tee, Schätzchen? Einen Keks, Schätzchen?

Sie schoben das schwenkbare Tablett mit einem Becher Tee und zwei Keksen zu mir hin: Bitte schön,, Schätzchen. Ich spitzte die Ohren und hörte, wie der Teewagen weitergeschoben wurde, das Klirren der Becher im Flur, das sich immer weiter entfernte, hatte etwas Beglückendes. Für mich war es eine schöne Zeit. Ich würde mich erholen. Ich würde wieder reden können. Ich lernte viele Patienten kennen. Auf der Station waren wir zu sechst, alle mit einem Lungenleiden, eine kleine Nation von Lungenkranken unter einem Dach.

Wir waren Leidensgenossen.

Mein stiller Nachbar lag in seinem Bademantel im Bett an der Tür. Seine Frau saß eine Stunde an seinem Bett, sie sprachen kaum ein Wort, und danach wartete er von neuem auf sie. Er schien sein Leben lang Cortison bekommen zu haben, denn unter dem Kinn hingen Hautlappen, er hatte Froschaugen, seine Haut war so dünn wie Seidenpapier, und wenn er leicht gegen das Ende des Bettes stieß, hatte er schon einen blauen Fleck. Der Mann im mittleren Bett gegenüber hing an einem Infusionsbeutel, der an einem Stahlgestell mit Rädern befestigt war. Er nannte das seinen mobilen Bischofsstab. Irgendwann stand er auf und meinte, er wolle eine rauchen gehen. Der Mann im hinteren Bett hatte späten Besuch, vielleicht sein Bruder, sie unterhielten sich über einen Umbau im Bad, den sie gemeinsam durchführen wollten, das Waschbecken sollte ganz nach hinten versetzt werden, damit es nicht im Weg war. Der Mann am Fenster gegenüber war am Meer aufgewachsen und erzählte tief bewegt, dass er sich wünsche, die Uhr zurückdrehen und wieder Kind sein zu können, er vermisse die blaue Weite. Er bekam vor dem Einschlafen ein Glas warme Milch. Er trank die Milch und aß zwei Marshmallows, wobei er auf der Bettkante saß und die Beine baumeln ließ. So hielt er es, seit er ein kleiner Junge gewesen war. Eine Stunde später erwachte er, hustend vor Heimweh. An Schlaf war nicht zu denken. Das Cortison. Das Schnarchen.

Das Licht im Flur. Den Mann neben mir machten die Steroide verrückt, er stand auf und zog die blaue Decke von meinem Bett, ebenso die Decken der schlafenden Patienten, und stapelte sie auf dem Fußboden, die Krankenschwestern mussten ihn wieder ins Bett stecken, sie schnallten ihn fest.

Sechs Männer, sechs menschliche Uhren, jeder Atemzug, jedes Husten maß die Zeit.

Nachts husteten wir im Chor. Vielleicht ausgelöst durch eine auf den Boden geplumpste Zahnbürste. Wir glichen Hunden in einem kleinen Bergdorf, die einander übertrumpfen wollten. Man hustete und bellte um die Wette. Jeder sagte zum anderen: Ich kann besser husten als du. Einer verstummte, um dem nächsten die Möglichkeit zu einem Soloanfalll zu bieten, ein anderer ging mit schleimigem Krächzen dazwischen, dann stimmten wieder alle ein und husteten, was die Lungen hergaben, bis schließlich irgendwann Ruhe einkehrte.

Zwei Lungenflügel mit vielen Zimmern, einem Flur, einer Treppe, einem Fenster mit Blick auf ein Flachdach. Eine Röntgenaufnahme würde den Zuschnitt der Räume zeigen, die Dielenbretter, die Verkabelung, die Heizungsrohre, Schichten der Erinnerung und Narben aus der Kindheit. Ich gehe in dieser Lunge ein und aus, die Eingangstür steht weit offen, der Wind bläst herein, der Zug sorgt für ein Dröhnen, drinnen knallt eine Tür zu. Ich schleppe Kisten hinauf und hinunter, fast alles landet draußen in einem großen gelben Container.

Hin und wieder stoße ich auf Dinge, die nicht weggeworfen werden dürfen. Eine Schachtel mit Zeichnungen. Ein Schuhkarton voller Fotos. Lumberjack-Mäntel, die sie nicht mehr tragen, die mir aber ans Herz gewachsen sind. Alle Sachen von Helen. Die Schmetterlinge. Die Gartenschere, die zum Geweih wurde. Meine Holzschnitzereien, das Ohr, der Mund, wir nennen sie Sänger und Zuhörer. Unfertige Körperteile, etwa eine Nase aus Lindenholz, deren Nasenlöcher noch nicht ausgehöhlt sind, ein Paar offene, blinde Augen.

Und die Speischüssel, wie kann ich denn die Speischüssel wegwerfen?

Und mein Tagebuch. All die Notizen und Zettel mit Beschreibungen von Menschen, denen ich begegnet bin. Etliche längere Passagen über das Alleinsein. Dazu das fortlaufende Familientagebuch, was die Kinder gesagt haben, was Helen mir erzählt hat, glückliche, unaufgeregte Momente, die ich nicht zurücklassen kann.

Das meiste wird in Kisten verpackt und in die neue Bleibe gebracht, die wir vorübergehend mieten. Ein kleines Stadthaus, Helen mag es, weil es warm und gut isoliert ist, die Kinder mögen es, weil sie auf der Straße spielen können, dort gibt es einen Springbrunnen und viele Bäume, abgefallene Äste, die sie aufsammeln können. Ich mag es, weil ich dort unauffindbar bin.

Während ich das Haus ausräume, bleiben Leute stehen und fragen, wohin es gehe. Ich verrate nichts, sage nur, ich sei am Ausmisten, unfassbar, wie viel Müll sich so ansammele. Ich komme mit einem Nachbarn ins Gespräch, sein Hund wurde an der Ecke vor unserem Haus überfahren, die Kinder auf der Straße rannten zu ihm und sagten: Mister, Ihr Hund ist tot. Er erzählt mir, der Postbote sei überzeugt, dass der Hund noch lebe, er rufe weiter jeden Morgen am Tor, bevor er die Post übergebe. Ich begleiche im Lebensmittelladen noch ein paar Rechnungen und erzähle dem Mann, dass wir umziehen, er schenkt mir zwei Tafeln Schokolade für die Mädchen.

Ich schufte bis in den späten Abend.

In den Zimmern gibt es ein Echo, es ist ein hohler, falscher Ton, so etwas wie ein leeres Haus gibt es nicht. Ich kann mich atmen hören. Pfeifen. Ich laufe herum und räume die letzten Erinnerungen aus, entdecke hinter der Badewanne ein durch den Dampf wellig gewordenes Kinderbuch. Ein Buch, in dem sich ein Junge nachts auf die Reise zum Land der wilden Kerle macht. Ihre Gesichter sind karikiert, ihre Zähne große Hauer. Irgendwann hatte ich die Geschöpfe in dem Buch mit Rosie und Essie verglichen, ihnen die Gesichter vor die Nase gehalten, weil die Zähne der wilden Kerle eine Ähnlichkeit mit ihrem Zahnlückenlächeln hatten. Nach einer Weile wollten sie in meiner Gegenwart den Mund nicht mehr öffnen, offenbar haben sie das Buch versteckt.

Manche Projekte ohne praktischen Nutzen müssen nun ad acta gelegt werden. Im Vordergarten liegen die Teile für einen kurzen Gleisabschnitt. Bislang habe ich nur die Schwellen und einige Metallbügel, außerdem einen Berg Schotter, auf dem die Gleise liegen sollten. Ich habe Kostenvoranschläge für Prellbock und gebrauchte Gleise eingeholt. Über Monate hinweg habe ich immer wieder mit meinem Kontaktmann bei der Eisenbahngesellschaft telefoniert, wir hinterlassen einander Nachrichten, reden über die Logistik, die Transportkosten. Ich habe eine realistische Schätzung, wie viele Männer es braucht, um die Teile vom Verschiebebahnhof hierherzuschaffen. Ich muss nur noch herausfinden, wo ich einen Signalmast auftreiben kann, die alte Version, die ich haben möchte, die mit der Klappe, die in einem Fünfundvierzig-Grad-Winkel nach unten fällt, ist noch in Gebrauch und wird nur langsam ersetzt, ich muss also warten, bis man eine ausmustert.

Ich verweile lange in dem Schlafzimmer mit Blick aufs Meer. Der Lichtstrahl fällt in das kahle Zimmer. Der Leuchtturm nagelt mich fest. Ich zwinge mich zu gehen, als müsste man mich beim Arm packen, aus dem Zimmer und die Treppe hinunterzerren, zur Haustür hinaus.

Alle hatten sich versammelt. Meine drei Schwestern, Gabriela, Greta und Lotte waren im Zimmer. Mein Bruder Gerd war aus Deutschland gekommen, meine Mutter hielt lange seine Hand. Mein kleiner Bruder Emil, auf einer Radtour in Nordspanien, war unterwegs, Greta bat meine Mutter, durchzuhalten. Der Arzt, dessen Praxis an der Ecke lag, kam vorbei, um mit Greta über die Medikation zu sprechen, er überließ ihr die Dosierung. Im Haus wurde viel gelacht, wir redeten über Dinge, die meine Mutter zum Lachen brachten, die Gegensätze in den Sprachen, die sie liebte. Wir lachten über alles. Helen war da. Rosie und Essie kamen. Donal, das Baby, war kurz bei meiner Mutter im Zimmer, danach kümmerte sich unten in der Küche eine Cousine um die Kinder. Kurz nach der Ankunft Emils, wir hatten uns alle um das Bett versammelt, hörte ich meine Mutter leise und mit offenen Augen sagen: Ich bin bereit. Ich hörte Greta sagen: Wir sind jetzt alle hier.

Im Haus wurde geweint und gebetet. Helen nahm mich in die Arme. Dann umarmte sie der Reihe nach alle anderen.

Meine Schwestern blieben bei meiner Mutter und machten sie zurecht, Gabriela streute Rosenblätter rings um ihren Körper, Lotte stellte fest, dass sie unter den Achseln noch warm war,

Greta schloss ihr die Augen und schob ein aufgerolltes Tuch unter ihr Kinn. Der Arzt kehrte zurück. Unser Onkel, der Jesuit, traf ein. Gerd sprach mit dem Bestatter, fünf Männer trugen den offenen Sarg und den Deckel herein. Um nach oben zu gelangen, mussten sie im ersten Stock ein Stück in das Zimmer an der Treppe ausweichen, danach ging es weiter zum nächsten Absatz, eine Methode, die schon oft bei Möbeln angewandt worden war, Betten, Tischen, einem Bücherschrank, den Schränken. Die Tür meines Zimmers flog auf, und der Sarg wurde hereingetragen, bis man um die Treppenbiegung kam, dann ging es die Treppe zum Zimmer auf der Vorderseite des Hauses hinauf, wo meine Mutter lag. Wir hörten ihre schweren Schritte, ihre tiefen Stimmen. Sie hielten sich länger dort auf. Wir standen im Flur, als sie die Treppe wieder hinunterkamen, der Deckel lag jetzt auf dem Sarg.

Auf dem Weg nach unten trugen sie den Sarg komplett in das Zimmer an der Treppe, um dort zu wenden und die Tote mit den Füßen voran hinabzutragen. Einer der Männer ging rückwärts, eine Hand auf dem Sarg, um die anderen zu lenken. Der Sarg kippte etwas zur Seite, und ich konnte die Männer schnaufen hören. Im Flur richteten sie ihn wieder auf. Sie setzten den Sarg auf zwei Böcken ab, und mein Onkel, der Jesuit, sprach ein paar Gebete, während wir knieten und die Männer die Hände übereinanderlegten. Der Sarg wurde aus der Haustür getragen, die zwei Granitstufen hinunter und auf dem Weg durch das Tor, das mein Bruder Gerd offen hielt. Auf der Straße richteten sie sich auf, um die Tür des Leichenwagens in den Blick nehmen zu können, und schoben den Sarg auf den Stahlboden. Auf dem Bürgersteig hatten sich Nachbarn versammelt, sie schlugen das Kreuz. Nachdem der Leichenwagen abgefahren war, herrschte

Stille im Haus, ich bildete mir ein, man hätte meine Mutter nach Deutschland zurückgebracht, denn das war der einzige Ort, an den sie sich in meiner Vorstellung begeben konnte, eine Rückkehr zu ihren Wurzeln.

In diesem Moment fiel mir das deutsche Wort »Flecken« ein, das meine Mutter benutzte, um einen Klecks, einen Spritzer, eine dreckige Stelle auf einem Hemd oder Mantel zu benennen. Es konnte aber auch einen Ort meinen, ein Fleckchen Erde, einen Punkt auf der Landkarte, den kleinen Winkel, der einem ans Herz gewachsen ist und zu dem man zurückkehren möchte.

Unsere alte Straße mit dem großen Eckhaus. Im Vorgarten stand eine der hohen Palmen. Die Sonne war so hell, dass sie uns nie auffiel, wir sahen nur den Schatten gerader schwarzer Blätter auf der weißen Giebelwand tanzen.

Es war August. Das Haus war voller Blumen. Wir wussten nicht, wie wir trauern sollten. Wir wussten nicht, was wir sagen sollten, wenn Leute erschienen, um ihr Beileid zu bekunden. Auf der Beerdigung begegnete ich Menschen, die ich seit meiner Kindheit nicht mehr gesehen hatte. Ihr Händeschütteln gab mir das Gefühl, sehr lange fort gewesen zu sein, jemand fragte, ob ich jetzt in Berlin lebte. Wenn sie sich an meinen Namen erinnerten, war ich gerührt. Es waren Menschen, die meine Mutter gut gekannt hatten, die sich ihr verbunden fühlten, sie liebten ihren Akzent, ihren kontinentalen Kleidungsstil, ihre liebevolle Art, über Irland zu reden, als wäre sie gerade erst eingetroffen.

Emil, mein jüngerer Bruder, gab jedem Trauergast die Hand. Ich musste unwillkürlich daran denken, dass er früher einmal einen elektrischen Schlag bekommen hatte. Oben, im Schlafzimmer unserer Eltern. Damals muss er etwa fünf gewesen sein, er war wissbegierig und hatte die Schränke durchstöbert. Meine

Mutter bat ihn zu singen, damit sie wusste, wo er war. Er stand am Schränkchen mit der Nachttischlampe und sang das Lied von den beiden Fröschen, die gemeinsam ins Wasser springen. Er ließ die Hand unter dem Schirm mit den Troddeln nach oben gleiten, um den Schalter an der Marmorsäule zu ertasten. Das Licht ging nicht an. Er steckte die Finger in die Fassung, wo die Birne hätte sein sollen. Der Strom durchschoss ihn, es glich einem Schlag gegen die Brust, der ihn durch das Zimmer schleuderte. Meine Mutter wusste, dass irgendetwas nicht stimmte, weil er verstummt war. Er kam in ihren Armen zu sich, als sie mit ihm die Treppe hinunterlief, sie schüttelte den Tod aus ihm heraus, küsste seine Stirn. Seine Hand war knallrot. Im Krankenhaus verpflanzten sie ein Stück Haut von einem Bein auf die Hand. Man kann es bis heute sehen, die Färbung ist anders, und es hat die Form des australischen Kontinents.

Helens Onkel kam aus London. Onkel Jerome. Er machte die Runde, um jedem die Hand zu schütteln, als wäre er ein Familienangehöriger. Er sprach mit den anderen Trauergästen. Sie erinnerten sich daran, wie meine Eltern auf der Straße spazieren gegangen waren, mein Vater wollte unbedingt weitergehen, er trat von einem Fuß auf den anderen, wenn meine Mutter stehen blieb, um lächelnd ein paar Worte zu wechseln.

Ich konnte mich später nicht daran erinnern, wie der Sarg auf dem Friedhof in die Erde gesenkt wurde, denn ich wurde durch Erinnerungen an meine Mutter abgelenkt; was sie alles erlebt hatte, wie leicht sie mit einem Lachen über alle Mühen hinweggehen konnte. Nach der Beerdigung gingen wir zu ihrem Haus zurück. Abends war die Familie unter sich, wir saßen alle am Esszimmertisch. Meine Brüder und Schwestern, Helen, die Kinder. Und Onkel Jerome.

Er sorgte dafür, dass meine Mutter ein irisches Begräbnis erhielt.

Er gab jede Geschichte zum Besten, die er auf Lager hatte. Viele Witze, die ich noch nie gehört hatte. Er kannte historische Fakten, die wir nie für möglich gehalten hätten. Die Entdeckung von Kohlevorkommen in Deutschland durch einen Iren, das U-Boot, das ein Mann aus Tralee hinten im Garten konstruiert hatte, der deutsche Philosoph, der Irland besuchte und von kläffenden Hunden in den Wahnsinn getrieben wurde. Viele Fakten über Kinofilme und berühmte Schauspieler, die heirateten und sich scheiden ließen und erneut heirateten. Er erzählte von einem Ort bei Wexford, wo es eines der bekanntesten geographischen Paradoxe gab, dort konnte man auf dem Fahrrad bergab strampeln, bis einem die Puste ausging, denn die Schwerkraft zog einen unaufhörlich nach oben. Er deklamierte das Gedicht über einen Mann, der auf der Suche nach dem schönsten Fleckchen rund um die Welt reist, nur um zu hören, dass es in einer Gegend lag, an die er nie gedacht hatte, daheim in Tipperary. Er sang das Lied über den September. Dafür stand er auf. Nach der Hälfte drohte er zusammenzuklappen. Er wollte sich am Stuhl festhalten, aber der fiel um, und er stürzte, griff nach der Tischkante, Messer und Gabeln umschwirrten ihn. Wir sprangen auf, um ihm zu helfen, doch er sank immer tiefer, bis er unter dem Tisch zu liegen kam, und er sang die abschließenden Worte auf dem Rücken.

Es war die größte Vermählung der Geschichte. Die Vermählung der Welt. Besucher aus allen möglichen Ländern, man feiert weltweit. Auf beiden Seiten haben sich Tausende versammelt, man drängt sich oben auf der Mauer, jubelt und hilft einander hinauf. Manche schlagen auf den Beton ein, sie hacken Löcher in die Mauer, um durchschauen zu können. Die Leute winken, küssen sich, weinen. Die Berliner Mauer ist offen. Niemand kann es so recht fassen. Die Nachricht verbreitet sich wie ein Lauffeuer. Man sieht in Endlosschleife Bilder von Menschen, die durch die Sperren stürmen, lächelnd, mit dem schockierten Blick der Ungläubigkeit. Immer wieder dieselben Bilder, es muss wahr sein. Sie stürmen die Büros der Stasibehörde, fordern Einsicht in ihre Akten, das Gefängnis, in dem Dissidenten inhaftiert waren, steht leer, die aktuelle Zeitung liegt noch auf dem Tisch, als würde ein Augenblick in der Geschichte stillstehen, während die Welt in eine neue Zeit voranstürmt. Ein Mann sucht eine Bücherei auf, um ein Buch abzugeben, das er vor dem Bau der Mauer ausgeliehen hat.

Ich hatte jetzt die Freiheit, alle Orte aufzusuchen, an denen sich meine Mutter während des Krieges aufgehalten hatte. Salzburg mit dem Bahnhof, wo sie verhaftet wurde. Prag mit der Burg über der Stadt, in deren Keller sie gefangen saß. In den Straßen Prags ging die Samtene Revolution gerade erst los, Menschen versammelten sich auf dem zentralen Platz, eine stille Zuversicht griff um sich. Ich hatte das Gefühl, als hätte die Welt während all der Jahre nach dem Krieg in einem Eisschrank gelegen und wäre jetzt zum Auftauen in die Sonne gebracht worden.

Ich machte den Ort ausfindig, wo meine Mutter die letzten Tage des Krieges verbracht hatte, die Garnison am Rand einer böhmischen Kleinstadt. Während all der Jahre hatte sich dort wenig verändert, nur dass Russen in der Garnison stationiert gewesen waren, über dem Tor prangte ein großer roter Stern.

Ich machte von außen ein paar Fotos und dachte daran, wie meine Mutter die letzten Tage des Krieges geschildert hatte, in der Garnison in der Falle sitzend, während die Russen mit jeder Minute näher kamen. Der Kommandant muss auf den Anruf aus Berlin warten, um zu erfahren, dass der Krieg vorbei ist. Endlich steigen sie auf die Lastwagen, die Gefangenen nehmen sie mit. Die tschechischen Widerstandskämpfer haben eingewilligt, die Deutschen bis zur Grenze nach Eger zu eskortieren, dort soll die Übergabe stattfinden.

Ich fotografierte die Straßen.

Die Lastwagen tauchen in den Strom der Flüchtenden ein. Sie passieren einen umgekippten Krankenwagen, dort liegen ein paar Tote. Die Lastwagen ruckeln weiter. Es geht nur langsam voran. Die gepanzerten Fahrzeuge der Russen kommen immer näher, sie sind nur noch einige hundert Meter entfernt. Die Russen wollen die fliehenden deutschen Laster unbedingt schnappen, sie fahren quer über die Felder, um ihnen den Weg abzuschneiden. Doch sie kommen nicht voran, die Felder sind schlammig, weil es im Laufe des Monats viel geregnet hat. Die Räder sind schlammig, die Stiefel sind schlammig, Matsch spritzt in Gesichter. Der Schlamm bestimmt das Tempo. Die Russen scheinen festzustecken, sie kommen nicht voran. Die deutschen Laster haben etwas Vorsprung, mit den Russen in Rufweite.

Ich fotografierte den Grenzübergang, wo die Deutschen den tschechoslowakischen Soldaten die Waffen aushändigten und dann, nachdem sie ihr Faustpfand, die Gefangenen, übergeben hatten, die Grenze überschreiten durften. Den Ort, an dem meine Mutter einen riesigen Haufen von Stahlhelmen und Uniformstücken sah, die niemand mehr tragen wollte.

Als ich nach Berlin kam, hatte sich unfassbar viel verändert. Ich hatte den Eindruck, ein ganzes Jahrhundert wäre auf ein paar Monate geschrumpft – der Krieg geht zu Ende, Berlin wird in vier Zonen aufgeteilt, die Russen riegeln ihre Zone ab, sie schneiden Berlin von jeder Versorgung ab, die Amerikaner retten die Berliner, indem sie Nahrungsmittel einfliegen, die Berliner Mauer wird errichtet, die Welt steht still, ein Künstler fegt die Straße, ein linker politischer Aktivist wird auf dem Kurfürstendamm vom Fahrrad geschossen, ein Kandidat für das Berliner Bürgermeisteramt wird entführt, David Bowie zieht in die Stadt und schreibt einen Song über ein Liebespaar, das sich im Schatten der Mauer küsst, man dreht einen Film über einen Mann, der Berlin als Engel überfliegt, die Menschen versammeln sich und sagen: Wir sind das Volk, die Berliner Mauer fällt, die Erde beginnt, sich wieder zu drehen, alle sind auf den Straßen, die Vermählung der Welt ist in vollem Gange.

Das Konfetti, die Flaschen, überall lagen sich Leute in den Armen, Liebespaare auf den Straßen, überall in der Stadt kam es zu zahllosen Vermählungen. Es war schwer, eine Übernachtungsmöglichkeit zu finden. Ich bekam ein Zimmer, in dem die ganze Nacht Betrunkene ein und aus gingen, man feierte ohne Ende, ein Pärchen verwechselte mich mit einem freien Bett. Ich fand das Café, in dem Helen den Löffel geklaut hatte. Ich fand die Stelle, wo sie im Gras einen Becher Quark gegessen hatte. Ich suchte den Ort auf, an dem Helen und ich über die Mauer geschaut hatten. Nun wurde alles abgebaut wie ein Bühnenbild, bereit für die nächste Produktion. Die ganze Stadt wurde mit Sprühdosen bearbeitet, prächtige Gebäude waren mit Graffiti verziert, Geschichte wurde auf den neuesten Stand gebracht. Immer wieder hörte ich den Song über das Liebespaar an der

Mauer, den Song, in dem es darum geht, man selbst zu sein. Das war unsere Vermählung, unsere Vermählung an der Mauer.

Inzwischen gehört er zu unserem Leben, dieser Zustand des Ankommens und Nicht-Ankommens. Weggehen. Heimkehren. Winken. Umarmen. Zurückschauen. Nicht zurückschauen. Dieses Gefühl tief drinnen, woanders sein zu wollen, die Orte, die wir vermissen, die Menschen, die wir lieben, gleichzeitig nah und weit weg auf der anderen Seite der Welt.

Schließlich erteilte uns die Kanadische Einwanderungsbehörde ein Visum. Die Krankenhausärzte hatten mich für gesund erklärt, sie teilten der Botschaft in einem Schreiben mit, mein Zustand sei stabil, ich könne ein normales Leben führen. Um den dauerhaften Aufenthaltsstatus zu erhalten, mussten wir nur noch kanadischen Boden betreten. Man gab uns sechs Monate Zeit für die Übersiedlung. Wir erzählten niemandem von der Auswanderung. Wir wollten nicht den Eindruck erwecken, wir liefen davon. Wir wollten klammheimlich entweichen, als ginge es in den Urlaub, so, wie meine Mutter nach Irland in Urlaub gefahren war, um dann ihr ganzes Leben zu bleiben.

Wir hatten noch einen Teil der Summe, die wir für das Haus erhalten hatten, so dass wir in Toronto ein kleines Startkapital hätten. Helen sollte schon mit den Kindern aufbrechen. Ich würde in Dublin bleiben, um noch ein paar Dinge zu erledigen. Ich habe kein Talent fürs Fortgehen. Ich habe begonnen, ein Buch zu schreiben. Mein Schweigen löst sich allmählich auf. Ich habe eine Sprache gefunden, in der ich gehört werde.

Das Buch handelt von einer Frau, die sich gegen Kriegsende nach Hause durchzuschlagen versucht. Die Straßen sind voller Flüchtlinge. Die Sonne ist herausgekommen, alles trocknet rasant. Die Kastanien stehen in voller Blüte. Es ist Frühling. Der Krieg ist vorbei. Überall auf der Welt wird gefeiert. Die Uhr läuft wieder vorwärts. Klumpen getrockneten Schlamms fallen von den Wagenrädern. Der Boden ist großflächig von Reifenspuren übersät, zig Spuren, die in alle möglichen Richtungen führen. Leute bürsten Dreck vom Mantel, halbrunde Matschränder, von Schuhen getrampelt, haben sich in den Boden gedrückt. Über den vollen Straßen hängt eine Staubwolke, der Menschenstrom zieht langsam weiter, Familien, zu Fuß gehende Kinder, Karren, auf denen sich Habseligkeiten türmen, man repariert Fahrzeuge und schiebt sie an, damit der Motor wieder anspringt. Alle sind unterwegs. Die Frau hat einen langen Weg vor sich, und es kommt ihr einiges in die Quere. Einmal steht sie am Straßenrand und sieht zu, wie amerikanische Militärfahrzeuge passieren. Wegen der Auspuffgase muss sie husten und wendet sich ab. Ein Lastwagen hält an. Die Soldaten fragen sie, wohin sie geht. Sie helfen ihr auf den Wagen, geben ihr Schokolade. Die Frau lächelt und lässt sich überreden, ein Lied für die Soldaten zu singen.

Ich schreibe täglich, manchmal spätabends. Ich ernähre mich von Porridge. Ich schlafe in meinen Klamotten.

Alles, um sie wiederzusehen.

Wir können zur Kenntnis nehmen, was wir verloren haben. Was wir zurückgelassen haben. Wir können von vorn anfangen, eine neue Geschichte für uns erfinden. Wir können uns neue Erzählformen ausdenken, um zu beschreiben, wer wir sind und woher wir kommen. Wir können uns nach Hause sprechen.

Folgenden Menschen möchte der Autor dafür danken, dass sie ihn immer unterstützt und ermutigt haben:

Nicholas Pearson, Peter Straus, Petra Eggers, Cathy King, Christine Popp, Grusche Juncker, Karsten Rösel, Jordan Mulligan, Iain Hunt, Michelle Kane, Mary Byrne, Hans-Christian Oeser, Joe Joyce, Kate MacDonagh, Terence Herron. Besonderen Dank auch an *An Chomhairle Ealaíon* und *Aosdána* für ihre kontinuierliche Unterstützung.

Die Originalausgabe erschien 2019 unter dem Titel *Dublin Palms*
bei 4th Estate, einem Imprint von HarperCollins Publishers, London.



MIX
Papier aus verantwortungsvollen Quellen
FSC® C014496
FSC
www.fsc.org

Verlagsgruppe Random House FSC® N001967

1. Auflage

Umschlaggestaltung: buxdesign | München
Satz: Uhl + Massopust
Druck und Einband: GGP Media GmbH, Pößneck
Printed in Germany
ISBN: 978-3-630-87301-5

www.luchterhand-literaturverlag.de
facebook.com/luchterhandverlag